陶江 著

湖面上的云笛

HUMIAN
SHANG DE
YUNDI

江西高校出版社

图书在版编目(CIP)数据

湖面上的云笛/陶江著. --南昌:江西高校出版社,2021.11(2022.2重印)
ISBN 978－7－5762－1977－7

Ⅰ.①湖… Ⅱ.①陶… Ⅲ.①散文集—中国—当代 Ⅳ.①I267

中国版本图书馆 CIP 数据核字(2021)第 178462 号

出版发行	江西高校出版社
社　　址	江西省南昌市洪都北大道96号
总编室电话	(0791)88504319
销售电话	(0791)88522516
网　　址	www.juacp.com
印　　刷	天津画中画印刷有限公司
经　　销	全国新华书店
开　　本	700mm×1000mm　1/16
印　　张	16.25
字　　数	234 千字
版　　次	2021 年 11 月第 1 版
	2022 年 2 月第 2 次印刷
书　　号	ISBN 978－7－5762－1977－7
定　　价	58.00 元

赣版权登字 -07-2021-1223

版权所有　侵权必究

图书若有印装问题,请随时向本社印制部(0791-88513257)退换

序

心 的 云 笛

陶江给这部散文集取名为《湖面上的云笛》,也许是契合他心境的。湖即是鄱阳湖,云笛可视为他的款曲,安静、真挚、悠然。事实上,当我断断续续读完这二十多万的文字,我仿佛看到的,是一个执着、投入、踽踽独行的歌者、思想者和探寻者,数十年如一日,如同朝圣般深入鄱阳湖腹地山水人文历史的心路历程。

陶江的家乡昌邑位于鄱阳湖,母亲在湖堤决口后大水面的竹排上怀上了他,出生则是在洪水泛涨后搭在山上躲水的一个小窝棚里,他的命运就与这水有了不解之缘,水成了他的胎记,是他一生的意向。这一点很重要,正是在这个偶然降临的点位上,陶江建立起了原发的、不可磨灭的情缘,这就理解了作者对鄱阳湖圣徒般虔诚的心绪。但浩大丰沛的鄱阳湖,该如何揭开她的面纱?如何建立自己与这片区域的心灵关系?故乡!这是作者生命的始发地,也是他情感的根据地,从故乡出发的精神游历才步履坚实。

集子的开篇《荷花岁月》即是写故乡的荷,老家村子四周是布满荷花的小湖,在困难时期,村民用荷"煮日子",母亲靠荷把一家从泥沼中艰难地托起来,那些日子,荷是物质的,是生存的支撑;当生活有了些着落,荷便开始有了精神的期许和寓意,比如"七颗莲",莲生贵子,兴旺发达;而当生活饱暖之后,荷湖便成了景致,成了美的象征,人们为美而来,赏荷、赞荷,放纵心情,将生活的美好揽入怀中。作者这些平实的记述,能让读者体会到那种对故乡的缱绻的内心。《挑在

— 1 —

扁担上的乡愁》是一篇有意味的散文,作者给扁担赋予了多重含义:它是耕读世家的象征,是乡风,是父辈的脊梁,是家族的担当。父辈们春挑秧种夏挑肥,秋挑禾谷冬挑土(上堤修水利),生活的重量都压在这挑子上。他们不敢懈怠,艰难却坚定地犁开属于他们的岁月。面对青筋暴出、大汗淋漓的父辈,"我"就对扁担有种恐惧感,希望通过苦读改变命运。但当这条扁担别无选择地压到自己的肩上时,只能挺身而出。文中说:"乡村的担当,我领了。我把家族的传承、遗风的承继看得比自己的生命还重。"这是融入血液的传承,是生命的伦常。正因为行走在挑子的行列中,"才不会迁就自己的懒汉意识,去枕着扁担做那不切实际的春梦"。这里,扁担这一几乎已被现代生活遮蔽和覆盖的物件,在作者的回望中,成了有内涵、有质量的厚重传统。故乡给他以灵智,也给了他成长和命运挣扎的铭心经历,虽然时光的年轮碾过无数岁月,但故乡在心中,像陈年老酒,历久弥香。当他的目光掠过乡村的土地,对应到心头的,不是普通的物事,而是生命的具体:烧书的疼痛、挑堤的艰辛、乡场的眷念、渡口的回望、灯戏的乡俗、父辈的目光……这些人生来路的记忆片段,经岁月的发酵,重新唤回一种独有的生命体验,成为精神的养分。相比于目前虚泛矫情的"乡愁",陶江的这些文字是有命运感、有力量的,而唯其真切,才共情。

我很乐意享受陶江笔下的鄱阳湖。他说:把心交给水。他说:我的一生就做着鄱阳湖的梦。他常常沉醉于湖边,看着浩瀚的湖水成就波澜荡漾,在水一方,展现美不胜收的风景。鄱阳湖是他的生养之地,更是他的审美母体,他要用心力呈现他的文学故乡。《湖面上的云笛》写湖的声音,大自然赋予鄱阳湖特殊的歌喉:春听汛,夏听涛,秋听风唱,冬听鸟鸣。这是湖的四季之生命回响,它沁入心,潜入梦,酿化成一种特殊的乡音,在这种声音的浸润下,内心一片澄明。又比如《村味》,作者要为村庄的味道赋形,将味道具象化地提纯:村味是劳作的汗味,是收获的谷香,是袅袅的香火,是花草、牲畜、屋宇的气味;作者还将味道抽象:村味是千年的积淀,是祖先骨肉的气息,是村民共生的习俗,是乡愁的复合。十里不同风,百里不同俗,村味是一种基因,是游子心中永远不贰的指认。类似的篇什还有《南矶岛上升彩虹》《滕阁秋风槛外水》等。散文是心的驿动,是真情的流露,作者正是通过对家乡、对鄱阳湖的审美化表达,提升了情感的质量。同时,这种与世界、与自己心灵对话的表达,何尝不是梳理自己、发现自己的过程呢!

  鄱阳湖有着丰富的历史文化遗存,是养气明志的精神故乡,这是作者表达的又一视点。他以理性又满怀敬意的目光投向历史的深处,去翻开鄱阳湖这部雄浑厚重的大书,在时光的隧道中寻找文字的切入点,力图挖掘、呈现古人的心迹、气节、人生姿态及文化光泽。这里有陶渊明的桃花源,有王勃的绝唱,有汤显祖的灵感之地桃花岭。鄱阳湖上有诗,有苏轼的生命之痛,有朱元璋一战定乾坤的古战场,有南宋宰相江万里投水的气节,还有天下万寿宫、海昏侯遗址,等等。这些丰厚的积淀,实是生命之气的涵养之地。《在介冈,在鹤林寺》里,作者捕捉八大山人的心跳,探寻中国画宗师的灵魂支点,诠释他寄寓山石草木之上的生命张力和自洁的君子之道,还原一位古代文人在朝代更迭之际丰富隐晦的心灵世界。作者还常以审视的目光,在人性上发力,去揭示岁月尘封的历史现场。《紫金城的目光》《墎墩的游走》等篇什,写西汉那位当了二十七天皇帝的刘贺被废鄱阳湖,终日沉浸在阴晴不定、悔恨交加、纠结挣扎中，废帝之残梦、废帝之殇，留给后人的，不仅是权柄的丢失，更重要的是灵魂的遗失。这种审视的目光，使文字有了重量。

阅读陶江的散文，能感受到他内蕴于胸的情感浓度。他是充满触感的人，内心的丰富鼓满他想象的翅膀，具有一种裹挟的力量。这也是作者向故乡的致敬之作，他身心投入，倾尽情怀，所以能感染人。

黄宾堂

2021年8月13日

（黄宾堂，中国作协散文专委会委员，作家出版社原总编辑。有个人文集《距离与空间》出版。）

CONTENTS
目　录

一、扣壶浅吟
荷花岁月 …………………………………………… 2
湖面上的云笛 ……………………………………… 6
乡场上 ……………………………………………… 8
渔村新事 …………………………………………… 11
田野中的阳光 ……………………………………… 14
昌邑,我的乡愁 …………………………………… 17
新建社火的图腾 …………………………………… 21
水边女人 …………………………………………… 24
丰产河的水声 ……………………………………… 26
乡情淌过的岁月 …………………………………… 31
昌邑王城的梦魇 …………………………………… 34
写给父亲 …………………………………………… 37

二、昼耕夜诵
水边的母亲 ………………………………………… 42
风霜挂脸的父亲 …………………………………… 44
窗前的那盆夜来香 ………………………………… 49

紫金城的月光 …………………………………… 51

礼篮子里的书 …………………………………… 55

墚墩的游走 ……………………………………… 57

鄱阳湖文化之根——戏文 ……………………… 61

南矶岛上升彩虹 ………………………………… 66

挑堤的感觉 ……………………………………… 71

挑在扁担上的乡愁 ……………………………… 73

村味 ……………………………………………… 77

京华幽梦 ………………………………………… 80

租书读的日子 …………………………………… 82

三、黄华篱径

心碓 ……………………………………………… 86

秋雨黄花香 ……………………………………… 88

时光 ……………………………………………… 90

婺源闲情 ………………………………………… 92

菊本无声 ………………………………………… 95

四、野老行风

鄱阳湖的风 ……………………………………… 98

鄱阳湖的文字 …………………………………… 101

大美鄱阳湖 ……………………………………… 104

和鄱阳湖有关的那些事 ………………………… 107

鄱阳湖情思 ……………………………………… 112

鄱阳湖中的璀璨明珠——南矶 ………………… 114

水在沸腾的日子里 ……………………………… 116

鄱阳湖中船 ……………………………………… 118

春过鄱阳湖 ·············· 122

五、牛背卷簏

滕阁秋风槛外水 ·············· 128

一飞鸣岐阳
　　——《气节文章：蒋士铨传》创作谈 ·············· 131

西安之夜 ·············· 136

在介冈，在鹤林寺 ·············· 138

古村的缱绻 ·············· 141

桃花岭上桃花诗 ·············· 143

灵光的九天云寨 ·············· 146

汪山土库 ·············· 149

土楼遐思 ·············· 153

南昌的再造 ·············· 155

听罢二黄看宜黄 ·············· 157

凤之湖的记忆 ·············· 159

鄱阳湖畔的无字匾 ·············· 161

西山魅力 ·············· 164

六、东笙西箫

异数 ·············· 172

面阳山的云絮 ·············· 174

栗里心汤 ·············· 178

靖庐无语后　生死两由之
　　——陈宝箴与靖庐 ·············· 181

寻找那片云彩中飘落的瓦片 ·············· 190

古驿仙风 ·············· 192

金城之恋 · · · · · · 195

跨越时空的土库庄园 · · · · · · 197

吉安会馆的守望 · · · · · · 199

水韵 · · · · · · 201

乐睇山水亦陶然
　　——香港著名作家陶然印象 · · · · · · 205

七、春谣夏弦

一座漂在水上的城市 · · · · · · 210

夜幕中的守护神 · · · · · · 212

揽水 · · · · · · 214

店前村口那棵古樟树在等你 · · · · · · 217

抹不掉的记忆 · · · · · · 219

药 · · · · · · 221

剑气从容冲牛斗 · · · · · · 225

海昏侯在豫章 · · · · · · 231

唱鸟 · · · · · · 237

口书者 · · · · · · 241

艾溪湖之波 · · · · · · 246

后记 · · · · · · 249

一、扣壶浅吟

荷花岁月

江南的夏季,荷花是亮眼的风景。

春天还未走远时,一个个尖尖的小脑壳便迟迟疑疑地探出水面,无声无息地窥视着她们即将生长的天地。太阳轻轻抚弄着这些小不点儿的甜脸蛋,给她们沐浴更衣,换上绿的便装。很快,这湖中多了一个绿的家族,被微醺的夏风紧紧地搂在怀中,成就一片花海。

每年一个轮回,荷花总是用自己的颜色装扮岁月。荷花长出来了,湖边人的脸上也挂满了笑容。湖边人说,山里人走桃花运,湖边人走荷花运。荷花运是什么?我不得而知。湖边人的说法很让人释怀,他们认定荷花运就是好日子。

一

不知是我陪着荷花长大,还是荷花陪着我长大。早年,湖边的荷花并没有给我家带来好运气。

我母亲也许是个为过苦日子而生的女人,她总是在全家温饱得不到保障时用她的奇思妙招去给这个家"煮"日子。靠湖吃湖是她的口头禅,老家村子四周几乎都是布满荷花的湖:东江湖、茭白湖、东官湖、笑谈湖……但与鄱阳湖比,真可谓小巫见大巫了。然而,正是这些彼此相连的小湖汊,养育了湖边人。

清早,母亲扛着锹,提着竹篮出了门。

挖藕是母亲的强项,她很会辨别藏在泥巴中的藕的走向。从泥层上的荷叶到刚出泥面的藕箭,母亲很快便会做出判断,用锹围着挖出一个大坑,泥巴中甜嫩白净的一节节莲藕便露面了。这时的母亲已经成了个十足的泥人。她理了理额前的一缕乱发,望着"战利品",露出自得而又充满倦容的笑意。

村里人都说:你娘很会在泥巴里做窝。也有人说:你娘在泥巴中挖金窖、挖银窖,挖掉了你们家的穷根。

我那时还小,只会跟着大人们的指点朝着娘傻笑,蒙眬间,觉得母亲尽力了。

母亲挑着一担藕，牵着我走出满是泥巴的藕塘，也把一个家从污泥中挑了出来。

二

上苍赐给我的老家一片生命之荷。

村里的人，早年并没有把荷往美的角度里想，只想到它对生活的支撑。每当主食不够填饱肚子时，人们便想起了莲子、菱角之类，打起这些东西的主意。

记得有一年刮穷北风，漫天风雪，寒冬更觉腹中饥。村里男女老幼就像一群老牛，没有可供食用的禾草，无声地喘息。

老人们说：冬冷冬晴。

一轮太阳出现在东边，照耀着水边的村落，给村子带来一些生气。

人们挑着箩担，带着扫把，前往湖上扫莲子、菱角。

干涸的河床上，将枯荷枝蔓剔尽，满地便是菱角、莲子。不过，坚硬的外壳会将那些饥不择食之人的牙齿崩掉。扫回家的莲子、菱角只有经过烘烤处理后，才可用各种烹制手艺制成莲子粥、莲子羹、菱角菜等食用。这是一场"扫湖大战"，用竹子扎成的大扫帚，让不少年轻人使出了"扫天下"的劲头，将地上的莲子和菱角扫成一堆。老人和孩子便将两种小东西分门别类，装进两个箩筐。湖上的寒风丝毫没有影响人们"扫湖"的激情，为肚子而战，也算是水边人的另类活法。

娘很担心我单薄的身子经不起湖上彻骨的冷，不知从何处给我弄来一顶大猴帽，只露出两个小眼珠。我很生气，也怕人笑话，死活不戴。娘说："你是陶家的种，冻坏了，你爸要怪我的。"其实，娘不知道在湖上扫一阵、忙一下，身子便热了。

村里的人都在各自"霸占"的领地上战斗，拼命地往自己的箩中装。装莲子倒好些，装菱角就有些麻烦，不少人买不起手套，便将家中的破布条缠在手上，对付菱角身上的刺。

这也是一场别开生面的劳动竞赛，谁家的谷箩堆满了，便起身回家。

我二婶做事麻利，见我家做事慢，就会将自己的谷箩撂在我家的"领地"边，帮着我们扫,等我家的箩筐堆满,便一齐打道回府。

陆续回村的人们,迫不及待将莲子、菱角或用锅炒,或用柴火烤。很快,家家飘来莲子的香味。

娘很特别,总是用她藏在缸底的一小块腊肉皮或腊肉骨头和上莲子,用土罐埋进灶膛煨汤,让我尝上肉鲜味。喝上一碗热气腾腾、香气扑鼻的汤,真有种飘飘欲仙的感觉。这时,我便会觉得这莲子汤比人参燕窝还滋补。这汤如此鲜美,让我从心底觉出母亲的伟大。

三

莲总是与喜庆和吉祥相关联。

鄱阳湖边的人家有"七颗莲"的说法。家有儿女结婚或做屋上梁等喜事,都有"七颗莲"这个"道具"掺杂其中。

洞房花烛之夜,男方必须挑选五男二女坐床。随着主婚人一声锣响,喝彩声起:哟,抛莲子呀……

莲(连)生贵子,这就是乡间旧俗的寓意,也是对后代的愿望。五男二女、七子团圆,这些都有讲究,象征儿孙满堂,也给新婚的后辈加了一道门杠:生儿育女,像莲花一样,满湖盛开,家族就兴旺发达了。

我结婚时,兴旅行结婚,再加上家里穷,办酒席的花销太大,于是没有按乡俗举行婚礼仪式。

当我们从南昌回来时,我娘来看儿媳妇,别的没带,只将些莲子和枣子放在我们床上,说这是老规矩。那双老眼中分明充满了某种期待。

老人信佛,她每每在老家,于蒲团上放上些莲叶、荷花,说是打莲花座,只期望身后人丁兴旺。愿望归愿望,我们家的"莲花"开得却不够旺盛,由于那时兴计划生育,我只给老娘留下了一个孙子、一个孙女,这成了她终生的遗憾。

她常在我面前念叨:一朵莲花开十几瓣,你呢,只图享受。

我只是笑。我再怎样解释,但对老人而言,都苍白无力。

不过,到了我的儿子结婚时,没想到,我同样继承了母亲的"衣钵",只希望这"莲花"越开越盛。

尽管用了不少的暗示,做了不少的努力,儿子的结局与我一模一样,"莲花"

的生长周期和规模就是不见扩充,人们的生育观早已发生了变化。

农村有句俗语:有心栽花花不发,无心插柳柳成荫。倒是我的两个弟弟满足了我娘的愿想,让她得到了一丝慰藉。

"莲生七子"的美梦,娘做了一辈子。

四

如今,当人们将目光投向荷花时,就不再是民俗的寄予和期望,而是去放纵情怀。

荷花成了景致,荷塘成了人们赏玩的上佳去处。

每年的荷花在水边盛开一季,吸引人眼球。游客就像鄱阳湖的浪,一浪赶一浪,潮水般往这莲湖涌。季节把"荷"字写成了美丽、粉嫩,年轻人则成了"追花逐蝶"的好手,不少老年人也扮酷"老来俏",成了荷花的粉丝,花丛中的笑意比任何时候都自然。

我也赶热闹来了。

旧地重游,花海的又一个轮回。

村子里的几位老者听说我回来了,让几个年轻人带了竹篮下湖,采莲蓬让我品尝。

我连忙解释,我们不是为吃而来,是为赏花而来。

这十里荷花爱杀人,满湖馨香扑鼻而来,湖边的荷丛如欢乐的海洋。更多的人并不关心这莲荷的内在品质,什么清水出芙蓉,天然去雕饰;什么出淤泥而不染,濯清涟而不妖,只看重这花的美丽、热闹、快乐、逍遥。

你看,有人在栈道中跳起了燕子翻身舞,有人舞起了飘花长龙阵,有人摆弄霓裳与荷花斗艳,有人装扮风流一展倩影。

荷花湖,欲与天宫瑶池媲美。

如果我的老娘在世,能与一大家子后辈在荷花丛中留下一张合影,让她得意一番,那是何等的美事啊!如果能恁恿她加入老年舞队,在这荷花丛中舞起来,过上今天这样无忧无虑、欢乐开怀的生活,不知她要做何等感想。

湖面上的云笛

不知是鸟落白了湖,还是雪飘白了湖。一场大雪过后,鄱阳湖的滩涂、崖岸、河港水天一色,雄浑壮观的湖面定格成一幅幅唯美的画卷。不过,这画卷于宁静中见灵动,于水色中见颜色。湖的使者自远方天际翩然而至,白衣女神在雪的映衬下,显得那样的楚楚动人,那样的光彩照人。在鄱阳湖这座属于她们的特殊舞台上,她们用优美的身姿起舞,用甜嫩的歌喉发声。这是雪的声音,不全对;这是鸟的声音,也不完整;对了,这应该是湖的声音。这声音,如钟磬开声,似凤凰啼鸣,撩拨人的心弦,溅起乡愁的浪花,泛起乡音的回忆,弥漫乡情的眷恋,让我醉倒在湖的怀抱,做着冬日的相思梦。

雪和鸟共同守护的家园,主角不言而喻是那些性感的"尤物":鹤、雁、天鹅、野鸭……听那远在天边、近在眼前的悠扬曲调,从云隙中隐隐传来,从山谷中徐徐飘来。这些大自然的骄子,放纵着梵音般的嗓门,唱出甜歌妙语,泛起心海的涟漪,勾起歌不醉人人自醉的梦呓。生生不息的快意,写就了属于湖的心旌摇曳。我极力搜寻这群技艺高超的乐手,可惜艺高身贵,难觅她们的芳容,只认定这稚声嫩语的嗓音,是她们合唱了清脆悦耳的天籁。

大自然赋予鄱阳湖特殊的嗓门、特殊的歌喉,听这特殊的响动,牵心扯肺。这曲调幽深、雅致,完成梦的记忆,生发几分岁月飘逝的惆怅;这曲调绵延、悠长,似陈年佳酿,漾起故土的回忆,让人醉入梦乡,寻找乡魂的泊所,去做那千秋万代的联想。

城里人的休闲,是前往歌厅酒吧去听电器发声,水乡人的闲情逸致便是去听湖发声。老人们说,坐在鄱阳湖边有四听:春听汛、夏听涛、秋听风唱、冬听鸟鸣。春天,湖的声音细语如丝,温如热汤,多了些柔意;夏天,湖的声音气势如虹,汹涌澎湃,多了些阳刚;秋天,湖的声音凄婉愤懑,如泣如诉,多了几分凄美;冬天,也只有冬天,湖的声音灵动洒脱,勾魂惹魄,多了几分幽情。湖的风光胜景给人以巨大的想象空间。季节打发相思,让人在湖边恋这水的频率、恋这水的节奏,撩拨心底的律动,与湖魂一道进入甜美的梦乡。

云笛一声惊雁寒，季节提供了上好的场所，成全了鸟儿们的演艺。虽然掺杂几分幽寂，虽然蕴含几分落寞，但是潮流的风，高扬生命的张力，席卷了湖面，让它们时而低吟浅唱，时而高亢嘹亮，为大自然献上心驰神往的一曲。没有骚扰，没有噪声，鄱阳湖人永远是湖的声音的忠实听众，我仅仅是这众多听众中的一员。我常想，这故乡的水土养育着如此超脱的一群鸟，让它们能够自由自在、毫无拘束、痛快淋漓地展现歌喉，这是湖的幸运，也是我们湖边人的幸运。湖的声音所陈述的情怀，让我听见了湖的"主旋律"，这就是人与大自然协调和谐、共生共存的新鲜节拍。

我不是一位乐手，不会抚弄各种琴弦去和湖的音调演奏。我只会听，用心去听。很想摘一朵天边的云，让我聆听那自天外传来的霓裳曲。好像皑皑的雪浪也在听沙，醉了；好像天上的柔云也在听涛，痴了。伫立于水边的游子，遍尝人间况味，却在云卷浪舒的湖际败下阵来，寻找缠绵的快意。我看得见蠕动的云间，那另类歌手正在追逐心灵的彼岸，完成春融雪化时的北归之旅。领头雁在真挚呼唤，鸟儿们相依相随、相互照应，循着那隽永的歌声完成千古绝唱，倾诉卿卿我我的依依惜别情。此起彼伏的长歌短调，为季节的复苏唱上压轴好戏。一群群歌者，告别鄱阳湖这座特殊的舞台，游走江湖，向着远方的归宿发出归去来兮的长鸣。

生在湖边，就爱听这湖的歌唱。

一幕缱绻图景，勾起诗情，牵扯画意，走进泽国心田，走进迷离的细节，多了几分虔诚，也多了几分情义，让我长久沉浸在湖的音乐旋涡里，留下一份终生难忘的记忆；一支雨做的云笛，惊破多少寒意，灵魂的渡船荡漾在湖的港湾，撩拨无垠的心曲，在梦中听湖歌唱，这或许就是生命的真谛。心老了，情不老，依恋于乡曲，那水边情境便是我灵魂寄寓的泊所。一首首催云播雨的佳音妙曲，一部部摄人心魄的鸿篇巨制，情节中演绎着柔意。我无时无刻不在心猿意马，感受着这份离奇别致、悠扬绵长的乡音。千啼百啭，千丝万缕，荡于耳，沁于心。醉杀鄱湖冷冬的幽夜长啼，静候着湖的另一个黎明。

湖面上的云笛，难以忘却的相思。

乡 场 上

每次回老家,我都有意去乡场上走一走。这是为什么,我也说不清。就像很多描写乡愁的文字一样,也许是寻找儿时的梦吧,也许是怀旧情结在作怪。江南村落的乡场,一般在村头,有棵历经千百年风雨的古香樟树,给乡场上闲聚的人们遮风挡雨。这棵古树冬天挡寒风,庇佑树下的长者穿着大棉袄谈天说地,兴高采烈地听戏文;夏日挡骄阳,成为村民纳凉讲古的好去处。

老家村名坪上,意即立村田坪上。而我们村的乡场,其实就是田坪上的一块草坪,平铺在祖堂的东南角。几株苦楝树散落着不青不黄的叶片儿,响应岁月的枯荣。偶尔飞来几只青鸟,哇哇叫几声,提振人们的精神。老人们说,喜鹊落在苦楝树上,"喳喳"几声,就意味着村子一年一帆风顺;若是乌鸦飞到苦楝树上"哇哇"怪叫,则是有祸事来临。因此,只要有乌鸦想飞到苦楝树上栖息,村中老少妇孺必驱之。后来,有人说这是迷信,大家也就释然了。

老家的乡场是个言论自由的场所:谁家的狗狗咬了孩子,谁家的女儿谈婚论嫁时不要彩礼跟男人跑了,谁家的男人坐轮船去了省会南昌见世面……都是村民的谈资,当然还有国际上的事。

中华人民共和国成立后,政府有一个值得称道之举,就是将众多算命的盲人改造成宣传文明生活的鼓吹手。这些盲人走村串户,来到乡场上,坐在苦楝树下,拉着二胡,唱得有板有眼。他们唱道情、唱清音,把凡人俗事唱得活灵活现,还把国家的政策印在了村民的心中。我也潜移默化地接受这种教育,尤其对盲人卖力的表演记忆深刻。

随着现代生活慢慢走进民间,电影开始下乡,乡场上"三战"不断。《地道战》《地雷战》《南征北战》,电影里的战争硝烟点燃了少年心中的战争烽火。街战巷斗,草木灰当烟火放,泥巴当子弹。"两军"战况之激烈,不亚于真刀真枪的血拼。更有甚者,《地雷战》中的"屎雷",也给了我们启迪。在通往乡场的路上,挖上一个个小坑,填满牛屎,成为坑害对手的最好的"地雷"。踩上去,满脚臭气熏天,那种狼狈真让人哭笑不得。晚上"巷战"的"地雷"没排除干净,待到早晨天蒙蒙亮,大人们出工,更是深一脚浅一脚,害人不浅。恶作剧让我们忍俊不禁,而大人们却摆出一副要训斥的架势,要求我们交出"罪魁祸首",不过最后都是不了了之。相安无事几天后,某个傍晚,乡场上又战火四起,硝烟弥漫。一场恶战,再度上演。

乡场本是孩子们的领地,野性与无拘束成了乡场的主旋律。到了夏天,烈日过后的傍晚,乡场上便"蛙声一片"。光屁股的,穿肚兜的,剃个光头的,留下一条长辫子的,雅与不雅,各种不着调的装扮鱼龙混杂。此时,乡场就像孙悟空的花果山,各种猴儿轮番上场,献上自己的功夫。我的伙伴中,武功最好的,当属人称光头司令的大房西头崽了。他翻跟斗的本领在村中首屈一指,只见他灵如猿猴,爬墙上树装扮各种鬼脸,成了大人们逗趣的笑料。我仅仅是乡场上的看客,懦弱与斯文总是让我离群索居,有时甚至还是这些"野崽"欺负的对象。时至今日,想起来不免唏嘘不已。

每年的中秋节,是乡场上最热闹的日子。我们这群野孩子便去干涸的池塘,将裂开的泥块搬来乡场上垒宝塔,接着把从鄱阳湖草滩上割来的茅草塞满塔膛,随后各自归家,取来月饼和柚子,供在塔顶,敬奉月神。入夜,点火烧塔,乡场上红火亮堂,照着我们一张张红彤彤又充满稚气的脸。大人们笑了,我们更是兴高采烈地唱起儿歌:"月光爷爷,牵猪买卖;买卖赚钱,过个好年;月光爷爷笑,笑掉牙齿根。"

后来,村里人口猛增,生产队饲养的耕牛越来越多,牛也来和人争夺乡场。牛群与人群穿梭往来于这样小小的领地,似乎有几分局促了。乡场成了放牛场,也被人戏说为牛屎场。牛屎虽然有碍村容,可又是村里的另类风景。乡场上不见了牛屎,村子里就闻不到牛味,闻不到这种气味,就不算是鄱阳湖的水乡村落。牛耕代替人力,千百年来,减轻了人多少负担。以前,人们把牛当成神供奉,给牛过生日,为牛披红挂彩。如今,机械化程度提高,水牛也随着农耕时代的结束,完成了它们的使命。铁牛代替水牛,把水牛挤出了历史的舞台。后来听说,牛的绝迹,绝不仅是铁牛的排挤这么简单。当时有一种荒谬的说法,说水牛下鄱阳湖,会把血吸虫带进堤内,牛成了血吸虫病传播的源头。一夜之间,牛的命运便有了天翻地覆的变化,谁家将牛送往屠宰场,奖励一千元。乡场上没有了牛屎味,让人怅然若失。再后来,随着村里现代化的楼房鳞次栉比,乡场也一天天缩水,居住在乡场周围的人家开始蚕食这片属于众家的地块。以前,村穷家贫,几间茅草屋挤了一家人,如今要找宅基地,在村子里还是蛮难的。因此,打乡场的主意也无可厚非,挤占、侵吞乡场是村中富庶的表现,是村民致富的体现,有些村民不过是吃不到葡萄说葡萄酸罢了。得了乡场的好处,在乡场上建了新居的村民皆大欢喜,而那些被乡场抛弃的农户自然会指指点点那些占了祖宗产业的人家。

心里的那份惦念没有了,对乡场的牵挂越来越少。乡场上那几棵枝苦叶苦的苦楝树也不知在哪一年失去了年轮的增长,停留在岁月的童话里。逝去的日子抹去了乡场的光泽,只把一份记忆留存在心的旮旯,成为现代生活的背景,让我给自己的后代讲古。

乡场上,一位游子在徘徊,在留恋。

渔 村 新 事

村子的形状像一只大船。

鄱阳湖的风,摇曳出一片苍劲。岸边的曹门村,曾经祖祖辈辈靠"水饭"讨生活的日子,正在悄悄地改变。

捻　匠

村里静得出奇,在渔家小院子里都能听到鄱阳湖的水响。

那是一个很遥远的声音,就像表老手中那个蓝布包一样,与鄱阳湖有关,与船有关,与他的生活有关。

在这个湖边堤内的曹门村,只有表老一人还在摆弄这份古老的技术,这是表老祖上传下来的。捻匠,就是给船抹泥塞缝的手艺人。村民打造新船时,都得请捻匠。一锤子敲下去,是虚是实,只有捻匠心知肚明。捻船时,得从船板的缝隙中打进麻浆,这种麻浆用桐油、石灰、苎麻筑泥夯实,方能牢固不漏水。新船下水前、旧船维护保养,都得捻匠上手。

表老是个较真的人,手上的慢工细活十分讲究。捻船时,他挑的苎麻是上等品,丝长无黄蚀。人们都说他死心眼,上等苎麻与末等苎麻价位相差之大,令人咋舌。这苎麻反正都得擂碎,其实船东也不会计较这麻质的好差。捻一条船也就几百元钱,能有多大的赚头?村民都夸表老人品好。

近年来,政府鼓励渔民"洗脚上岸",给鄱阳湖留下喘息的机会,也留下自然资源修复的空间。村里变换渔民身份的人越来越多,船也日渐减少,打鱼这个水上行当渐渐淡出人们的视线,捻匠也成了湖岸边的失业者。

表老常年在湖边修船,皮糙脸黑,夏日坐在樟树下,树叶飘在他头上。失落与宿命降临时,他似乎有些乱了方寸。在经历了短暂的惶惑和隐痛后,他开始转换角色。

他笑言,自己现在是一只脚踩在船上,一只脚踩在房上。他操起了另一门手艺,成了一名石匠,为老百姓修房子。他将老行当所用的凿子、锤子等小心翼

翼地裹进蓝布里,锁进自己的工具箱,然后,把泥刀插在腰间,仿如武士出征,自信地朝村里走去。

戏　骨

现今的曹门村,最大的响动莫过于村里戏台上的锣鼓声了。村中有句俗语:锣鼓一响,脚板发痒。守了生态环境,冷了湖上捕捞,热了村里剧团。

村里的老戏骨庆青忙起来了,他将戏箱打开,搬出各种戏剧服装,放在太阳底下,一件一件,像摆展品一样,琳琅满目,引得孩子们来凑热闹。调皮的孩子趁庆青不注意,将老生的帽子戴在头上,长须挂在耳上,有模有样地踱步。庆青并没有刻意去阻止他们,他想,这些孩子十几年后,说不定就是剧团的接班人。

昌邑这个鄱阳湖边的小乡,不到两万人,最高峰时全乡有11个剧团,现在也有5个。曹门村剧团是历史悠久的一个。庆青父亲的师傅谢与旺年轻时来到曹门村,就没有跨出过村子半步。他吃百家饭,穿百家衣,住在村里的古戏台后,年复一年,自撰剧本,自担导演,写出剧本80余个,曹门村剧团成了唱本最多的剧团。

庆青他们把这几箱戏服、道具看作宝贝。一到秋后,他们便召集"人马",开始鸣锣。每年剧团演出,必演的一出戏便是谢与旺撰写的《三哭殿》,也叫《金水殿钓鱼》。

没有了打鱼的热闹,但有戏剧的欢笑,村子里很祥和。

走　马　灯

将纸马盘活,使之神奇地在灯笼之中转动,曹门村的这门手艺绝活,让众人惊叹。

召俊自己也没有想到,这个在手中拨弄的玩意能登大雅之堂。走马灯隆重亮相是在县文化馆的民间技艺展演上,一个纸扎的灯笼在人们的目瞪口呆中,活灵活现地转动起来。穆桂英骑马挂帅、岳飞骑马战金兵、文天祥骑马举义旗……一个个小小的灯笼,热闹有趣极了,也给这个村子掀起了热潮。专家来了,学者来了,大家都把目光聚焦到曹门这个小小的渔村,都来观摩体会这走马灯的无穷魅力。走马灯开始走出曹门村,进入区、市,在大都会上演了一幕非遗好戏。

召俊在村里成了名人,大家都把他看作村子里的"福星",簇拥着他,不少老者也向他伸出大拇指。也怪,这走马灯,谁去制作都不转,唯独出自召俊手的灯笼,却像一个"转动的地球"一样,吸引人们的眼球。

走马灯这门几乎失传的艺术征服了人们,也得到了社会的认可,很快便成功申报市级非物质文化遗产。

一个土头土脑的土灯笼,转动了城里人的目光,转动了走马灯的历史,也给曹门村新的历史写上漂亮的一页。

渔　　庄

以打鱼为生的曹门村的健老,近五旬的汉子,中等身材,湖上的风将他刮得黑黝黝的,似湖边的黑铁塔。见我来了,他乐呵呵地过来打招呼,邀请我去他湖边的"家"做客。

湖边上,一只大趸船改造成的"鄱阳湖渔庄"分外惹眼。进入船舱,只见大小单间用朱元璋在鄱阳湖大战陈友谅留下的传说命名,如洗脚湖、茶蛋湖、笑谈湖等。他说:"政府动员我们'洗脚上岸',并不是断我们的财路。其实,政府不动员,我们也会为母亲湖尽自己的义务。靠山吃山,靠水吃水,没有了水,我们吃什么?把生态搞坏了,把生物链弄断了,我们才是鄱阳湖的罪人呢!"

听了健老的话,我笑了:"你和政府发出了同一个声音。"他认真地说:"嗨,这是真心话,如果政府不闻不问,岸上不长草,水中不游鱼,天上不飞雁,到头来,我们不是竹篮子打水一场空?"

健老的思路是对的。这些年,自从湿地保护措施开始到位,湖上船少,湖滩人稀,鹤雁在湖面自由翱翔。不少渔民"洗脚上岸"后,多少有点失落感,政府给予的补贴只够贴补家用,只有靠自己动脑子堤外损失堤内补、水上损失岸上补了。别人办农家乐,他就办渔家乐,健老的渔家乐项目就是在这样的背景下产生的。这一招,还真给他带来了可观的收入。不少渔民纷纷效仿他的做法,有了致富新招,健老成了湖边上岸的渔民中第一个"吃螃蟹"的人。

给鄱阳湖中的鱼、鸟、虫、草留足生存空间,曹门村这个小小的渔村,扮演着一个新的角色。

田野中的阳光

用乡下老家人的话来说,这日头好毒。它将田野晒熟了,晒成了金黄色。走在细长的田塍上,成熟的稻谷中散发出浓郁的米谷香。

太阳在头顶上做窝,酷暑难当,可在田里劳作的人们还得无休止地收割自己的年景。高温对农家而言仅仅是一碟生活的小菜,为了生存,越是天热越要下田,这就是农村人的命。在那面朝黄土背朝天的岁月,收割的痛苦和劳累是生活的主旋律,所谓的"双抢"就是和太阳赛跑,和季节争分夺秒。农村有句俗语:早禾不隔上下昼,晚禾不隔马过桥。这是形容农村抢割抢栽的时间宝贵。每天鸡叫头遍,生产队长便房前屋后地吆喝,这不是喊大家去赶集,而是开始又一个沉重的一天。人们懒洋洋地打着哈欠,睡意未消地沿着土路朝村外蹒跚而去。体力的消耗所产生的疲惫蚕食着每个人的躯体。

那时,割禾都采取人海战术,割禾、收禾、打禾、搭禾,全靠人工。为了赶季节,生产队的男女劳动力齐上阵,割禾成了乡村田野的一大风景。

很快,田块里隐隐约约出现了不少蜷缩的身影,像一群大雁在水草中觅食,没有更多的声响,只有"咔嚓咔嚓"的割禾声。东方露出鱼肚白时,十几个人的队伍已将禾放倒一片。太阳升上来时,照见一片古铜色的脊梁,与谷穗相辉映,晶莹透亮。

1973年7月,我顶着烈日从学校高中毕业回乡,种田不像长工,读书不像相公。农夫心内如汤煮,我这个"长工"也心里如汤煮了。赤日炎炎似火烧,头一遭下田,割禾对我来说,是极不情愿的,弯腰弓背,心力交瘁,真不是人干的事。可是,再苦再难也得硬着头皮上。整个生产队的男女鱼贯下田,各守一畦,互相追逐着往前赶。身旁的乡亲不断地催促我,我感觉自己像被人押解着一样,手上的禾镰便不听使唤。看着他人手中的镰刀挥舞自如,我着实羡慕不已。身旁的表哥见我落单,赶忙教我一招:少割几行,盯住前面的,手上的禾镰不要松劲。这样的指导很管用,也很实用,但是赶鸭子上架,心中的酸楚只有自己知道。一上午下来,身子似从水中捞出来一样,湿透了。众人都笑我是个"脚货",也就是

"次等品"。这种笑,就像针在我脸上扎,很不是滋味。在这样一支穷追猛打的队伍中,你不能掉队啊!

下午收禾时就更难了,大家同时出工,每人各自于田中捆禾,挑完三担。动作快的,早早地躲在禾场中的禾堆下乘凉;而动作慢的,则累得气喘吁吁,刚落担卸完禾,在禾堆脚下喝口水,又得跟着出征,这简直是搏命!如果中暑了,你就算落单了,成为大家的谈资。一个"双抢"下来,本来瘦弱的我更是骨瘦如柴,硬撑着装模作样地混日子。

包产到户后,田野中的收割,又是另一番光景。稀疏的人影,就像夜空中的星星。大家都在自家的责任田里挥镰,收割一份属于自己的期望,有时会让人觉得这是一场财富积聚的竞赛。村看村,户看户,谁家穷,谁家富,田里的收割成了农民的指望。

年景的好坏、人的勤勉与懒惰、农业技术掌握的程度,将田里的收入拉开了距离。几年下来,有些人就招架不住了。田块向种田能手转移,成了一条定律。不会种田的,只好丢下手中的田地,去城里谋生,将自己的生活角色定位为"农民工"。

在属于自己的田地上收割,有一种主人感、责任感,村中不少种田能手,多的一天能割一亩八分田。这当然也得天不亮起床,天完全黑下来才收工。堂兄是个种田的好手,他不仅割禾的速度快,而且镰法好。他割过的禾蔸,就像列阵的士兵,齐刷刷,整齐划一,呈现出一种艺术气息。可有的人就不行,割禾的手法不到位,割过去,禾蔸就像被牛啃过的草,同是收获,却参差不齐。

二十世纪八十年代初,我家分了十几亩地,每到七月,我都要请假回村去帮老父开镰。这是一种自觉的参与,虽然不像在生产队时那样与人较劲,可这季节催人,你也得尽心竭力啊!

每天早晨天不亮,我就骑自行车从乡政府出发,回到村里时,天已透亮,父亲早将田里的禾割倒了一大片。我自觉问心有愧,父亲倒不计较我的迟到。只要我陪着,割多少,他从不在乎。俗话说,快手不如帮手。有一个人陪着,总比形单影只好。有了我的陪伴,父亲割禾的劲头更足了。父亲割的是开裆畦(宽畦),我割的是跑马畦,他割两畦,我才割一畦,还累得大汗淋漓、腰酸背痛。他呢,还招呼我:累了,就坐田塍上歇一会儿。我真有点无地自容啊!割禾的劳动

强度非同小可,只有亲身体验过才知道。

在自己的田地上收割,虽然没有生产队那种你追我赶的热闹,但也是自我促进的机会,能够对田里的活计进行自我总结并提高。原来,镰法的娴熟与镰的打制也有关联。老家窑头街上有十几家铁匠铺,就数胡定富、胡定全两位师傅打制的镰刀钢火好,镰齿匀称,锐利无比。劳动工具的好坏有时会决定一场劳动竞赛的输赢。不服输的心态让人们在艰苦的岁月里感受到优质工具所带来的愉悦。后来,我也专挑两位胡师傅打制的禾镰用。

收割工具的变化使农业耕作制度发生了重大改变,进入二十一世纪后,镰刀成了古董,取而代之的是机械化生产。收割机在田野中纵横驰骋,那叫一个牛。它吃得快、吐得快,真是一头又快又好、不知疲倦的"牛",几十亩一天不在话下,真叫人看得目瞪口呆。农业机械的应用,彻底把农民从劳累中解放出来。为了享受这份快乐,今年农忙季节,我也去了一趟乡下,坐在桂弟开的收割机上,随他一道下田。前面一片片稻谷齐刷刷地倒下,然后经脱粒集中到储藏仓,再通过传送带将粮食输送到运输车上;农民只需往麻袋中装谷子,然后扎好袋口,将一袋袋谷子搬上拖拉机运回村就行了,真是好一番景致。现代生活为农村描绘了一幅别致新潮的收割图。

乡间的太阳仍是热辣辣的,可是农民的笑靥给田野抹上了另一层色彩。

昌邑,我的乡愁

　　灵魂的舟搭载我驶离这片泾湾,泊在百里之外的县城。赣水苍茫,鄱湖浩渺,乡愁弥漫出一片云雾,留在心中那模糊而又清晰的影子,让我不能自已。昌邑,一个刻在心中的特殊符号,注定成为今生今世的皈依。它所沉淀在胸臆的记忆,不知何时已成为一种永恒。

　　我无从得知,这个地域符号在我生命发端的时日意味着什么,它会给我带来怎样的生命故事,会给我带来如何的风华岁月。从呱呱坠地来到人间的那一刻,我便欣然接受它作为出生地的狂野和带着浓厚湖地气息的乡音。我在心中揣摩、拷问,这方天地早已在孩提的梦境中泛起另一片现实的光景。

　　山并不高,也称不上奇伟,无法与周遭那些名山比高低。昌邑就像一条蛰伏了千年的龙蛇,吮吸着鄱阳湖和赣江的精华,养精蓄锐,做着长久的修炼,而从来没有想过,怎样去做惊人之举。我想,它的内涵也许太丰富了。写满阅历的谱牒记载了不老的文字,欣赏漫山遍野花草树木的特殊风景。想着山的来由,就像想着我入世的来由一般,说不出个子丑寅卯。山到底蕴含着怎样的古道热肠,演绎着怎样的乡俗?探究这个中滋味,真有种出神入化、悟道如仙、返璞归真的感觉。

　　说到昌邑的声名鹊起,得感谢汉代的制度。汉昭帝刘弗陵去世后无嗣,朝臣于皇宫内外遍寻后裔,相中了昌邑王刘贺。辅政大臣霍光领太后懿旨,宣召刘贺火速进京,主持昭帝葬礼,并欲立为新帝。按常理而论,刘贺乃一旁系王子,一夜之间成为储君,理应战战兢兢、谨小慎微。不要说悲痛欲绝,就单凭成为皇帝候补这一点,眼角好歹也得挤出几滴眼泪来,做出副孝子贤孙的模样。可这刘贺,原本是顽主本性,平时少有约束,吃喝玩乐,嬉戏痛快,无忧无虑。受了懿旨后,他毫无感恩戴德、回报朝廷的意愿。一路上,他看不尽娇柔风光,阅不尽人间春色,声色犬马,全然没有将当皇帝这件大事放在心上。到了京城,见了躺在灵柩内的昭帝,他连挤出几滴眼泪的表面文章都做不到。皇权在手后,他不思勤政,只一味沉溺于后宫女色。文武大臣的奏章,他信笔涂鸦,错漏百出。刘贺主政二十七日,干了一千一百二十七件混账事,弄得辅政大臣霍光哭笑不得,只好将刘贺废了。

落日的余晖下,这个昏君回望京城痛心疾首,垂头丧气地回到了封地昌邑。此时此刻,宫娥三千没了,皇室盛典没了,文武大臣的朝觐没了……天空失了颜色,大地失了风头,刘贺如丧家之犬,每日只待在昌邑王宫内借酒消愁,痛苦哭泣。痛定思痛,他有所醒悟,开始整饬吏治,鼓励耕种,囤积财富,训练精兵强将,以图东山再起。

让刘贺没有想到的是,他的举动被人密报朝廷,指证他试图谋反。这一罪名非同小可,朝廷闻讯,当即下旨,将他贬出昌邑封地,移徙豫章以北一百二十里处。

鄱阳湖芳草萋萋,刘贺在俶城栖身。俶城是赣江下泻冲积而成的一个小岛,面积不大,也就几平方公里。一个被水包围的小土城,刘贺身陷囹圄,过着监狱囚禁式的生活。尽管朝廷也没忘了给他俸禄,赐他食邑一千户,可这可怜巴巴的待遇与之前的显赫有着天壤之别。金钱、地位、女人,在这个重新命名为昌邑王城的小岛上,几乎都成为一种奢侈的梦想。困顿似春蚕蚕食他的心田。无可奈何花落去,余下的只有痛心疾首。每隔三五天,他都要驱船前往鄱阳湖,跪于船头,面北而泣,只求皇上开恩,让他回到原封地。鸿雁无消息,天淡水静,岁月带给他的仅仅是妄想。因为刘贺的缘故,老家就有了昌邑的名称。

光阴荏苒,岁月更替,历史留给昌邑的农耕文化成就了梦幻的水乡,田野清新的空气陶醉了鲜活和灵动的生命,茂密的草木扯长了人们心间的绿意。就在这样的农耕氛围中穿越时空,昌邑用活泼而又唯美的场景勾勒出一幅男耕女织图。当天空中一群群的鸿雁飞过,当渔船上一网网的鱼儿活蹦乱跳,有滋有味、原汁原味的生活,契合了这块土地的自豪,也契合了祖祖辈辈的愿望。人生的况味虽没有收获富贵荣华,却也听到这水声浪语一片。

灯戏是水乡人登上历史舞台的最好机遇,用乡间俚语唱响生命的悲欢离合,用袍服的夸张表演水乡的奢侈和豪华。愿望与情感凝结在锣鼓点,敲响的是水乡的人情世故,牵动的是少妇慈母为情而伤的悲喜泪滴。戏窝的称号把采茶戏下河调写进了史书,成为历史的记忆,在前传后效的唱念做打中发挥到极致。

太阳升起的时分,是老家"卖弄"美丽的时候。悄无声息的天地间,公鸡的啼唱是乡间的自鸣钟。此起彼伏的啼唱,成了晨曦奏鸣曲的主调,天边的云霞也被啼唱成鸡冠红。红色的云翳间,几只白鹤披金戴银,犹如凤凰,在天际悠闲地展示命运之神所赋予的自由翱翔的权利。远处的水与近处的山,构成一幅幅唯美的山水画。当然,画的中央,还有几只小渔船在忙碌地寻找渔场。

逝水如斯,冥冥梵语。鹿苑寺的钟声敲开了地平线的大门,穿透人的心扉,成就了文人墨客的诗文经纶。水面上,飘荡的人气胜过浪声,激起心的涟漪,成为寺院文化的根脉,回声迭起。这座寺院成为自江入湖的人们栖息的上佳居所。云水间,东天的霞蔚曾经激发了多少文人的灵感,天人合一的山水成为骚客笔下的写意,也成为平民百姓生活的新鲜气息。街市的喧嚣反衬了乡间的幽雅,静而美的图景成了多少画家笔下的山水画。

我常常于这山水间徜徉,异样的寻亲之旅也许是生命之源的回溯。生于斯,长于斯,上苍给我安排了这样一方风水宝地,一点一滴都值得永远珍惜,一丝一毫都勾起难忘的记忆。连赣江接鄱阳湖的窑河,宛如一条玉带,腰系于昌邑山根,一泾活水曾经便捷了多少船只、木排。于是,沿河形成了两条街:昌邑街、窑头街。特殊的乡风将土库装扮成一片黛色。新颖别致的吆喝叫卖声,惊醒了船妇、排女的美梦。晶莹剔透的米谷、散发馨香的菜籽油,牵动着人的鼻息,吸引下湖的船工留下了他们的工钱。积攒的财富给山间的土库镶嵌了一道道金边。

渡口和码头是我背井离乡的门槛,历史把我的前半生写进故乡的页码中,来去匆匆。沉甸甸的脚步没有走出深深的履痕,更没有铿锵作响的声调。独在异乡为异客,渡口成了回望故乡的风景。漂泊的风信子在遥远的岁月里、遥远的天边,成为至死不渝的牵挂。渡船上的老艄公将岁月摇曳成斑白的双鬓,桨下的弄水声,拨弄着游子的心弦,汇聚成故乡咏叹调,在岁月的舞台上唱响。

出门在外,每每在疲惫困乏之际,"昌邑"两个字犹如一阵带着扑鼻沁香的凉风,吹入我的心扉,启迪我的心智,让我在心间做一次次的返乡游。桂花香、荷花香、菊花香、稻花香,陶醉在无垠的幻境中,我迈不开步,抽不开身,但愿带着香味入梦,弥久不散,沉浸在乡土气息中,完成如泣如诉的别恋情归。记得十几岁时出远门去南昌,坐在轮船上,看着渐渐远去的昌邑,一种依依惜别的情感便油然而生。对根的情结让我无法释怀。因为这个小地方有我的亲娘,有我赖以生存的家。城市的灯火固然明亮,可那栋破旧老房子中的菜油灯盏依稀可见的微弱灯光,却像希望之火永远在心头升腾。城市的夜色再明再亮,仍没有悬于乡堤上那一弯新月让人心仪。

桃李春风一杯酒,江湖夜雨十年灯,故乡无时无刻不在脑海中萦绕。今夜,邀上明月,搭乘灵魂的渡船,美滋滋地喝一杯故乡那香醇可口的糯米甜酒,带着酣醉,晃悠悠枕着水声入梦,我又回昌邑老家了。

新建社火的图腾

社火是新建一项珍贵的历史遗存。

长久的岁月中,新建先民在繁重的体力劳动之余,总会寻找一些能够给自己带来快乐的东西。在年节习俗之外,便有了社火这种形式。

社在古代指的是土地神。兴社火,就是祭祀土地神。《白虎通义·社稷》载:"人非土不立,非谷不食。土地广博,不可遍敬也;五谷众多,不可一一祭也。故封土立社,示有土尊。"《礼记·祭法》载:"共工氏之霸九州也,其子曰后土,能平九州,故祀之以为社。"

社又有众的意思,《管子·乘马》载:"方六里,名之曰社。"意思是说以方圆六里为一社,以社为一个集体,大家击器而歌,围火而舞,所以就有了社火。社火不仅有祭祀的作用,而且具有浓厚的趣味性、娱乐性。明代画家唐寅有《元宵》诗,写春社观灯很有趣:"有灯无月不娱人,有月无灯不算春。春到人间人似玉,灯烧月下月如银。满街珠翠游村女,沸地笙歌赛社神。不展芳尊开口笑,如何消得此良辰?"

新建历史上一直有过社火的习俗,官府、民间争相祭祀,清康熙版《新建县志》就详尽地记载了新建县衙祭社的全过程。

新建不仅官府早年设社坛祭拜,民间乡村也遍筑社坛便于村民祭祀。乡间的不少地方至今仍保留着早年祭祀修筑的社坛,就是最好的见证。我的老家村西北,就有社坛两座,只可惜包产到户后,个别人为拓荒将社坛平整为田地,但社坛的地貌至今犹存。尤其是老家昌邑山西北有个村子至今仍以社坛为名,叫作社林周村。因为这个村子的出口就有一座社坛,社坛的周围长满了香樟树,很有些神秘的气氛。

新建社火的形成、演变、发展,与我国原生宗教——道教有很大的关系。新建的西山岭内,道教场所遍布。尤其是其南端的九龙山前,有一座千余年的道教净明道祖庭——西山万寿宫。长年累月的祭祀活动,使人们对道教净明道祖庭顶礼膜拜。每逢农历八月朝觐时节,众多的善男信女戴着傩面具敲锣打鼓,吹着唢呐,拉着二胡,拖着竹龙,前来西山万寿宫进香。社火正是受到这种宗教香火的启发,与日俱盛。社火鼎盛的时节,应该是春、秋两季的春社日和秋社日前后,也就是春季浸种之前、秋季收获完毕之后。春季的社火是人们为当年即将开始的耕种祈祷,希望土地神能够在未来的日子里护佑地方风调雨顺、五谷丰登,希望不要出现瘟疫邪疾,不要出现水旱灾害,平平安安过完这一年。到了秋祭的日子,社火祭祀的目的和心愿又有所不同。秋谷上场后,一年的收成已经在望,田地不负种田人的劳作,多少能给人温饱,于是人们就感念土地神的功德,感谢土地神厚爱子民。人们在获得了收成后,喜于言表、喜形于色,于是便在乡场上、社坛边载歌载舞、大吃大喝,欢庆丰收的日子。这一天到来时,人们有的戴上面具,开始傩戏(新建另有一种说法叫地戏)的表演;有的将得胜鼓从祖祠的祖宗牌位后请下来,尽情地敲上一通;最时兴也最有意义的就是将供奉在祖祠中的菩萨请出祠堂,安放到几顶响轿上。最后一顶轿子供奉的是镇国将军,每个村供奉的镇国将军不同,名号也不同,但无非是历史上为村子的兴旺发达做出过突出贡献甚至为村子捐躯的人物。响轿,轿如其名,它的机巧并不是由于抬轿的轿杠用的是竹子,竹子发软,会嘎吱嘎吱作响,而是由于制作响轿时,工匠有意地在响轿的耳边和轿杠穿插的位置间留下了不一样的空隙,造成了只要抬动响轿,轿子便会咻咻作响。上等的好响轿,轿子发出的这种响声,人们在一里外就能听到。响轿还有一个重要特征,就是轿子周围有用上等樟木人工雕刻的图案、图腾,既有道教符箓,又有民间风俗画,赋予了响轿神秘感。

  响轿出祖堂的一刻,是社火活动高潮到来之际。这时候,菩萨在前,龙灯在后,锣鼓喧天,鞭炮齐鸣。由于每个村过社火的日子并不在同一天,因此,各个村的社火活动举行时,周围四里八乡的人都来看热闹。几声土铳响过,便是响轿游街的时刻。响轿和龙灯围着自己村子里的山塘、水田、山林、水井、祖堂,逐村挨户游个遍。所到之处,村民焚香放炮相迎。民间有歌谣唱得好:

    社公社婆,

    打面打锣。

    娘老子磕头,

    爷老子装香。

    忙得媳妇团团转,

    笼里捉鸡又捉鹅。

响轿和龙灯成了村里社火的主角。响轿回到祖祠后,还有新一轮的热闹场面开始。村里请来的采茶戏班子,在临时用门板搭建的戏台上闪亮登场。新建有句俗语:锣鼓一响,脚板发痒。众多的看客云集在村场中,被这地方戏渲染得激情四射,有的热泪横流,有的得意忘形。戏中主角的个人遭遇深深地打动了台下的看客,有的人随着台词喝彩,有的人随着唱词和声。戏台的旁边,一张张四方桌、八仙桌一溜排开,一张桌子旁聚集了一堆人。女人踢毽子,男人举石碓,孩子们在人群中嬉戏打闹、穿梭不停。

午饭时分又有一出好戏看了。每家每户在这之前好几天就已向亲戚朋友发出邀请,务必请亲朋在村中的社火日来家中做客,也不计较客人所带礼物的多少。早年,很多亲戚会提前在家中将糯米和晚米同时磨碎,然后用一种木模(里头或刻喜字,或刻福字,或刻寿字)将两种米粉糅合后,将米粉泥一小块一小块地填入木模中,很快一个个模子填满的米粑便做出来了,新建人称之为盖粑。客人带着未蒸熟的盖粑做礼物登门拜访,主人便兴高采烈地将客人迎进屋,好茶好酒款待。紧接着,爆竹声在全村此起彼伏地响起,全村便弥漫着鞭炮的硝烟和酒肉的香气。席间,主人会热情地邀请客人看自己的秋收冬藏,炫耀自己的富庶与殷实。同样,酒桌上,主人也会拿出自家珍藏酿制、埋在泥土中多年的上等佳酿来款待宾客。好酒好菜,山珍河鲜,只要能在山上找得到的,在湖中捞得到的,能用钱买得起的,桌上应有尽有。

酒过三巡,社火到这时便是酣醉如梦时分了。

戏台上的锣鼓仍然在敲,卖艺的仍然在吆喝。到了近当代,村民既有没日没夜的戏看,又增加了夜间的露天电影,真可谓灯火通明、盛景不夜天。

社火的日子,也是民间的赶圩日,到了过社火的日子,只要听到哪个村子过社火,小商小贩、卖艺变戏法的、演杂技的都会适时赶到,用自己熟悉的门道赚看客的钱。妇女在寻找各种美丽的发饰,男人在寻找自己适用的汗巾,老人们在试戴礼帽(筒帽)、试用手杖,孩子们在寻找喜欢的小吃,像南昌地区盛行的白糖麻糍、麻花、冻米糖等。当然,还有占卜算卦看面相的也来凑热闹,甚至连不少叫花子也因为社火不辞主、不欺客,前来分一杯羹。社火让每个人都有自己的收获,每个人都得到或大或小的满足。

水 边 女 人

　　水边的女人大都长着一张荷花般的脸,绿意盈盈,馨香迷人。

　　村前小河边,那是属于水边女人的世界,银铃般的笑声,泛起了一圈圈的涟漪,江南的水边因此而生动鲜活。女人们荷花般粉红的脸和捋得老高的袖口,还有那莲藕般的小腿、胳膊,并不比城里的摩登女郎逊色。此起彼伏的捣衣声,和着河边柳林随风发出的哨响,恰似一片水乡踏歌声。女人们三五成群,正说着谁家田里的收成多,谁家渔网中的鱼儿肥,谁家又吹响了湖边的唢呐……

　　水边办喜事的日子,更是让女人们开心惬意。迎亲的花船刚落码头,便被女人们团团围住,花船上的新娘成了她们议论的中心。大家相互道贺、相互祝福,水边的"戏台"又多了一位年轻貌美的新媳妇。

　　水边的女人爱打扮,谁家衣桶中的新裙新裤多,就会惹来羡慕声。晾晒的新衣服把小河两岸装扮得如朵朵荷花、片片荷叶,如一幅水边风俗画、水乡风情图。

　　水边的女人爱美丽,或将飘着的长发泡在河水中,或褪尽外衣,投身水中,无所顾忌,毫不掩饰地展示水边的美丽。

　　水边的女人爱新奇,把自家的男人丢在岸边,对着别人家的男人评头论足。湖歌软语,有张有弛,有情人终成眷属是水边女人的长年话题。

　　水边的女人爱显摆,家长里短,谷稻桑麻,团鸭饲牛,养鱼育蟹,发财致富,评头论足。

　　上年纪的水边女人爱唱年轻时从老辈那儿学会的老渔歌:鄱阳湖上泛清波,悠悠晚风荡渔歌。哥在船头忙撒网,鱼儿跳进铁油锅。新鲜鱼儿好鲜美,喜得妹妹喊哥哥。

　　这渔歌,情悠长、声悦耳,散发着独特的鄱阳湖气息。是啊,先前的水边女人,也爱苦中作乐在河边聚会,只是那笑意中少了富足的魅力。粗茶淡饭,侍奉老少,日子过得紧巴巴的,有碗鱼吃心里就美滋滋的。原始的耕作方法,沉重地压在水边女人的肩上。她们难得找个开心的去处寻个乐子,只有在水边的捣衣声中,将就着打发岁月。

到了荷花盛开的时节,水边的女人这才找到了属于她们的舞台,女人们的笑容更加灿烂了。一个个动人的生活细节,让科学致富的金钥匙打开了心灵封闭的锁;一个个心潮澎湃的生活章节,把水边女人闭塞的思路撬开。对外面世界的向往、对美好生活的追求,成就了一个个水边小家庭金色的梦想。她们告别水边去那九天揽月亮,她们辞别故里走进知识的殿堂,她们架起了一座座水边富裕的桥梁。

在城里的收获让她们坚定了描画故乡的梦想。她们重新回到自己的小河边,一个新的群体迸发出新的思维。田头的收入成了她们的副业,机械化的栽割把劳作的辛苦化作了一朵朵生活的奇葩。

水边的女人,花开四季。

丰产河的水声

我不想把这条河描绘得多么美丽,也不想把这条河揽入自己的怀抱,去抒写一些私底下的娇情。这条小河,也实在不值得一提。探究这条小河的方位和流量,便可见其渺小和不起眼,甚至微不足道。在其东边,有偌大的鄱阳湖;在其西边,有一泻而北的赣江。鄱阳湖无风三尺浪,其涛声惊天地、泣鬼神;赣江激扬雄浑,其涛声响彻西山之巅。只有这丰产河,不声不响,缓缓地流淌,成就了水边宁静的圆梦之乡。

中国有句俗语:仁者乐山,智者乐水。水边人,无法消受启智通愚的教诲,却也有一份仁慈、仁爱之情。祖祖辈辈与水打交道,水的传承把仁字写进了丰产河边人家祖堂的牌匾,也写进了这些家族的谱牒中。丰产河就这样一代接一代温顺地把水汇进赣鄱,注入长江,融入大海。当我的魂灵在丰产河边出窍时,生命似乎开始让我领悟这水的含义,水分子的元素构成了这条河的定势,也笃定了我们的生存态势。人与水融合在这不宽的崖岸间,写就生存的文字,水在一个浅显的范畴完成河的走势。这小河之水,即便不能以自己的一点一滴融入大海,也为这丰产河留下潺潺声一片。

在河之滨,建校诵读,让我们沉浸在诗一般的意境中。这所学校的创办者也许没有意识到这深深的含义,但这个初衷就是一个创意,也许水声和读书声不能同化,但水声的激励作用却不可小视。尽管这片读书声还夹带几分稚音,还不是那样恢宏,不是那样大气磅礴,不是那能够响彻赣鄱的撼天雷,不过,我们就是这样不知天高地厚地用嗓子发声,总想用这咿咿呀呀的声音与丰产河的水声同步,成就联圩这个小地方的歌唱。

1971年的初春,一场春雪融化了我的心情,沿着赣江上溯,在老虎头(地名)下驻足,我所梦想的校舍就像一条扁担横亘在我的心间。空荡荡的教室、空荡荡的宿舍呈现在我们眼前,多少让人有些失落感,只有一些不知疲倦的喜鹊立在树梢与我们对话,安慰我们惆怅的心境。当我们借宿联圩粮管所,刚刚住上湿漉漉的地铺,还没有来得及将心境与丰产河同化,接下来便是挑砖搬瓦的劳动。从赣江边经老虎头那条土路,辗转至丰产河西,这一千余米的路程,成了我们路漫漫其修远兮的练功路。课本外的功课做得足足的,足得让人喘不过气来。抬眼前望,不知何处是尽头。疲惫与劳累成了文字之外最为深刻的记忆。至今刻骨铭心留在我的记忆中的就是老校长孙显福的形象:一条长长的围布缠裹着他的斯文,幻化成一位农民的形象。他与我们同下河、同挑砖、同擦汗,我想,回到今天的现实中,也许很难找到这样一位师长,让我们眼睛为之一亮,心头为之一振。没有,确实没有,那种心灵感应的力量胜过了多少动员报告,言传身教的启示泛起过我心间多少涟漪!

让我为之倾倒,一生奉为楷模,成为我的追求、我的向往的还有一位师长,这个人就是我的班主任查江浩先生。他的人格、德行、素养影响着我随后所走过的路。平日他不苟言笑、举止庄重,进入课堂,他的话匣子就打开了,如细雨润物激发着我们的灵感,步入悟化的新天地。丰产河的水就这样轻轻地淌过,每天我们枕着它入梦,每天在水声与读书声的交织中,放纵我们的思维和想象,为未来的社会生活做着提前的准备。记得有一次,我们全校师生去漳汊湖校办农场收割,查先生累得实在不行,躺倒在田埂上,用土坷垃枕着腰,表情十分痛苦。我们看了心酸,全班同学铆足劲,硬是提前完成了收割任务。

还是在初三下学期,我和另外五个同学一道进了校办广播喇叭厂,查先生负责这个厂的指导。他带着我们去公社广播站找熊本仁师傅拜师学艺,与我们一道当学徒。由于这个厂所产的磁铁喇叭好用,因此得到社会好评,《南昌晚报》也为我们拍摄照片,做了宣传。那些年,他对班级工作的要求十分严谨。每天中午午休后,班上都要抽出一刻钟时间来读报,我这个学习委员要捧着报纸"照本宣科",而他却不时坐到最后一排静静地听。这种无声胜有声的教诲,平日如影随形地催促着我前行。至今让我记忆犹新,而且刻骨铭心的是,有一次上数学课,我埋着头看小说,一本《说唐》让我看得如痴如醉。当数学老师史子敬的教鞭敲到我头上时,我才慌乱地将书往抽屉里塞。史老师并没有原谅我,他探着头瞅了又瞅,终于还是伸手将书从抽屉里扯出,当着全班同学的面,扬着书高声嚷道:"好哇,高二(2)班学习委员上课时看黄色小说(其实是一本历史章回体小说),我要把它交给你们的班主任。"事情发生后,我几乎瘫了,情绪一落千丈,心中惦记着这件事将要产生的后果。每天我都惶恐不安,等待着班主任查先生的处理。几个月后,终于等到了发落的那一天,查先生把我叫到他家里,什么话也不说,更没有厉声的责备,只让我将书投入他家的煤球炉烧毁。每一页纸的火光,犹如天火炙烤着我的魂灵。这样的惩罚终于让我舒了口气,绷紧的神经终于松弛下来。可遗留问题还没有解决,这本书是我从一个同学手上借来的,人家逼着要还书。最后没有办法,我赔偿了五元钱作结。可是,这钱从何而来让我费尽心机,也让我纠结了好一阵子。我只好从口粮中省,用每个星期家中给的菜金,以及每个星期天去鄱阳湖草洲上找牛骨头卖的小钱,慢慢补上。这本书落下的祸根,让我好一阵子寝食不安,颓丧至极。

丰产河没有忧愁,还是照旧日复一日缓缓地淌,校园生活既是在接受一种熏陶,更多的时候也是在接受一种成长的快乐。那时的我们,年少轻狂,自负傲岸,却缺少底气。知识的渴望搅动了我们的热血,也对师长有了一份敬畏之心。选拔进联圩中学的老师多是南昌市有名的"园丁",教学质量和教学水平都堪称一流,对教学管理也有经验,像数学老师金念士,物理老师邹道明,化学老师肖修榆、刘文恭,语文老师陈竹生、陈文兰、袁全祥、刘竟、赖春林,物理老师黄致海,副校长涂义和,校团委书记许金花……当然还有我们的校长姚恕,他给我们上团课,讲起马列主义、毛泽东思想,理论一套接一套,让你能感觉到他的深沉和厚重。正是有这些精心施教、认真灌输知识的恩师,我们在这里似雏燕试飞,得到生命翱翔的启示和力量。联圩中学也因为有了这个特殊的教师群体,在新建成为一所响当当的学校。

联圩中学的文娱体育活动也很活跃,校宣传队演出的《智取威虎山》选段曾经参加县里的汇报演出,涂火根等几位同学还因此被选拔进了县采茶剧团。说到这一点,我们就感觉傲气十足,高三(2)班成了名声在外的班集体。我们班不仅学习氛围浓厚,而且打起球来也是急先锋,陶端珩、何建设等同学都是校篮球队的中锋。虽然我们班德智体全面发展,但在生活中却"不拘小节"。有一件事,至今提及都让人捧腹不已。那时,校办食堂养的猪到了年终都要杀了,给全校师生打牙祭。如水泊梁山的好汉一般,师生一道,大碗吃肉,那种开怀溢于言表。闻着从食堂飘来的肉香,大家连上课的兴趣都没了。下课铃一响,我们班的徐取光、黄兴两位同学便急急忙忙跑到女生寝室去找脸盆装肉。开始大家都没在意,到肉吃完了,大家意犹未尽时,女生寝室却传来惊呼声。原来,我们班全体同学用来盛肉的盆子是女生用来洗脚的脚盆。这件事在学校传开后,高三(2)班算是出尽了洋相,好一段时间,全校同学都把这件事当作笑料来谈论。喝洗脚水的不光彩历史成就了一份另类的记忆。

那时我是学校广播站的负责人,学校每个星期天有庆祝活动或重大比赛,我都得留校,负责扩音设备的安装。这对我来说,也算是一份美差。因为留校后,查先生都会去校办食堂老何处交涉,每餐按老师的待遇,免费给我一份下饭菜。那时,我家境贫寒,很少能吃得上肉,而这份特殊照顾也让我饱了口福。有时得意,我不免独自去丰产河边,用那笨拙的文笔,吟上几句打油诗,至今想起来,也觉得幼稚可笑。

我一生喜水,丰产河给予我的回报,让我永远难忘。水边的诵读是人进入一种境界的体现。水声伴着琅琅书声,胜似天籁。聆听草丛林间发出的妙语佳音,真有种羽化成仙的感觉。不过,在这林子里、丰产河边也有过浪漫的一页,也有过爱情的滋生。这种情感的萌芽,常常在同学间传为佳话。后来,这事被学校察觉,连理枝的藤蔓很快就被掐断,而这些同学却并没因此在同学中降低威信,反倒成了人们崇拜的偶像。年少时的叛逆有时也会不期而至,这就是青春期的骚动,也是青春期少年的必由之路。丰产河凄美的意境,原本就是滋生爱情的温床。不过,话说回来,这种爱情所孕育的结晶,有情人终成眷属的故事最终还是没能兑现,时至今日已成明日黄花,逝也,飞也!

我对文字感兴趣,与自小喜欢读小说有关系,但真正让我对文字感兴趣的还是联圩中学的老师们。记得我写的一篇作文被语文老师陈文兰在课堂上作为范文朗读,她激昂而充沛的感情把我的情绪调到了顶点,澎湃的涛声应该不是丰产河的水声,而是赣江的波涛翻滚。后来,这篇作文被贴在教室的墙上示范,让我自豪了好些时日,至今想起我都会老夫聊发少年狂。陈文兰不愧为一个优秀的语文老师,记得她给外来听课的老师讲公开课,在我们班讲《英特纳雄耐尔一定能实现》一文,讲得浪花四溅,声音轻时似涓涓细流,重时似汹涌波涛。整节课节奏紧凑,寓意深刻,最后以全班同学起立高唱《国际歌》结束。那种场面,那经久不息的掌声,就是对她最好的评价。

我们还未结束高中的学习,查江浩、陈文兰夫妇便要离开联圩中学,调回南昌。我们全班同学依依不舍地一直送到赣江边,老师哭了,同学们哭了。望着南行远去的江轮,我的心里充满惆怅和凄楚,重大的失落感让我消沉了好一段日子。幸好,后来的语文老师游容威也是一位优秀的"园丁",文字功底甚佳。他讲课时诙谐幽默,每堂课下来,都博得同学们的满堂彩。尤其值得一提的是,在他的倡议下,联圩中学举办了一次征文。这次征文,我写了一篇《雨夜关灯》的作文参赛。没想到,这篇作文得到他的看重,被评为一等奖,还被拿到课堂上点评。记得他对作文中的一个"又"字大加赞赏。他说,这个又字体现了这位同学做好事关灯不止一次,是经常性的行为,这篇作文因之生色。听了游老师的讲评,得到他的奖掖,我很受鼓舞,从此对写作倍加认真。至今,我仍珍藏着这本小册子,给自己留下一份历史的记忆。

　　高三(2)班曾经在丰产河边留下过稚嫩的响声,丰产河曾经让我们留下属于自己的青春烙印,丰产河洗刷过我们的灵魂,丰产河放飞过我们的梦想。人的一生也许就是一条河的启示,一片水的暗喻。一生中能得到水的引领,便可把水升华到一个纯净的极致。从这条河边走出的师生,永远不会忘却这水的教养,也永远会循着丰产河的走势,成为时代大潮中的一员,虽然行进的速度显得如此缓慢,但还是朝着鄱阳湖欢畅地向前流。

　　联圩中学,这所屹立于丰产河边的学校,这个永远存入心灵档案的名字,成为我今生今世魂牵梦绕之所在。每每出差下乡,来到丰产河边,在校园里徜徉,心头总会掠过一丝暖意,水声和读书声似乎又在耳畔回荡,让我周身热血翻涌,欲罢不能,醉了,痴了……

　　也许就在今夜,丰产河的水声又淌过我的梦境,让我辗转反侧,彻夜无眠。

乡情淌过的岁月

　　一九七二年的冬天,下了好大的一场雪,大地冰清玉洁,银装素裹。学校放寒假,四叔来到老虎头下(联圩中学所在地)接我回家。他挑着我从家中带来的床板、被服和书籍,跌跌撞撞地走在前面,我落寞地跟在后面。天气奇冷,天寒地冻,风雪顺着颈脖子一直往里灌,那种滋味真不好受。还有一个学期,我就要高中毕业了,回乡务农的现实让自己的心冰冰凉。我凄楚地跟随着四叔在泥泞的乡间小道上一步步艰辛地往前走,天气与心绪揉捏成心间的空白,心情十分沉闷。不过,我将自己一直压在枕边的一本学校油印的小册子《五七征文选》郑重其事地带回了家,这也算是一剂聊以慰藉自己心灵的良药吧。那年的五月,学校开展了一次"五七征文"比赛,在那时还是鲜见的。我当时一边念书,一边在校办工厂制作磁铁喇叭,于是就以这种生活为素材,用一位和我同在校办工厂制作电灯泡的同学的事例,记叙他为节约学校用电,雨夜起来关灯的经过。题目就叫《雨夜关灯》,这篇作文在这次征文活动中得了一等奖。我当时感到十分光荣,很长的一段时间内心都处于亢奋状态。这本小册子,我一直珍藏保留至今。

　　这次风雪夜归,寒假在家无所事事的我,由于有了在学校写作文屡屡受到老师表扬的经历,开始了第一次写作。之前我看过许多古典和现代小说,对其中一部小说《孤坟鬼影》十分推崇。于是,我也尝试着凭空捏造了一个故事,雄心勃勃地开始创作长篇小说。我的处女作讲述了这样一个故事:一个地主在旧社会剥削农民,结仇怨太多,临近新中国成立,村里人传出风声,说他逃跑了。其实,这个老地主并没有逃远,而是躲进南山的一口枯井中。后来,这个地主的老婆长年累月给他送饭,每当人们歇昼(睡午觉)时,她便提着篮子去菜园,一晃几十年,竟无人察觉。我天方夜谭般演绎了一幕人间荒诞剧,并将小说命名为《秘密井》。

　　这部十几万字的小说写好后,我壮着胆寄给上海文艺出版社。到毕业后在昌邑中学代课时,我才收到出版社的回音,记得编辑的评语是:故事不真实,难以采用。这不啻给我欲行创作之路敲了一记闷棍。但是,也就因为这两件事,我在故乡开始有了点小名气,公社党委决定把我调进公社广播站当通讯员,写点通讯报道。其间,有一件事,又让我"重操旧业"。有一次,我去昌北大队收集好人好事,昌北大队的陶学汉书记说:你天天写,能把群众楼上的谷堆写满吗?一句话,深深地刺痛了我的心,也打击了我的自尊,我无言以对。经过一番深思熟虑后,我决定不再写通讯报道,开始改写一些小小说、散文和报告文学。这些小小说陆续发表,一发而不可收,自此我便改走文学创作之路了。

家在鄱湖,根在水乡,自然而然地,在过去的时日里,我便像海绵吸水一样,收集关于水的乡间传闻、水的民间俗语,做着水的文学梦。我的起点并不高,对文学创作也没有任何特别的天赋,只是乐此不疲地写。陆陆续续发了几个中篇后,我开始了长篇小说创作,《轿谱》就是这时候的产物。《轿谱》出版后,引发了一些人的评论,让我感觉到创作的温暖。尤其是《文艺报》发表了褚竞先生的评论文章《点亮心室祭祀的长明灯》后,我开始对自己的文学创作表现出乐观的态度,随后忘我地在一些散文中宣泄这种情感。去年,在整理自己发表过的一些散文,选取一部分文章收成集子时,我有意识地将这一时期撰写的散文放在集子的前半部分。不言而喻,我极希望自己在作品中表露的心境能够得到某位评论家的关注,希望评论家们能够读懂我的良苦用心,对我的作品做出恰如其分的评价。文人对于情感,对于爱的表述总是那样近于模糊,而不希望被别人看穿,却又希望别人能够理解自己的内心独白。我常想:之所以文人都有孤独感,就是因为他们表达情感的方式独特罢了。

每一次回故乡,我都会驱车前往鄱阳湖大堤,久久地凝望鄱阳湖,面对宽旷的湖面无声独语。人的乡愁也许就是创作的源泉,也许就是情感的累积,也许就是创作的冲动和创作激情的迸发。在这个时候,我渴望有爱我的人出现在生活的场景中,她陪伴着我、依偎着我,在母亲湖的怀抱中,相依相守,畅叙衷肠。我不否认自己是个理想主义者,作品中也不乏这种思想的流露,这也便是文人的乖僻吧。但是,有一点不可否认,就是我对湖的真挚的情感,对水的崇拜。这或许也是生活的根性所致,我从小在湖边长大,每天听雁鸣鹤唱,看波翻浪涌,那种如诗如画的意境无时无刻不在感染着我。在人间仙境中寻找创作的原动力、寻找创作的机缘,从某种意义上讲也是投机取巧吧。

我没少写鄱阳湖,自诩为湖的使者,用过许许多多笨拙的文字去抒发对它的爱。在不少场合,我呼吁人们给母亲湖注入活力。尽管目前鄱阳湖被大草滩所吞噬,干旱皲裂了她姣好的面容,我还是认为,人总是在撞了南墙之后才会回心转意,才会去做另类思考,才会去恢复被破坏的生态资源,谁也不愿作践这样一个大湖。鄱阳湖曾经给我丰厚的馈赠,她的形象深深地印在我的心底,我希望看到她的秀美,也希望她永远年轻。但是,即便她苍老了,即便她失去了澎湃的激情,她仍然是我的母亲湖,仍是我心目中的爱之湖、情之海,是我的寻情之地、定情之所。她不仅是我的创作熟地,也是湖区人世世代代赖以生存的熟地啊!我自信,在往后的岁月里,在我的身后,会有更多的人用更加美好动听的歌谣去讴歌她、赞美她。

　　王安石当年过鄱阳湖时曾留下脍炙人口的诗句:少年轻事镇南来,水怒如山帆正开。写他年少轻狂,就如这鄱阳湖的水席卷千里,不畏艰险。今天重读如此美妙的诗句,自叹弗如且有愧色。回顾自己所走过的创作道路,我深感自己笔力不济,没有达到文字的化境,没有达到创作的高度。我是个弱者,我的懦弱和无为使我没有很好地关注社会、窥视社会、洞察社会、表述社会,只好用些不得体、难上台面的文字安慰自己。

昌邑王城*的梦魇

城非城,墙非墙,只有一堆老土,疯长成一片荆棘林。昌邑王城在现代生活与历史的时光隧道中留给人们一个富于想象的图腾。鄱阳湖西汉的长堤边,土城的轮廓在一条绿色的风景线中飘忽。

找不到汉废帝、昌邑王、海昏侯刘贺的足迹,也寻不到刘家的生活气息。行走在这空空如也的昌邑王古城池中,唯有一缕阳光的照耀,还能保持千百年亘古的姿态。粗重的年轮,日复一日,成全一个永久的故事,在当地百姓口口相传中述说一段帝王的故事。

荆棘遍布,藤蔓纠缠,常常牵扯着人们探秘的脚步。或许刘贺在天有灵,阻止人们去深究他给历史留下的谜底;或许老天原本就决定了给予刘贺的惩罚,有意留给后代一个个难以破解的问号和感叹号。

可以想见,刘贺贬谪江南的颓废和萎靡。无法承受的失意给了他无尽的痛苦,长吁短叹似乎难以消解他对生存的忧虑与内心的挣扎。

当他从皇帝的宝座上一跤栽下之后,命运就已经注定了他的悲凉。虽然几百条官船、商船装载了富可敌国的家当,足以让江南人开眼,也换来当地百姓的啧啧惊叹,可刘贺内心的恐惧、空虚,任谁也无法洞察。

精于算计的豫章郡廖太守将他安顿在这样一个天高皇帝远的鄱阳湖小岛——石姥姑上时,他失望、绝望,甚至想自我了结。浩渺的湖水冲决了他内心的堤岸线,让他看不到来路,想不到去路,苦无生路。

对豫章郡廖太守而言,选择石姥姑作为刘贺在江南的歇脚地,恐怕是绝妙的构思。此地四面环水,赣江与鄱阳湖所画好的圈圈,成为廖太守讨好朝廷、讨好宣帝、讨好辅政大臣霍光的实际行动。刘贺成了瓮中之鳖,在这样方圆几十公里的地方,他动弹不得。

---

* 据《大清一统志》和《新建县志》载,新建当地居民将海昏侯国原址称为昌邑王城,将海昏侯刘贺仍称为昌邑王。本书作者为新建人,故本书沿用新建地区"昌邑王城""昌邑王"的说法。

当刘贺踏着碎月,在残垣断壁的古楚国石姥姑古城中漫步时,他产生了对皇权的恐惧,叫天天不应,呼地地不灵。人一旦陷入这种困境,心里就会充满愁绪与不甘。他仰望星空,似乎瞅见了一颗巨星的陨落,这颗星从光彩夺目到慢慢暗淡,虽跻身众星捧月的行列,却成为最暗的一颗。

他被自己的懦弱打败,天堑的阻隔使刘贺独处银河边,成为一个永远也过不了河的卒子。这是一种无法摆脱的命运咒语与痛苦煎熬。他的内心深处只有无法排解的悔恨。他悔不当初,坐上皇帝宝座的那一刻,为什么就那样幼稚,只顾打量金碧辉煌的皇宫而不去学治国之道?为什么就没有干掉霍光,尽快巩固自己的统治?

京城失足成千古恨,此恨绵绵无绝期。他挥毫将"石姥姑"抹去,留下了他对过往生活的追忆,在石姥姑土城墙上悬挂起"昌邑王城"四个大字。泪湿衣衫,山河不再,他的内心在昌邑王城中滴着血。

汉时的昌邑王城,刘贺初来乍到,荆棘比如今长得更茂盛,时时刻刻牵绊着他的脚步,时不时让他在这不眠之夜栽跟头。生命的伦常、人世的伦常、王道的伦常,击碎了他的所有美梦。成者为王、败者为寇,以致沦为阶下囚,被宣帝流放到这样一个不毛之地。宣帝啊,你好毒好毒啊!霍光啊,你好狠好狠啊!

在江南这一小片土地上,在昌邑王城,每年都有水患的侵袭,收取食材的困难也让他一筹莫展。更为要命的是,在鄱阳湖周边的众多土著眼中,他成了一块肥肉。那些湖边的盗匪,无时无刻不在觊觎他府上众多的金银财宝。他那君王胸襟、策安天下的雄心被这些乡中小人所困扰。他战战兢兢、如履薄冰,不停地在豫章太守面前陈情,不停地申诉自己的诸多不便。

豫章郡卒史孙万世给他出了个好主意。赣江西岸距昌邑王城四十里开外的赤城是栖身的好去处。他恍然大悟,似乎得到了启示,隐约看到了东山再起的希望。背倚散原山的绿色青翠,得鄱阳湖的润泽之恩,山水相济,这样的生命格局满足了他折腾自己的心思。消除、排解内心的寂然,这是一剂上佳的良药。心病良药治,他满含热泪跪在昌邑王府的祖宗牌位前,朝他的祖父汉武帝和祖母李夫人深深地叩了三个响头。

昌邑王城外,漫山遍野的天鹅、雁群鸣叫盘旋,仿佛在演奏一首难以排解的呜咽曲。岁月磨平了刘贺的棱角,也把他的两鬓催白。尽管他在赤城找到了要建一座自己理想之城的意念,尽管他又在挣扎中找到了自我,但岁月让他未老先衰。灰头土脸的日子,炙烤了他一颗无法安定的心。他在焦虑中倒在投射进一缕阳光的居室内,六神不安,难以自拔。

渴望救赎和期望新生成了他的白日梦。他常常会出人意料地跑到自己令人在王城开挖的古井边,对着水中的影子,察看自己衰老的容颜。他一看见自己的容颜,便歇斯底里地惨叫不已,像个魔鬼,跪在井沿狂号:老天灭我啊!

事实是那样的无情,当年轮转过一个个圈圈时,他已经被这风刀霜剑击碎了心田。绝望之余,他只做了一件满意的事,那就是为自己立生坟。

紫金城,见鬼去吧!在昌邑王城他已经受够了江南的冷凄,他不想再有一座城池压碎他的梦幻。他只想在自己死后,去所谓愿望之城,看着儿女们成长,期待儿女们的新生!

昌邑王城升腾起刘贺说不清道不明的梦魇。

如今的昌邑王城,已是一幅江南田园图画。没有了争权夺利的大起大落,也没有兵刃相见的战争硝烟,水边人家枕着千年故事,在废帝刘贺的还魂笑料中,谈今说古。鳞次栉比的楼房欲与昌邑王城试比高,日子过得平淡无奇,却很充实。

如果老天有眼,让刘贺重回故地一游,他也会感慨沧海桑田的巨变而泪湿襟袖啊!

写给父亲

2011年6月18日,"六月飞雪",一场风寒,夺走了父亲的生命,让我周身寒彻。父亲已经离开我们整整十年了。回忆起父亲的生平,我眼中充满泪水,喉咙就像堵了棉花,胸口急剧起伏,记忆如幻灯片一样放映。

村里的老人们说,鄱阳湖的水是硬水,能扛得起船舶。我的父亲正是在这样一片硬水中承载了我们家这条船,在鄱阳湖边迎风斗浪,扬帆起航。父亲两岁时,公公即逝。我的婆婆含辛茹苦带大一双儿女。到了父亲十几岁时,他便自立门户,耕耘栽割,里外一把手,逐渐走向成熟,担负起田间劳作、养家糊口的职责。

父亲在老房子的后面栽了一排苦楝树,待到我初谙世事后,他常挂在嘴边的话就是:"我们家就好比这苦楝树,虽然长得慢,却刚劲不弯。人就要像这树一样,活得挺拔,不做狗尾巴草,向人点头哈腰。"我很认同他的说法,也总按他说的去做。父亲在村里是出了名的硬汉,他从不认同村里个别人那种凶狠霸道、恃强凌弱的做派,遇上看不惯的事,便会毫不犹豫地用各种方式和方法去进行正义的抗争。村里的人如干了不法不公之事,他总会忍不住去数说一番,以致得罪人。有人劝他不要"多管闲事",但他仍我行我素,毫不退让。那些蝇营狗苟者,见了他都退避三舍,有的人甚至送他外号:雷公头。

为了能让吾辈离开村子奔前程,他吃苦耐劳,让我们兄弟几个都背上书包,进了学堂。1970年,父亲胃部大出血,被送到南昌做手术。当时,我正读完初中升高中,亲戚朋友都劝他让我放弃学业回家种田,减轻家庭的负担和压力,可他坚决不同意。他交代我:"你不用担心,就是这回去南昌闭眼于病床上,你也不能丢掉学业。"我的大叔陪着他去南昌,我却因为学业不曾去南昌探视,至今想来,心都隐隐作痛。大叔后来告诉我,父亲做手术,连麻药都没用。当时医院正在实验指压麻醉法,医生征求他的意见,他满口答应,全无惧色。手术开始后,这种麻醉法的镇痛作用不明显,他便将毛巾咬在嘴里,疼得全身大汗淋漓。母亲听到他的呻吟,在手术室外心急如焚,坐立不安。手术完成后,主刀的医生朝我父亲竖起了大拇指,父亲有些飘飘然,说起了大话:"没有什么了不起,经得起鄱阳湖的风浪,就不怕这点痛。"他的刚毅令医院上下交口称赞,多少年过去了,只要提起这件事,他就分外来劲,这多少也是性格使然吧。

父亲对这个家的贡献实在让我这个家中长子汗颜。每天,他在生产队劳作完回家后,还要扛上锹去自家的自留地莳草施肥、耘禾除稗,至深夜方回。我却睡大觉,不闻不问,仿若闲人。有一年他夜晚劳作,被蛇咬了,几个月不能出工,这意味着我们家要揭不开锅了。到这份儿上,我才警醒,开始认真做些事情。1973年7月,我毕业回乡,整整一个暑假,他知道我心情郁闷,不让我去生产队出工。原本双抢的季节,正是生产队忙碌的时期,多一双手帮忙也是好的,生产队长为此常有怨言,说我这样作田不像长工、读书不像相公的人,以后连老婆都讨不到。父亲为我撑腰,我也乐得逍遥,一个书呆子稳坐中军帐,天天就构思一部长篇小说。我自知文笔不咋样,还是霸王硬上弓,装模作样。

1974年国庆节,父亲见我心态仍不见好转,便给了我十元钱,让我前往南昌投奔表叔公——江西拖拉机制造厂的总工程师涂伟。顺便说一句,他参与设计的"八一牌万能拖拉机"1958年还进京参加了五一节献礼。表叔公是一位慈祥的老人,见我到来,随即让表叔婆给我铺了张床,让我睡着安稳。表叔公每天骑着自行车,带我上街溜达。国庆之夜,八一广场放焰火,表叔公骑了自行车,早早带我来到主席台,挑了一个极佳的位子坐下来。很快,焰火铺天盖地,从地上飞向天空,绚丽多姿,让人沉浸在一个五彩斑斓的世界中。表叔公听说我懂无线电,主张我在农村学修理收音机,以艺压身,有活干。他将我介绍给他的大儿子、清华大学毕业后分配在江西省中医院的涂胜中。这位表叔让我收获颇丰,他送给了我一本厚厚的《半导体手册》和《线性电路》,还有三极管、电阻、电容等器件,这两本书至今我还保存着。

待了一个星期,从南昌回到老家,我开始琢磨修理和装配收音机,用表叔送给我的几个三极管,糊里糊涂装了一台四管收音机,虽然效果不是很好,倒还能满足我一人收听的需求。父亲说:"这下好了,更是农不农、莠不莠的。"我只好装聋作哑,一切只为了不去生产队劳动。

也是时来运转,1976年,公社广播站缺一个通讯报道员,我的老校长孙显福向公社领导举荐了我。11月,公社通知我上班,我喜出望外,父亲也长长地舒了口气。他说:"总算要脱土气了。看来,能写也是一门手艺。"从此这手艺伴我终生。

1988年,父亲随我进县城,为了不增加我的负担,正好县城兴建集贸市场,他就应聘住进工棚守料。工棚简陋,仅靠几根竹子支撑,每人睡一张木板搭的床,棚子中蚊虫乱飞,可他全不在乎,他安慰我:"比在农村作田种地强多了。"他是个责任心很强的人,每天晚上都要起床,打着手电巡上几回。因为他的负责,工地没有出现过被偷盗的现象。工地负责人对我说:"你父亲让我们睡了个安稳觉。"

他一生正气凛然,我当上文化馆副馆长后,他经常告诫我:"不要贪图小利、见钱眼开,只要有吃有穿就够了。"父亲的引领确实给了我警醒,我在县电影公司任书记兼经理时,有人半夜送钱上门,他得知后,第二天就让我和妻子将钱还给人家。后来,我当上文联主席,他仍再三告诫我不要收受不义之财。

后来,父亲一直帮县水建公司看门。他一直坚守信念,自己养活自己,以不增加我们兄弟几个的负担为目的,守到老、干到老。后来水建公司改制,他才依依不舍地离开。他喃喃道:"我在水建,风吹不到、雨淋不到,轻松自由。"

为了让他活得开心,母亲去世后,我和妹妹共同出资,为他买了一间四十余平方米的居室。他看了后,乐不可支。他说:"我就喜欢单干,独自生活,这样很好。"人老了,就图个无忧无虑、逍遥自在。这就是我的父亲,他很率真,有时候兴起,他会邀众多老年朋友来家中谈天。欢乐的日子时刻相伴着他走过每一天。很难想象,他已是八十高龄的老人,每天风风火火,走起路来,脚下生风。有时得意,他自诩:"你婆婆活了一百岁,我应该九十岁没问题。"我也衷心希望他超过婆婆,成为昌邑乃至新建地区的老寿星。

白云苍狗,世事无常,一场感冒将85岁高龄的他击垮,让我手足无措。父亲躺在病床上,喃喃自语:"倘能病好,我还想乘飞机,再去北京的孙子家中做客,好好吃一回北京烤鸭。"

记得2009年侄儿少华在北京结婚,父亲在婚礼上乐开了花。我们一大家子都坐飞机回江西,他感到十分开心,念念不忘,幸福满满。

  他常常说,只想在生前能多抱几个曾孙。可是,十分遗憾,那时只有弟弟有一个孙子,我的孙子陶晓年出生,已是他去世几年后的事了。

  他走了,带着不甘,带着不满足走了。绿竹摇风,仙鹤翱翔;西山莽苍,巍巍荡荡。我在父亲的坟前,久跪不起。

二、昼耕夜诵

水边的母亲

我的梦中常常飘过她劳累后垂在额前的乱发。母亲像一尊雕塑，深深地刻在我的印象中。困苦的生涯没有给她带来快乐和舒心，更没有给予她丰厚的回报，只把许多的念想和希冀吞没在汗水里。

她的一生，几乎都在半径十几公里的范围内打转，鄱阳湖的水边、田地里，都是她的工作场所。水中求财是她的本能。打鱼、捕虾、挖野藕、捡菱角、打湖草、捡牛屎，这都是她平日的工作。一个家的重担压在她的肩上，让她常常忙得不可开交。我的少年时期，正是贫困之时，靠生产队的粮食根本填不饱肚子，她就把目光盯向鄱阳湖，向水中求食。天寒地冻的腊月，她上身着棉袄，下身只穿个短裤衩，冷得打哆嗦也要下水捞虾。我站在岸上捡她扔上来的鱼虾，都冷得不行，何况她还在水中。我看她冷得打哆嗦，连连呼唤她回家，她却责备我："回家没有填饱肚子的东西，看你怎么活！"等到她捞了几斤虾上岸时，双脚都冻得发紫。她强颜欢笑，颤抖着从牙缝中挤出几个字，小声对我说："你看，娘不是好好的吗？"她说着，便扛了网，牵着我，一路小跑着回家。村里老人都常竖起大拇指赞扬母亲："高子（母亲姓高）做事不要命。"有的还说："这个快要熄火的家，被她烧旺了。"老人们的话是有所指的，我虽年幼听不太明白，但也悟出了几分。我父亲是独苗，小时候体弱多病，祖父在父亲两岁时便因病去世，祖母靠给人做针线活、给人搓麻绳、给人做厨倌赚些小钱，将父亲养育成人。母亲嫁过来后，内外操持，这个家才有了些生气，家境也开始好转。

母亲常对我说："家穷不怕，就怕你们兄弟几个没出息。穷的话，我会下死力气去做。你们没出息，就无药可治，我做事也没劲。"她把最大的希望寄托在我身上。记得我开始上小学的那一年，家里杀年猪，母亲特意把我的启蒙老师方先生请来，坐首席，尊为长辈，让我行大礼。她对我的宠溺也是村里皆知的事。我少年时，她只要求我专心读书，家中的力气活都让大弟去做。其实，大弟当时也在读书，也应该享有同等权利，可在母亲眼中，我比大弟会念书。

到了我去村外小镇上五年级时，母亲特意为我买了一个饭盒。每天中午，她都要步行五里多路给我送饭。来也匆匆,去也匆匆,望着她的背影,我的眼中充溢着热泪。为了不辜负母亲的期望,我认真学习。然而,我生长在一个没有高考的年代,当四叔挑着床铺板,把我从联圩中学接回家时,母亲守在村口,远远地手搭凉棚抬眼望我。我回家的现实让她的心口在滴血,我知道我是她生命的希冀,但一切似乎都付诸东流了。

回村后,母亲便四处张罗着给我找对象。可我却屡屡回绝,让她一次次碰钉子。其实,我还在想着回报母亲,想着我的未来,在我还不能安身立命之时,何苦寻根绊住手脚的绳索呢?一而再,再而三的回拒,让媒人们也失去了耐心,在母亲和媒人的眼中,我成了一个不食人间烟火的厌世鬼。

上天好像对每个人的命运都早有安排,不管这个安排是好是坏,你都得接受。因为爱好写作,我进了乡政府。母亲这时算是长长地舒了口气,她送我到村口时说:"我也不想你当大官,只想让你享享轻快福。"意思是不作田种地,受面朝黄土背朝天的苦就够了。我结婚后,为了不让孩子影响我们的工作,母亲丢下家里的农活,来帮我带孩子。她几乎一刻不停地洗衣做饭,默默无闻地承受着繁重的体力活。我的邻居至今提到我母亲,都会夸她人品好、有德行。她与人为善,从不与人纠纷,很受人敬重。

再后来,我当上了县文联主席,她似乎多了几分担心。她说:"我们家不愁吃,不缺穿,你千万不可昧了良心拿分外钱啊!"我几乎是开怀地笑了。我告诉她,文联这个地方,是个没"油水"的地方,所有的经费放到我一个人的口袋也装不满。母亲这才舒心地笑了,她说:"娘就要你做这没'油水'的官。"

母亲的坦荡是她的本性,她把所有的心血都倾注在几个儿女身上,唯独没有计较自己身体的好坏,也从来不曾有过好高骛远的念想。一朝病倒在床,她有一天竟把嘴凑到我耳边说出自己的念想:"唉,我没有去过北京,没有去过天安门。"我听了,顿时泪如雨下。

她去世后,我把一张自己在天安门广场的留影烧给了她,让她解解遗憾。这也算是我弥补自己的过失,为母亲身后尽一点做儿子的孝心。

风霜挂脸的父亲

一

父亲是在去年父亲节的前一天去世的。在这个特殊的日子里，我们总会想起父亲，想起他那张既严肃又慈祥的脸！

以前，父亲在的日子，我很少有过落寞，很少有过迷茫，我时时刻刻总想着我的身后还有一座山，一座高不可及的山，让我觉得这山是我的依靠。每当在工作和个人生活中遇到麻烦和痛苦时，我会有一个可以倾诉的对象，一个可以让我敞开心扉畅叙衷肠的地方。

父亲常说："我一辈子在鄱阳湖边扶犁打耙，苦都吃尽了。晚年能够悠闲自得地在水泥街上转，能够在公园中打打牌，我满足了。如果老天能够让我多活几年，那就是我的福分了。"父亲天真起来像个老顽童，他是个性情中人，总爱幻想，希望返老还童。这种无邪的念头支撑着他活过每一天。他对吃不讲究，也不忌口。他爱吃烤鸡，于是，每天都去肯德基门店买几块啃。他是一个极不愿意接受别人照顾的人。在他七十八岁那年，我和妹妹替他购买了四十来平方米的居室居住，他十分满足，逢人就夸房子舒适，冬暖夏凉，并请人家去他那个所谓的梦之屋参观，言语间不无炫耀和自豪。他辛劳了一辈子，总想过几年自由自在的日子，为此他宁愿自己烧饭，自己洗衣服。他看电视十分着迷，他刚住进去，就催妹妹赶快去缴纳有线电视费，以便他打发晚上时光。他在自己的小天地中得到满足，得到快乐。父亲晚年很爱玩纸牌，有时他把牌友请到家中，摆上一桌，玩得开开心心，甚至还烧茶煮饭烹菜款待他们。我们兄妹几个看到父亲如此开心，也由衷为他高兴，只要他觉得快乐就行。他的钱由妹妹掌管，平时积存下来也有五位数，可他花钱从不大手大脚，玩纸牌时，最大额度也就几毛钱。一旦口袋空空如也，他便会向妹妹要钱，但从不超过三百元，这就是他一个月的开销。

他经常挂在嘴边的就一句话："在我有生之年，能让我抱一个曾孙子，我就知足了。"可是这个愿望,在他临终仍无法实现。我的儿子、女儿生的都是女孩,大弟的两个儿子生的也是女孩。如果父亲在世,知道这样的结果,真不知他老人家有何感想。为这事,我也好几次到他的坟前,呆呆地默坐,不知与父亲如何交流。想到这,每每涕泪俱下。

　　父亲留给我的物质财富实在微乎其微,我与大弟分家时,仅分得九百元债务。可是,在长久的家庭生活中,父亲的秉性、父亲的睿智无不在感染我,精神财富让我终生受用。我当文联主席后,他常说的一句话是:不要带坏人就行了。意思说,你当这么个不上品的"官",职务虽不高,但是要起到模范带头作用,要用好的德行、品行去影响别人,不要用自己坏的行为举止去带坏头、做坏事,让人唾骂。

　　那年,少华侄子在北京结婚,我和小弟、妹妹几个陪着他一道参加少华的婚礼。婚礼结束后,我提议全家买机票,乘飞机回南昌。没想到他竟第一个表态赞成。从来遇事节俭的他,从来不乱花钱的他,竟破天荒地同意如此奢侈的言辞,我们都说父亲这一回破例了。这一次坐飞机,成了他一生中有里程碑意义的一桩事,他在飞机上乐颠颠对我说:"这钱留在手上,能有多大用处啊!舒舒服服飞了这么一趟,也不枉在世上打一转啊!"父亲的想法是真实的,他也毫不掩饰自己晚年来日无多时的追求和向往。一个一生在田里耕耘的人,没有更高的生活目标,只有这么一个念想,让我既汗颜又眼睛发潮。做儿子的,没有能像那些达官显贵那样让父亲坐上"奔驰""宝马",只是坐了一回飞机,仅此而已。想到此,我总会萌发出深深的内疚。可是,想过之后,又有几分坦然,做人做事还是有一个底线的好,奢靡的生活除了让人思想发霉、情感发霉之外,并没有任何意义。

　　父亲给了我生养之地,给了我血肉之躯,我常扪心自问:我给了父亲什么?让他得到了什么?提出这样的问题,我心中无底。我只知道,为人子,我尽了本分。父亲把接力棒交给我,我把这个接力棒交给儿子,能交得好吗?我能给儿子一些什么?我的心中无底。父亲走了,永远地离开了,他用他的理念和信念支撑起一个风雨飘摇的家,让这个家得到了社会的信任和尊重,让我们在这个地球上有了属于自己的立足之地,这就够了。凭这一点,我感谢我的父亲!

　　无法收笔的文字,让我的眼眶中始终闪着泪花,父亲往日的音容笑貌,一直

萦绕在我的脑海。

但愿父亲今夜再入我的梦乡,让我们再叙一回父子情,让我再向您诉说我心中难泄的块垒……

二

如果苍天有灵,我相信父亲一定看到了我写下的关于他的文字,也一定看到了我上传在博客中的那三幅照片,两幅是全家福,一幅是父亲和母亲的合影。他一定能感觉到我想要对他说的话。我现在依旧认为父亲还活在我的心里,他仍然是家族的长者,坐在首席,接受着晚辈的寒暄和祝福。

这绝不是我的一厢情愿,也绝不是我白日做梦。人世间的父子情分,让我无时无刻不在回忆,无时无刻不在叹息。如果父亲还在,那该多么好啊!父亲的血液在我身上流淌,让我把他的血液再传给后人。我始终认为,您做我的父亲还没有做够,我做您的儿子也永远做不够。

记得还是他去世前的4月29日,他在大弟家养病,突然给我打电话,要我赶到他身边去,有话要说。当时我愣住了,父亲有什么急事?是不是病情加重?我匆匆坐了环城车赶到大弟家中,来到他的床榻前。他很认真地说:"今天把你叫来,没别的事。你现在就给我回到老家,去盖幢房子。这房子不要很大,只盖一层人字屋,花费也不可太多……"我听父亲如此说,还真有几分震惊。我们在老家没有房子,二十几年前,因生活拮据,老房子已经卖给了族叔。随后的日子,我也多次盘算过,想去老家盖个房子,可是只要同他老人家商量,他就一个劲地摇头,坚决反对。这一回截然相反,他竟下令要我回老家盖房子,真可谓一百八十度大拐弯啊!我当即便答应了父亲的要求,第二天即与小弟一道,驱车前往故里。族里的叔婶、兄弟们听说我这次回来是要在老家盖房子,几乎都像过节一样兴高采烈,相互庆贺。但是,当我说出父亲要我盖一幢小小的人字屋时,叔婶、兄弟们都坚决反对。三叔说:"你要知道,昌邑山走出去的人,大小有顶'官帽子'的,回来建房,都在两层以上。你建个小小的人字屋,不把我们的老脸都丢尽了吗?"是啊,这几年,许多人衣锦还乡都大兴土木,何况我,不大不小也是个"正科"。思来想去,也罢,俗也就俗这一回吧。不建,违背父亲的意愿;建小了,让人笑话。几年来,我的稿费收入掰指头算也能凑上这笔款子。我主意拿定,于是当即拍板动工,既不问皇历,也不问地仙,择日不如撞日,5月1日不就是个好日子吗?当天下午便平整场地,整个家族的兄弟们一齐动手,那种场面让我看得眼热。

回到长垅,我把这一切讲给父亲听,没想到,他落泪了。故土难离的情怀使他深深地陷入家族暖融融的氛围中。他又滔滔不绝地讲他在村里所做的一切,他主持公道,他不畏权势,他敢于同那些所谓的头面人物抗争。他痛快淋漓地回忆着,让我听得也激情迸发。是啊,身正不怕影子斜,父亲把这看成了自己的立身之本。

记得那年,父亲担任生产队的放水员,邻队队长在他们队水源不足的情况下,在我们生产队放水时,偷偷撬开涵管,将水截入他们的田中。父亲面对强势的头儿们,毫无惧色,据理力争,硬是让他们赔偿了两个小时的放水时间,方才作罢。这种事不胜枚举。他不畏强权,待弱者却将心比心。记得二十世纪五六十年代,很多安徽、江苏的民工来到我的老家打零工,栽禾、割禾、挑草。一位江苏来的民工老张,住在村东的碾子间,因风寒侵扰,得了肺结核,一连十几天无法起床。父亲约了村中另两位社员一道用板车将他送上轮船,将老张交给县民政局才放心回家。村里的事,他更是竭尽全力而为。村里的池塘,因为红石不够,很多塘岸已坍塌。父亲极力主张,动员全村青壮劳力花了近一个星期时间,前往鄱阳湖中,将一座早已废弃的石桥的桥板,用十几辆牛车运回村,使村中妇孺洗衣服更加方便。父亲就是这样一个做事风风火火但有板有眼的人。

父亲去世是在我建完房子第二层的时候,我们兄妹几个经不住他执意要回乡的请求,在一个酷暑难耐的下午,陪他回到了这个属于自己的、在故土上的家。可是,就在第二天的早上9时9分,父亲与世长辞,永远地离开了我们。入殓后,我拍着他的棺盖,痛哭失声:"老父啊!你这一辈子是我的父亲,下辈子你还做我的父亲。我做您的儿子,值,值啊!"

父亲唤不回来,他睡熟了,他睡在故土上,睡在自己的家中,睡得安稳,睡得坦然,睡得毫无顾虑,睡得心安理得。

父亲听不到我的呼唤,听不到我的号啕,从此我没有了叮咛,没有了嘱咐,没有了开导,没有了能推心置腹的人。我向谁请教?我向谁倾诉?因为在这个世界上,还有一些话,我只能对父亲说,向父亲求助。这一切,都没有了。当父亲逝世一周年将要到来的时候,我惶恐不安,很想找人把我的所思所想和盘托出。于是,我想到了文字,想到了用这种特殊的倾诉方式,来表达我对父亲的情感。人的一生中,最亲的亲人,莫过于父亲了。他将自己一生的真情交付给我,自己撒手西去,失落给我戴上了沉重的桎梏,让我无法摆脱。

每当我重新审视父亲那张冷峻的脸,我似乎觉得他在责备我,在训斥我。我仍像三岁的孩儿一样,在他的面前,感受到父亲的威严,感受到父亲的温暖。是的,如果没有严父,哪有我的今日。他的秉性、他的人格,这是任何金钱都买不来的传家宝啊!父亲给予我的太多太多。

我在思念的旋涡中难以自拔,沉浸于父亲生前的回忆。为人子,在以往的岁月中,我感觉对父亲实在有很多很多的亏欠,留下了许许多多无法挽回的遗憾。

我是个感性的人,面对父爱,我得到启示。当夕阳西下,一抹晚霞涂抹在我身上时,我毫不犹豫地选择最后通往山巅的那短暂的行程,不管是弯弯曲曲的羊肠小道,还是宽广无垠的公路,追随那个在我心中永远也不会消逝的背影……

窗前的那盆夜来香

  我不知用什么文字来完成我的叙述。

  她要走了,我让围在她身旁的人们都进堂屋,独自陪伴她于人世滞留的最后时光。这时的她,已经无法用言语交流。她静静地躺在那张小床上,骨瘦如柴的躯干,已经在她身上看不到一个女孩的花容月貌,已经看不到她的笑靥,已经看不到她那双明亮的大眼。一切就这样结束了,结束得让人猝不及防,结束得令人心如刀割。我看着她那张承受过无限痛苦而干瘦的脸,多么期望能够在一瞬间出现生命的奇迹,可我知道这一切只是痴心妄想。

  蓦然,我看见了她居室的窗台上,竟有一盆夜来香在无助地绽放。我想,这也许是我的侄女读懂了生命的含义,在最后的时光内留下的特殊语言。据她的公婆讲述,在与病魔抗争的日子里,她唯一做的一件事,就是每天挣扎着给这盆夜来香浇水。无奈的选择让她于人世留下了属于她的最后一丝生命轨迹。

  记得 6 月 28 日,她给我发了一条短信:"大伯,你问我想要什么,你能给我一个安乐死吗? 我知道你们谁都办不到,可是你们知道这样的日子对我来说天天生不如死,折磨得人真的无法承受,与其大家看着都难过,不如早点结束,早点忘记还有我的存在。我真的坚持不下去了,好累啊! 我只想自己能一觉睡着不醒该有多好啊,就不会有痛苦! 病魔已经折磨得我痛不欲生了!"每次看完这一段文字,我都会心如刀绞,欲哭无泪。燕红啊,天不假年,让你在人世没有享受到幸福和美,就这样未过而立之年便先我而去。

  她 14 岁来到我的身旁,也许是因为乡村女孩离开父母后的孤独,也许是对环境不熟悉,她平时极少言语,只以自己的勤勉和孜孜不倦赢得我们的看重。她的人品、她的素养,与更多的女孩比较,几乎可以说得上完美。她是个乖乖女,在生命的迁徙中,她的选择只有两个字:顺从。她打字的熟练程度过人,常常得到"新科文印"小店的客人们的交口称赞。

  当病魔降临到她身上后,她选择默默地承受,没有泪水,没有怨言。命运把她推到了旮旯角落,她在面对生存的威胁时,超过了一个女孩子所应承受的生命之重。我的许多朋友提及她,提及她的病情,都不由得慨叹:多好的女孩啊!

窗前,那盆夜来香生机盎然,可我侄女的生命之树却行将枯萎。短暂的春秋成为她在人世间的昙花一现。她带着对人世间的留恋,带着对生命的遗憾,悄无声息地走了。

没有伟大,没有轰动,平凡得再不过的平凡,普通得再不过的普通,可老天却剥夺了她仅有的那么一丁点儿生存的权利。她与窗台上那盆夜来香一样,在那一小片属于她的天地间,释放着一个夏日短暂的芳香。

我不敢想象这盆夜来香很快也将要面临枯黄……

紫金城的月光

  可以想见,月亮初上时分,是紫金城的寂静时刻。月色如银,城垛口上,一位兵丁眺望着鄱阳湖,凝固成一座雕塑。刘贺坐在屋檐下,与月相望,诉说自己的沉闷与焦虑。忧郁如影随形,纠结于内心,令他难以释怀。他很想当着鄱阳湖的面,对着这无声的月儿歇斯底里地狂号,排解自己的愤懑。

  不遗余力造一座城,圈住了岁月,也圈住了自己的心。刘贺想到这一点,不免自嘲。这座城也把月亮圈住了。月从城的东垛出,又从城的西垛坠。这月亮行走得太快太快,让刘贺只看见了紫金城模糊的影子,还没来得及欣赏自己的杰作,月儿说没就没了;这月亮又行走得太慢太慢,让他站在生命的绞架上,无休止地诉说自己的无辜。想当初,他大权在手,坐在让人们羡慕的皇帝宝座上,叱咤风云,一声号令天下动,那时的月亮比今日的月亮更圆。曾经沧海难为水,现如今这座梦之城对他而言太小了,在这个弹丸之地,他噤若寒蝉,动弹不得。

  一个到过天堂的人,走进地狱,这种心理落差,谁都难以适应。他在呻吟,在诅咒老天的不公。痛苦的经历让他愁白了少年头。他的身子瘫了,每天都在忍受着被宰割的痛苦;他的心瘫了,每天都在寻找着迷惘的未来。

  紫金城周边,茂密的森林遮了他的眼,各种鸟雀的喧闹加剧了他内心的骚动。为了寻找灵魂的憩所,他费尽心机。贬居江南,在石姥姑停歇,他将原来的土城加高加固,修建了栖居江南的王府——昌邑王城。不过,内心的疑虑加剧了他对王城的恐惧。这个地方,来往的官船多、贼船多,为了躲避世俗追逐的目光,他犹豫再三,离开昌邑王城去鲜为人知的西山边大兴土木,安营扎寨,做起了"山大王"。他蠢蠢欲动,用不安静、不安分来消减内心的纠结。良药苦口利于病,这也是刘贺治疗心病的最好药方。每次从昌邑王城乘船西行,来到西山大岭中的狗盆山巡视,看着紫金城一天天长高,他的心间不免多了几丝安慰。

  修建紫金城的初心,曾使他勃发斗志,欲与天公试比高。他想用自己的方式到达理想的境界。

  让人失望的是,他给自己开好的药方却失去了长久的疗效。他的身子骨日

渐消瘦,淫雨凄风总销魂,不祥的预感把刘贺重新推到痛苦的旋涡边缘。他想起了祖父刘彻的诗:

> 嘉幽兰兮延秀,
>
> 葟妖淫兮中溏。
>
> 华斐斐兮丽景,
>
> 风徘徊兮流芳。
>
> 皇天兮无慧,
>
> 至人逝兮仙乡。
>
> 天路远兮无期,
>
> 不觉涕下兮沾裳。

是的,刘贺的内心何止在饮泣,他的心在滴血啊!紫金城的崛起并没有排解刘贺的心绪,他彷徨、惶惑、恐慌、无助,大有天崩地陷的感觉。满山满垅清丽的月色试图安抚紫金城主人内心的骚动,夜色阑珊并没有使他在建紫金城的憧憬中获得快感。他重回昌邑王城,在鄱阳湖边飘荡的月光里反思。他弱不禁风,十分害怕阳光的灼热,每天蛰伏于昌邑王城的寝宫,点亮心爱的月牙形灯盏,用那微弱的光亮驱除妖魔鬼怪,填补内心的阴暗。院子里鸦雀无声,世界似乎在此刻静止。他开始做一个远离人世的美梦、白日梦。他梦见了自己的祖父汉武帝和祖母李夫人,他们正在远远的泰山之巅向他招手。祖母李夫人走过来,牵着他的手,安抚他:"天不会塌,地不会陷,何苦抱怨生命的无常,纠结于仇恨与不堪之间,智慧用尽,灵魂出窍,覆水难收。还是回到我们身边,隐身于我们的羽翼下,享受你那份孩提的天性吧!"刘贺如醍醐灌顶,他痛哭流涕高呼:"祖母,我随你而去。"刘彻似乎多了几分愠色,携了李夫人,撇下刘贺,缓缓西去。不过,李夫人还是时不时回过头来向刘贺致意。

刘贺热泪盈眶,望着两位老人的背影,再度声嘶力竭疾呼:"祖母!我好冤啊!"

窗外的月色投射到刘贺身上,这惊悚的光亮让他从梦中惊醒。他大汗淋漓,起身点灯,一丝弱如萤火的亮映着那张蜡黄的脸。他摸了摸自己的脸,凉飕飕冷冰冰,梦让他心绪不宁。他惊魂未定,即将油尽灯枯的失意使他对生命多了几分不舍。西天的缥缈与不归深深地刺痛了他的心。他对财富不舍,对妻妾不舍,对重振雄风不舍。祖父祖母梦中的邀约加剧了他对死亡的恐惧。他甚至借民间巫师的吉言安慰自己梦境与现实是相反的。然而,自宽自解还是无法舒缓他心间的纠结。

刘贺害怕生命不再的心情无以复加,他按照巫师的指令,找来道士为自己造生坟。既要求风水极佳又要求不能离紫金城太远,他希望紫金城能咸鱼翻身改变命运,也希望死后能够在城边看着儿孙们平平安安生活,甚至出现奇迹,看到紫金城的东山再起。终于,他在道士的建议下,看中了城西南角一块飞地。这个地方坐北朝南,前方平坦的田畴和宽广的湖水一览无余。天地氤氲,得水藏风。他毫不犹豫地大兴土木,以人海战术,完成自己的归宿。内心的预感使他做出赶工的决定,以至紫金城完成的速度还没有这座坟墓完工的速度快。他的儿子刘充国、刘奉亲深谙父亲的意图,城内城外,坟内坟外,竭尽所能,为父亲的最后退路和归宿操劳不已。

悲歌可以当泣,远望可以当归。

思念故乡,郁郁累累。

欲归家无人,欲渡河无船。

心思不能言,肠中车轮转。

或许这一曲悲歌就是刘贺内心的真实写照。紫金城的夜永远属于刘贺,皎洁的月光,匀称地洒在他身上。他就像着了魔一样在园中乱窜,揣摩北方传来的信息。为了满足朝北面圣的愿望,他在园中自己筑了一座醒北台,高高的垛口,是他与月光吐露心曲、默默对话的上佳去处。月光下的刘贺没有绝望,始终抱着不变的幻想,企望朝廷出现重大变故,给他带来希望、带来转机。复杂的人生经历在月色中得到启迪。患得患失的莽撞和年轻气盛的桎梏让他失去了华盖之运,被"流放"到豫章,气候的不适应摧残着他的躯体,吞噬着他的灵魂。

刘贺沉浸在对往日的思绪中难以自拔,又无从解脱。他盼望东来西去的月色为这痛苦做某种意义的解脱。王城中众多的金银财宝在月色中熠熠发光,他如痴如醉地抚摸着这些心爱之物,一股不言而喻的情绪涌上心头。他想到了发泄,想到了疯狂,他狂奔到编钟架下,狠命地敲击。清脆的钟声震响了整个紫金城,城内的管家仆人、妻妾儿女都被刘贺的举动惊呆了。人们悄悄地投过来一双双夜眼,注视着刘贺那狂放的影子如魔法般乱舞,谁也不来劝解,谁也不来打扰。夜空中,城内城外林子中的鸟儿、野兽们被这钟声惊走,窸窸窣窣地狂飞乱奔。

一个人在生命即将终结时总会出现回光返照。

既生贺,何生询？命运为何青睐刘询而独独抛弃他刘贺？这也许是刘贺厌恶太阳的缘故。仁慈的月亮也许就是祖母李夫人的温存和温暖,也许就是祖父刘彻的慈祥和爱抚,他渴望这月色长驻,永远不落。他诅咒这月光的西去。

迷茫、失望、失落、颓丧,这就是刘贺在紫金城中的心态。清冷的月色为他写了一首不堪入耳的挽歌,一副不忍卒读的挽联。

也许没有霍光,也许没有刘询,那他刘贺的人生准精彩纷呈。他砸锅卖铁只落得楚霸王同样的命运和下场。

汉兵已略地,

四方楚歌声。

大王意气尽,

贱妾何聊生。

世事难料人难料,月圆月缺留给人的恐怕不仅仅是权力的丢失,更为重要的是让人失去了灵魂。

又是一个紫金城的不眠之夜,月光是这样的冷峻,这样的冷酷,从未给刘贺一个圆满的解答。

礼篮子里的书

小时候,跟随母亲前往外婆家做客,是件很惬意的事。

二十世纪六十年代初,由于家贫,我根本没钱买书。那时我虽年幼,却喜欢看书。我的外婆家在昌邑,虽不曾有多少财富,却也是个书香门第。我的外公平时练得一笔好字,在乡镇抄写公文,加上家中有几亩薄地,攒下的钱,除了在镇上付几文茶钱外,便是购书。说是购书,也不像现今这样上书店购书,只是用几升米换别家几本旧书,或是去雕版木刻印刷世家用几个铜板购得几本盗版的线装书,聊解读书之饥渴。遗憾的是,外公去世早,几个儿子中只有小舅舅对书情有独钟,算是继承了他的衣钵。后来小舅舅在村中做教书匠,成了我心目中的"文人"。

小舅舅看书很杂,外公给他留下一部分书,他平日里也爱藏书。等到我开始懂事的时候,小舅舅的书橱、书柜就成了我心目中所认定的"宝箱"。

每年三节,也就是端午节、中秋节、春节,家中虽然穷,但是我的父母总要想办法打点四样不很贵的点心之类,去孝敬我的外婆,其中有一样必定是窑洲烟丝。外婆嗜好水烟,一杆铜制烟筒,吹得咕嘟咕嘟响,有时候我看了都觉得滑稽。我总觉得外婆很特别,她和其他女人不同,不下床沿,坐在床上一筒接一筒地抽,呛着了,便一阵接一阵地咳嗽,直到咳出一口唾沫后,又接着抽。

我提一个小礼篮,母亲总是叮咛,千万不要让外婆回礼。因为我们家送的东西本来就少,一张土纸包的黄黄的窑洲烟丝,算是最珍贵的礼物,余下便是一斤白糖、几个鸡蛋、几个饼罢了。我也觉得母亲说得对,这么几样不起眼的礼物,还要到外婆家蹭顿饭,真有几分拿不出手。说归说,最后,我还是硬着头皮去,因为外婆家对我有特别的诱惑力。

我一将礼篮送到外婆手上,外婆就高兴地拍拍我的肩,对小舅舅发号施令:"明子,给你外甥找些书来,要不把你的书柜打开,让他挑。"外婆的话让我喜出望外。记得小舅舅第一次给我的是几本《红楼梦》的连环画。我看得入了迷,一个绚丽多彩的世界呈现在我面前,让我知道除了这鄱阳湖边的水乡生活外,还有更加令人神往的活法,还有更加令人遐思的向往。从此一发而不可收,在小舅舅的书柜里,我在字都认不全的情况下,囫囵吞枣般读完了《三国演义》《水浒传》《红楼梦》等书。

每次外婆给我回礼,吃食之类我是断然不会要的。外婆也知道我的心思,就让小舅舅往我的礼篮中塞书。当然,我是不会推辞的,不但不会拒绝,而且希望多装几本书才好呢!小舅舅惜书如命,每次往我的礼篮中装书时,总是放了又拿出来,拿出来又放进去,放这本又抽掉那本,口中还不忘记交代:"你这几本书,到了中秋节可得还给我啊!"我这个人,从小养成好习惯,平时做什么事,都很重信誉,可就是对待小舅舅家的书,我的应承多少有几分口是心非。端午节小舅舅的"回礼"到中秋节恐怕也没有几本能再回到他的书橱中去。小舅舅这时就会抱怨:"我的书又丢进鄱阳湖了。"外婆抽着我们家送去的窑洲烟丝,这时就会斥责儿子:"你要那么多书做啥?外甥莫说几本书不拿回来,就是他把你的书柜抬走,我也乐意。"

外婆的"保驾护航",每每让我过关。每回礼篮子里的回礼,仍然是小舅舅给我的书。

五十知天命,现在回想起这难忘的一幕,总会觉得外婆给我的礼篮中的回礼很珍贵,珍贵得终生难忘。

墹墩的游走

江南的水肥土沃,养育了一位长眠于地下的帝王。山地间,茂林修竹,香樟拔翠,绿意葱茏。河塘中各种水草用自己生存的愿望编织了好一片水边风景。水势和山势成就了帝王的安寝。汉代遗风足以让这片土地编缀成一片梦幻般的意境。一个流传已久的故事,诉说着这片土地的神秘。

墹墩,这个用了一千多年的名字,为何到今日才得以被高看?这似乎是个难解之谜。字面所透视的影像还原于真实,光怪陆离的大千世界在大自然的遮掩下凸显几分诡谲。在这之前,人们一直在豫章以北一百二十里,苦苦追寻汉代昌邑王刘贺的足迹。他就像一位隐士突然从昌邑王城中出走,人间蒸发,不知所终。岁月的风雨抹去了他所有的生命痕迹,民间戏说他修仙悟道;也有的说他落发为僧,遁入空门;更有传说,他以一相貌相似者为替身留驻昌邑,而自己却乔装打扮,返回山东昌邑封地。各种版本的传说不一而足,时间和空间都把这些传说渲染得神乎其神。这或许应了那句老话:江西没有天子地。刘贺在江南待不住,必走无疑。做过皇帝的他何尝消受得了江南的冷雨凄凄、寒气袭人?鄱阳湖浩渺的水面让他每每前往赣江与鄱阳湖交汇处,面北哭泣,慨叹世态的炎凉,倾诉他对祖先的向往。他痛断肝肠,后悔不已,苦苦自责没有在历史的长河中把握好瞬间即逝的机遇,才做了二十七日皇帝便被霍光赶下皇位,贬谪豫章郡,成为一个真实的"草民"。鄱阳湖以它宽广的胸襟接纳了他,成全了他,让他苟延残喘,得以成为一个食邑千户的"昌邑王"。痛定思痛的追忆,仅仅是心灵的一剂解药,人还得活着,草头王也得有个家。既来之,则安之,他开始了自己的造城之路,他想象着王城的模样,在新建昌邑构筑自己心目中的王城。命运捉弄了刘贺,但岁月留住了刘贺,他赖以生存的根基就是这方圆百亩的土地。

昌邑王城早在刘贺到来之前,就有现成的城垣,为土著所筑。也许是昌邑王刘贺早就相中了墹墩这个地方有王者之气,所以兴建一座属于自己的都城,暂居昌邑城之地;也有人说他为避水上强盗而前往墹墩,重新兴建赤城;还有人说他为修建自己的疑坟假墓而在墎墩大兴土木。

　　一切都在盗墓贼的觊觎下重见天日,传说归于真实。墎墩一派巍峨的气势和那林丰水茂的地气倾倒了我们这些文人士子、考古专家。一个辉煌灿烂的地下宫殿即将重见天日,黄土之下的墎墩有望重见端倪。墎墩把昌邑王的原始做了一个大手笔、大写意。古城的原貌顺着一列长长的土墙林木在我们的视线中延伸,城门洞开处,隐约可见的车马道成全了内城一片特殊的风景。当然,还有这墎墩古墓遗址,在一片小山包中,刘贺已经躺过了唐、宋、元、明、清。如今,它成为文物,成为新建区的特殊风景、另类财富。

　　新建是个文墨之地,历史上有多少王侯将相、文人才子在这里留下了他们的足迹,谁也不曾做过统计,谁也不曾有过思考,厚重的历史文化气息给这片土地留下了什么?墎墩在岁月静静的行走中开始发生着震撼人心的惊变。这个惊变将让人们看到关于墎墩的神秘,看到刘贺生活的奢靡。刘贺早在汉代就在墎墩这个地方画了一个大大的感叹号。

　　我们不得不说,墎墩确实异乎寻常,不同凡响。丰厚的植被给墎墩披上了好一层现代的外衣。虎踞龙盘的氤氲在山谷中回荡,纠结成一片江南影像。岁月留痕,这片土地收获了一个家族的念想,伦常世袭着墎墩的绿意走过了一代又一代,优美的风光相伴着刘贺留下一个个悬念,他静静地躺在山谷中,悄无声息地做着东山再起之梦,封存的记忆成了这里的一幅山水画。

　　他是个失败者,也是个觉醒者。幡然醒悟后,他为之前的所作所为悔青了肠子。当他领着全家遍走江湖,长途跋涉在迁徙的路途时,北方那股帝王之气一直在他头上盘旋。他害怕这股气的失去,也害怕即将面对的空寂,生命的躯壳对他已经失去了意义。成者为王,败者为寇,这是一条千百年不变的定律。他喝着闷酒,厌倦了声色犬马的生活,大声呵斥着那一群风流成性的女人。他再也不愿意躺在那些酥胸软乳间虚度时光,他欲奋发,去做一个像样的帝王。他盼望皇太后的再度恩赐,降下懿旨,成就他复出的梦想。于是,他在鄱阳湖的旷野上游猎,他在赣江边洗马,他又成了一个伟岸的大丈夫。高大的形象让他的下人也为之惊悚,他变了,确实变了,变成了一个成长中的刘贺,让那些被他戏弄过的女人们也惊讶不已。刘贺内心的痛苦挣扎是任何一个人都无法体验的。东山再起的念头越来越强烈,他把宝剑舞得风生水起,他用削铁如泥的宝剑刺穿红石。他要让人们看到他的凶悍,让人们看到他的帝王气概,让人们看到他东山再起的雄心。

顺着游塘城边的荷塘,他捧着《孙子兵法》研习,寻找自己失败的答案。他恨自己烂泥扶不上墙。内心的挣扎使他的心情时好时坏,阴晴不定。于是,他又丢了兵书,坐上官船,顺北划向河口,再度面北,长跪不起,如泣如诉,将自己的志气、雄心讲述给天空和水面听。茫茫宇宙,何处有回音,只有空气知道他的心思和意向。他在心底乞求辅政大臣的原谅,期望他能宽恕一个少年纨绔王子的轻狂。他甚至许愿,一旦能够回京,做牛做马也要服侍皇太后,成为孝子贤孙。不争的事实让他看到的是岁月的无尽头。荒草萋萋,蒿莱遍布,风的响声给了他无声的回复。北方的动静让他感到窒息,他呜咽,他号啕,他歇斯底里,他咆哮无畏,可是这一切皇太后和霍光看不到,也听不到。谁也不把他当回事,那把辛酸泪值几文钱?社稷的天地轮回已经在他手中玩不转了。他失望地掩面而回,湖面上空留下一片祭祀的香灰,飘飘荡荡,随波北去。他在祖堂长跪不起,甚至摔碎了自己心爱的陶罐,敲破了从北方带来的彩绘陶俑,可这一切都于事无补。

刘贺开始了心灵的另一番审视,他重新审视了自己的家小,在儿孙中选择能者,让他们熟读诗文,求取学问,以图家族复兴。他寄希望于第三代、第四代,苦其心志、饿其体肤,但他在所不惜,苦教苦学,甚至用棍棒处罚不上进者。这种严酷的教子方法,几乎使他众叛亲离,但他固执得一万匹马也拉不回,坚持一条道走到黑。他也没有想到,这种做法让他得到了意想不到的收获。天的颜色在渐渐地改变,当他躺在床上奄奄一息时,北方传来消息,说他的儿孙可以继承他的王位。他翻身起床,披灯夜阅这一条文字并不多的圣旨,一遍又一遍。他热泪盈眶,内心澎湃起伏,他几乎沉浸在亢奋的激情中难以自己。刘贺感天动地,只是当他的情绪到达顶点时,他却一命呜呼。

他走了,静静地走了。他留在江南的岁月里,留在墎墩的竹林中,躺在自己所筑的赤城边,凝望着儿孙的再度崛起,期望某年某月家族的光明,期望汉室中兴不衰,期望自己的后代飞黄腾达,成为一代贤王。

这就是刘贺关于废帝的一个梦。这个梦做了千余年,墎墩成全了他的梦,岁月匆匆如白驹过隙,时至今日,刘贺的梦终于醒了,他又要重见阳光,回到人世。不过,这一次的复归,他头上的王冠已经褪色,他脚下的朝靴已经腐烂,僵直的躯体无法赋予其思想、赋予其心智,他在梦中长眠,早已成为世人(后代)稀罕的道具。也许,他的身后物更加地吸引人的眼球,可无论如何,墎墩只能成为一个做过帝王梦者的栖息地。

  废帝之地,成了刘贺永远的痛,他自己一手断送了自己的帝王梦。一个时代的风云席卷着发黄的纸页留在了史册中。有人在其惨痛的经历中吸取教训,有人将其误己误国的作为引以为戒。从这一点讲,刘贺留给后人的页码又是那样的厚重。发掘墎墩古墓,将其列为国家级文保单位,这仅仅是从考究历史的角度对刘贺予以认定,但在现实中又有几人能似刘贺一般,撞了南墙能够回头呢?

  历史是人写就的。刘贺给予江南一片好风景,如果现代克隆技术能够成功复原一个刘贺,让他以鲜活的形象重返人间,面对苍生,面对今生今世,不知他会做何感慨。

鄱阳湖文化之根——戏文

水发出的声音最动听。

鄱阳湖上,水的声音,鹤雁的声音,是孕育文化的源泉。

鄱阳湖给鹤雁提供了表演的舞台,也给沿湖的民众提供了表演的舞台。

每到冬藏时节,人们将收获的谷子送进仓库,便开始表达丰收的喜悦。

搭台唱戏是必不可少的项目。

戏文感动了鄱阳湖,感动了民众,鞭炮声、锣鼓声伴着鹤雁的歌唱,成了鄱阳湖特殊的人文景观。

鄱阳湖古称彭蠡湖,是我国第一大淡水湖,湖区面积3970多平方公里,涵盖江西省南昌、新建、进贤、鄱阳、余干、永修、都昌、星子(今庐山市)、九江、德安、湖口等地。自古以来,鄱阳湖就以独特的乡风民俗和独特的人文习性影响着居住在湖区的众多子民,更以丰富的文化底蕴成为世人瞩目的文化现象。鄱湖文化就体现在一个"水"字上。在社会生活如此丰富的新时代,重新翻开鄱阳湖这本"书",尽最大的努力读懂它、读透它,戏剧是书中最值得阅读的一页,也是最耀眼的一页。

鄱阳湖区戏剧活动源远流长。采茶戏是鄱阳湖戏剧活动中最为重要的一支。据清乾隆版《新建县志》载:"上元张灯,家设酒茗,竞丝竹管弦,极永夜之乐,明末为最盛。"

晚明时期,铅山士子费元禄在他的《节序诗·清明》中记载:"邻厨妇爨青枫火,御苑莺卸绮百花。走狗斗鸡寒食后,山歌又见采山茶。"由此可见,其时采茶歌在鄱阳湖东的信江流域已经兴起。

清乾隆三十一年(1766),进士陈奉兹在《浔阳乐》中描写当时九江元宵灯会盛况时写道:"灯火照龙河,鱼龙杂绮罗。偏怜女儿港,一路采茶歌。"

清名士、四川人李天英客居彭泽县时也在他的诗作《龙城竹枝词》中记载了鄱阳湖北部地区唱采茶歌的盛况:"锣鼓喧阗鹤焰腾,凤凰山上月初升。采茶歌罢东风起,吹出鳌山太子灯。"

鄱阳湖区戏剧活动早年主要以说唱的形式出现。穷苦人家以讨饭为生,上门求食时,用凄厉的哀号来引人注意。为了增加这种讨要的力度,以期得到更好的讨要效果,不少人将毛竹锯成筒状,两头蒙上蛇皮,套在颈下,双手敲打,砰然有声。这就是有名的鄱阳湖道情戏。有节奏的乞求声,伴着这渔鼓道情,唱得催人泪下,主人的施舍也在情理之中。

后来这种单人道情慢慢演变成双人随唱,再后来便手舞足蹈。这种新颖而又表演到位的道情戏吸引人的眼球,成了湖区人争相观睹的好戏。在这种戏曲演唱的大背景下,弋阳腔及各种茶歌茶戏应运而生。

经过不断地扩充演唱范围,这种道情与附近西山山脉采茶姑娘的采茶山歌相和,开始出现了采茶戏的下河调。这种曲调新颖别致,极富感染力。其声调清丽、悠扬悦耳,演唱独具魅力,深受民众爱戴,表演形式也开始发生变化,演绎成双人对唱的采茶戏。随着戏剧活动的频繁展开,表演形式推陈出新,便有了三脚班、半班,采茶戏便在湖西一带走村串户传唱开来。

鄱阳湖区的戏剧活动同时在道情戏、马灯戏、采茶灯等民间灯彩活动的基础上,经过单台、二小戏、三脚班、半班,逐步形成各种家班、戏班。湖区的戏剧活动全面开花,硕果累累。其中湖区主要剧种采茶戏也因此进入全盛时期。

在鄱阳湖东岸,弋阳腔早在元代后期便成为人们喜闻乐见的戏剧表演形式。弋阳腔是古代南戏高腔之一。弋阳腔不是文人书斋的产物,不是达官贵人酒足饭饱后的消遣。其表现的是底层民众对生命的呐喊,表达的是人民群众渴望改变生活的愿望和图变求新的向往,同时也是对那些命悬一线的穷苦百姓的召唤和拯救,是对他们坎坷命运的诠释。"向无曲谱,只沿土俗""改调歌之""错用乡语",这一腔调的水情、湖情顺应了百姓的心态,出自民间又传唱于民间,范围渐广,逐步繁衍。

流行于信河流域的"广信班",其流行范围为广信府各县,以贵溪、玉山为中心,包括上饶、广丰、横峰、弋阳等地。著名的班社有:紫云班、兴云班、江百通班等。各大班社均在自己的发展进程中逐步形成了特殊的表演艺术风格,如兴云班以武戏见长,常演剧目有《铁笼山》《景阳冈》《蚌蜡庙》等;江百通班以丑角戏闻名,一批能发挥其艺术专长的剧目如《九锡宫》《三搜柴府》《何乙保写状》《顶烛怕妻》《酒楼上吊》等，是这个班社的当家戏。

流行区域相对较广的饶河班，以鄱阳、乐平为中心，包括万年、德兴、余干、余江、浮梁和景德镇等地。其班社遍及整个饶河流域，著名的班社有马老义洪班、大同乐班、赛同乐班和明经同乐班，这些戏班均兴起于清末民初，统称为"乐平饶河戏大名班"。

素有"星子大戏"之称的西河戏是鄱阳湖西北一带的主要戏剧表演形式。道光年间，著名艺人汤大乐将弋阳腔、宜黄腔、青阳腔等汇于一炉，排演成黄皮戏，成为西河戏的雏形。很快，西河戏便成了永修、德安、九江、都昌等地民众传唱的第一戏。

说到鄱阳湖畔的戏剧活动，我们得感谢三个人物，即明代戏剧家、临川人汤显祖，明代嘉靖年间戏剧家、新建人魏良辅，清乾隆年间戏剧家、铅山人蒋士铨。他们为鄱阳湖的戏剧文化做出了不可磨灭的贡献。

汤显祖是明代著名戏曲家、文学家，江西临川人。他出身书香门第，少有才名，34岁中进士，为官期间因触怒权贵愤而弃官归里。家居期间，他潜心于戏剧及诗词创作。

汤显祖一生的成就以戏曲创作为最，其戏剧作品《还魂记》《紫钗记》《南柯记》和《邯郸记》合称"临川四梦"，其中《牡丹亭》(《还魂记》)是他的代表作。汤氏的专著《宜黄县戏神清源师庙记》也是中国戏曲史上论述戏剧表演的一篇重要文献，是研究江西地方戏剧史不可或缺的重要资料。汤显祖在官场失意后，多年追随大学士张位，于南昌的水观音亭和新建的桃花岭隐居。新建历史上著名的地方戏剧名篇《蔡鸣凤辞店》就与《牡丹亭》有异曲同工之处。

魏良辅是明代著名戏曲音乐家，同时代的曲论家沈宠绥在《度曲须知》中赞扬魏良辅的成就时说道："嘉隆间有豫章魏良辅者，流寓娄东鹿城之间，生而审音，愤南曲之讹陋也，尽洗乖声，别开堂奥，调用水磨，拍捱冷板，声则平上去入之婉协，字则头腹尾音之毕匀，功深镕逐，气无烟火，启口轻圆，收音纯细。"

魏良辅在为官期间，料理政事之余，将江西的弋阳腔与海盐腔相结合。这种新结合而成的腔调既是赣剧的雏形，也是昆曲的创新。他糅合北曲的长处，采纳弋阳、海盐、余姚等腔的某些特点，同时又从江南民歌中汲取营养，对南曲进行全面改造，加工整理成一种清柔婉折的新腔，称"水磨腔"，也就是昆腔。昆腔的诞生,造就了过去戏剧舞台上从未有过的一个全国统一的新局面,创造了中国古代完整的民族戏曲表演体系。同时,这也是中国有戏剧以来,最持久的一个剧种。后来,魏氏便被人们尊称为昆曲鼻祖。

清代鄱阳湖区的戏剧活动尤为鼎盛。铅山人蒋士铨创作的戏曲十六种,成为南昌万寿宫戏台上的必演节目。蒋士铨被誉为"乾隆曲家第一""雅部之殿军",成就卓越。他的戏曲中有着浓厚的江右情结,他在戏曲创作上的成就直追明代戏剧家汤显祖。蒋士铨不因循守旧,他独辟蹊径,以忠义节烈作为作品的主题,有着明显的教化作用。蒋士铨的不少剧本总是在开头和结尾以梦和仙境为引子,渲染剧本主旨。这种创作方法被后来的剧作家仿效,成为一种新的戏剧创作方法。他的剧本创作与众不同的还有一点,即剧本中的人物命运和矛盾冲突都以生活的原生态出现,打破了以前剧本创作大团圆结局的写作路子,在他所创作的剧本中,主要人物都以死了结。这成为正剧和悲剧创作的主要写作模式。蒋士铨在戏曲创作上选题独特、文辞别致、重情弘义、重史扬忠,表现了他厚重的人格力量。

这三位戏剧家奠定了鄱阳湖区戏剧发展的扎实基础。

湖区百姓为了满足自己唱戏、看戏的喜好,想尽了各种办法。湖区有年戏、节戏、中秋戏、社火戏、酬神戏、庙会戏、还愿戏、求雨戏、出船戏、开河戏、修谱戏、喜庆戏、集贸戏、解交戏、斗米戏、蹾脚戏、坐堂戏、赌戏等几十种。出船戏是湖区每年春汛时渔船下湖开唱的戏;开河戏是每年下半年秋冬之际渔船出湖、开河打鱼时唱的戏;酬神戏一般是在各寺庙宫殿主神的生日或得道日演唱;喜庆戏的范围很广,如结婚、祝寿、添丁、升迁、新屋落成等,都要唱戏。艺人们也都乐意演喜庆戏,因为可以在正戏开演之前插上"跳加官"活动,这样可以得到额外的赏赐。民间约定,禁渔期过后,岁时节令唱戏,这已成为普遍现象。

仅新建沿湖一带,历史上就有过许多民间班社,有一百几十个。溪霞、昌邑、联圩等乡居多,差不多村村都有戏班。中华人民共和国成立后,这些戏班被统称为业余剧团。有"戏窝"之称的昌邑乡就有曹门、会门、西门、楼下、大坊、良门、坪门、王家、窑头、桥板头、唐家等十一个村办业余剧团。

鄱阳湖区历史文化厚重,长期以来,戏剧传播着地域乡俗、地域文明,体现了鄱阳湖区民众对美好生活的向往和追求,展现了鄱阳湖区特殊的精神风貌。

戏剧文化美化了心灵,美化了生活,成为民族文化的重要根基。鄱阳湖区的戏剧活动在注重根脉传承、继承传统的同时,不拘泥于古老的表演形式和演唱套路,从一味地演唱传统剧中走出,大量地插入现代元素,着力体现现代文明生活,涌现出众多反映现代生活的作品,并在全国屡获殊荣。值得一提的是,湖区一些民间剧团也从演唱传统戏中走出一条新路。新建区昌邑乡西门村剧团地处鄱阳湖腹地,历史上长期以来一直以演唱传统戏为当家戏。自从鄱阳湖增设鄱阳湖国家级自然保护区以后,针对湖区乱捕滥捞的现象,西门村剧团用特殊的宣传方式编演各种保护候鸟、保护湿地的小戏,在沿湖乡村演出。鄱阳湖国家级自然保护区管委会对西门村剧团保护湿地的行为给予了充分的肯定,帮助这个剧团解决了外出宣传的部分费用。这些戏使湖区保护湿地的各项政策深入人心,使湖区呈现出一派爱湖、护湖、保护候鸟、保护湿地的新气象;展现了湖区人民的新风貌、新风尚;使采茶戏这个古老的剧种焕发了青春和活力,得到了很好的传承。

漫长的岁月里,鄱阳湖区的戏剧活动是湖区乡俗、湖区文化的重要组成部分,也是湖区民众自娱自乐、自我教化的最好方式。

鄱阳湖区的戏剧活动牵起的是乡愁,舞动的是浓烈的湖文化。

南矶岛上升彩虹

一

　　有人说南矶岛是鄱阳湖的心脏,有人说南矶岛是天女散花时丢进鄱阳湖中的头钏。多次去过南矶岛采风后,我感觉南矶岛似乎是鄱阳湖中的月亮岛。

　　这座美丽的小岛,植被如盖,绿意盎然,水色苍茫,雁鸣鹤唱,让我们沉浸在诗意江南的意境中难以自拔。季节给南矶抹上一层又一层油彩,涂鸦出一个又一个让人神往的美景。岁月的云烟填充了南矶风华绝代的神韵。一踏上这座小岛,就会产生许许多多的联想,触景生情,收获小岛上特有的美妙和宁静。当然,久而久之,它也会令人枯燥和乏味。值得庆幸的是,我在小岛上有不少的朋友,他们有的是渔民,有的是教师,有的是干部,有的是学生。这其中,有一位老人,给予了我属于一座岛的印象,他就是67岁的陈安裕老人。他身子骨硬朗,饱经风霜的脸膛就像矶山的红石,黑中透红,鄱阳湖的风浪在他的脸上刻下了深深的印记。他的笑意挂在脸上,让人读出一种沉稳与安详。过惯了苦日子的他在欣赏今日的南矶岛时,笑靥更加灿烂。他欣喜地谈到南矶岛的变化时,人们也能觉察出他的隐忧,读懂他的心绪。谈到兴浓时,他总会用手比画半月状的弧圈,言语间充满了遗憾。他讲的是南矶的桥,南矶人心目中的连心桥。千百年来,南矶的闭塞,让南矶人尝够了望湖兴叹的生活,狭窄的小天地禁锢了人的思维定式和生存模式。日出日落、岁月交替,南矶人的心结,有谁解得开?陈安裕说到这里,总会感慨万千。他说:南矶这个地方,生他养他,山美水美。人们在岛上过着神仙般的日子,米谷不少,衣食不愁,就是愁那一渡水。南矶河把南矶留在鄱阳湖的怀抱中,进也不是,退也不是,那种见不到"光"的日子,圈住了南矶山人的身,却圈不住南矶人的心,南矶山人做梦都渴望像城里人那样,过一回新时代的新生活。

　　南矶岛是个美丽的去处,枯水季节,一望无际的草洲,绿草如茵,宽广如毡,湖草、芦苇是天然的草场,更是候鸟栖居的好场所。抬眼望去,宽广的湖洲像一幅天苍苍、野茫茫,风吹草低见牛羊的画。

进入汛期,岛内外具有别样的风情,整个绿洲隐藏在一片汪洋下,轻浪拍岸,鹭鸟低鸣,季节的海让人舒展胸怀,豪气万丈。

南矶日出更是"风情万种",太阳自东方喷薄而出时,整个湖面湖光潋滟,披金戴银,美不胜收。波涛吻着岛屿,鹤鸟悠闲飞翔,大自然把南矶岛带入一个出神入化的境地,让人心旷神怡。

南矶的夜分外迷人,满湖渔火,似繁星点点。天上人间,沉浸在宁静的幽境里,让人醉在梦乡。这样美丽的地方,怎能不让人流连忘返,做一回逍遥游呢?可是,水把南矶与世隔绝,桃花源式的生活,让他们"不知有汉,无论魏晋"。那种渴望和向往,几乎让人把秋水望穿。

农耕文化时期,南矶人以打鱼为生,谁也没有留意过这山水风光的过人之处。每天清晨摇着桨儿出船,辨着水色下网,到了夜晚,渔火点点,伴着月儿,寻找收获的契机。南矶人的生活过得不紧不慢,虽然没有富庶的昨天,虽然没有上天的特别眷顾,但是南矶人摇着桨划着生活的船,抬眼望星空,闭眼水上梦,就那样摇啊摇,摇啊摇……像被封闭在一个真空罐中,过着与世隔绝的生活。到了洪水退却的秋、冬、春三季,南矶便掩映在荒草萋萋中,一条南矶河把南矶人圈在鄱阳湖水域,"水隔南山人不渡""野渡无人舟自横"成了这种生活的真实写照。

水的禁锢把南矶人的命运写进了一个天高皇帝远的水旮旯中,鄱阳湖的水既是他们的生命之水,又成了他们与外界隔绝的壁垒。1991年7月发生的一件事印证了南矶人心头的这份纠结。当时正是涨水季节,一个月黑风高的夜晚,村民万祥平突发上消化道出血,生命垂危。面对这样一个危急病人,岛上的医院无计可施,既无输血条件又无输血、止血设备,更不用说动手术了。可是,天这样晚,浪又那么高,要将病人紧急转送到对湖的堤岸上,真比登天还难啊!可是病人不转院,生命不保啊!

南矶乡卫生院的陈凡经院长没做任何思考,救人一命,胜造七级浮屠,他决定亲自登船护送。在湖上,他凭借往日对风向的经验,在全身被浪打湿的情况下,直至下半夜终将万祥平送到对岸,转到南昌市医院。待到办完急诊入院手续,已是第二天黎明。从此,他置个人安危于度外的美德很快在村民中传扬。

2006年初夏,同样是一个黑幽幽的夜,村民杜玉娥上消化道出血被家属火急火燎地送到乡医院。卫生院的陈凡经院长在初步诊断后便当机立断,又是由他亲自护送,在风急浪高的艰险面前,毫不犹豫地登船陪护病人转院。在船上,病人不停地呕吐,呕血达2000毫升,已至休克状态。陈凡经逢险不惊,沉着应对,边治疗边护送,硬是将杜玉娥从死亡线上拉了回来。

南矶河阻隔了多少恩怨,阻隔了多少亲情,这是一笔难以算得清的账。南矶人每天站在小岛上翘首以盼,期望能与湖岸融为一体,希望能和岸边人平起平坐,收获同样的生存境地,享受同等的人间冷暖。南矶人企盼南矶河上升彩虹、架鹊桥,联结水边情、岸边亲。

南矶南山村村民、67岁的渔民陈安裕每讲到这里,就会动情,就会像小孩子一样,满腹委屈、满肚牢骚,竹筒倒豆子般,说个没完没了。他说他是个土生土长的南矶汉子,年年岁岁都在鄱阳湖的风浪中出没,打鱼并不难,就是为这隔河一渡水犯愁。记得有一年,他一个晚上捕了一农用车的鱼,就因为南矶河的阻隔而臭掉了。他多么希望南矶河也像其他地方一样,能有一座桥,能让自己的农用车出入无阻,将鱼送进城,送上城里人的餐桌。

可是,这么一小片湖心岛,要修一座桥谈何容易,钱从何来?

21世纪的阳光照上这个小岛,也照亮了南矶人的梦想。

南昌市的领导与南矶人的想法不谋而合。当第一批勘察设计人员来到南矶时,南矶人就像招待上宾一样,招待远来的客人。河水煮河鱼,南矶人深厚的"鱼水情"调动了专业人员的胃口,真可谓酒不醉人人自醉,为南矶人的未来精心谋划蓝图,何乐而不为啊!

南矶人千百年的憧憬、千百年的梦想,就这样轻而易举地实现了。2008年11月9日,南矶大桥开始动工了!

建桥的日子,南矶人扶老携幼,来到南矶河边,为这精彩的一幕喝彩。

爆竹响起时,南矶岛上的万二牛老汉说,他做梦也没有想到这鄱阳湖中也会架桥,就为了岛上几百人,架起这么宽的一座桥,真是一种奢华的享受,让人感觉如做梦一般。

2011年2月1日,全长887米的南矶大桥全面竣工通车。大桥完工的那一天,市里、县里的领导都来了,他们来为南矶天堑变通途剪彩,为南矶的明天祝福。陈安裕、万二牛等老人也来了，领着他们的儿女、领着南矶乡的父老乡亲来到桥上。老人们有说有笑，兴高采烈，他们第一次尝试着从桥上走过，那一张张饱经风霜的老脸上，流露出灿烂的笑靥。是的，南矶人迈出了他们走出南矶的第一步、迈出了他们向往新生活的第一步、迈出了他们生活的新追求。一座桥升腾了南矶人的梦想，升腾了南矶人的希望。陈安裕老人对他的儿子说："我们南矶人祖祖辈辈围着这个小岛转，有多少人终生没有离开过这小岛一步，这条河终于被征服了。现在我们可以告慰祖先，南矶人有了一条通往光明的路，通往幸福的路。南矶桥啊！今日让我看了这一眼，死也瞑目了。"

南矶大桥的建成通车，不仅从根本上解决了湖区4000多名群众的出行问题，而且能吸引更多的游客到南矶岛观赏候鸟。天堑变通途，南矶山彻底告别了摆渡过河的岁月，也承载了多少南矶游子深深的乡愁，这对于促进南矶经济腾飞及旅游产业的发展具有多么重要的意义啊。

历史的电闪雷鸣之后，鄱阳湖中升起了一道美丽的彩虹。南矶大桥虽然没有像大江大河上的大桥那样拥有六车道、八车道，没有那些大桥雄伟、壮观，没有那些大桥的利用价值，也没有日日夜夜车水马龙的繁忙，但是它给南矶乡带来的是实惠和便利，在南矶四千多人的眼中，它是一座永不磨灭的丰碑。我深深地为南矶人的新生感到由衷的高兴。我想，如果这座桥还没命名的话，那就干脆叫彩虹桥吧！

二

每到秋谷上场的季节，便是南昌市郊各种候鸟飞来的日子。宽广无边的鄱阳湖滩涂上，水和鸟交织成一道亮丽的风景线。

鄱阳湖有百分之四十的滩涂位于南昌境内，南昌县、进贤县、新建区水网密布，草滩纵横。一望无际的湖滩，数不胜数的鸟群，编织过湖乡多少梦幻、勾起过湖乡多少希冀。地处新建区境内的南矶岛，隐身鄱阳湖腹地，季节的潮涨潮落留下了独特的岁月履痕。大湖套小湖、滩涂套草洲，水中各种鱼虾应有尽有。每到下半年洪水退却后，这里留下的水资源便开始张开宽广的胸怀，迎候各路天使的到来。白鹭、天鹅、野鸭、鹤类、雁群，成千上万的各种候鸟从北方一路展翅翱翔，"择良木以栖"，南矶至昌邑一带便成了它们栖息的天堂、上佳的食场。

一片片草滩湿地中,丰盛的绿草和水生物是它们最好的食物。完美的食物链给予鸟类无偿的款待,使它们在这里越冬度寒,过得舒适惬意。

你不曾想见,四湖八洲,湿草无际,晨光熹微,群鸟击水,遮天蔽日,啸傲长天,貌似云动,惊似飞雪,翩然起舞,倩影依人。就连联合国教科文组织的官员和世界湿地、候鸟保护组织的官员看见如此壮观景象后,也不由得竖起大拇指,连连称赞:"不可想象,不可想象!"

千百年来,水曾经是南昌人的梦魇,无穷的水患曾给湖乡带来多少灾难和危害,也曾给当地百姓带来多少贫穷和忧伤。只有在现代化的今天,水才真正成为湖乡的便利和百姓的致富念想。将根治水患与改善生态环境有机地融为一体,南昌人把水的功用发挥到了极致。在环境改善的氛围中,湖区人爱鸟、护鸟的热情也一年比一年高涨。再不会张天网于水边捕鸟了,再不会洒农药去毒鸟了。水和鸟成了湖区壮观的人间胜境,成为人们欣赏的尤物。湖区的鸟在摄影师的镜头中,成了虞美人;在文学家的文字中,成了美丽动人的天使。

南昌是一座水城,城内八湖四水,城郊江湖遍布:以鄱阳湖为中心散布着军山湖、金溪湖、青岚湖、瑶湖等大小数百个湖泊,市区东北有艾溪湖、青山湖和贤士湖,市内有东、西两湖,市南有象湖、抚河、赣江。绿水青山的宜人环境,水鸟相依的动情场景,吸引了多少人的眼球,也为南昌的城市空间、城市品位提供了其他城市不可比拟的亮点。众多的桥成了连接梦幻水乡的纽带,南矶大桥仅仅是这众多桥梁中的一座。

南矶岛鄱阳湖国家级自然保护区作为南昌视觉的动情点,已经在世人面前轻轻地揭开面纱,是一幅人与自然和谐融洽相处的山水画,更是南昌的骄傲。

挑堤的感觉

站在鄱阳湖的堤上,看着现代化的修堤方式,我不免感慨万千。如今,水乡兴修圩堤,出动的人不多,现代化机械却不少:挖掘机、拖土车、翻斗车、压路机,好一支全副武装的机械化部队。百里长龙似的大堤,一天一个样。效率之高,速度之快,让人叹为观止。

早年秋收后的冬修水利是水乡农民的必修课,全靠人工作业,挖土、挑土、筑堤。

上万人的男女队伍,集中于一两公里的堤线,堤上堤下,人山人海,红旗招展,场面壮观。这种修堤的人海战术,这份修堤的辛苦,只有纯朴与忠厚的农民才能够承担,才能让这鄱阳湖大堤固若金汤。从小我就尝到了挑堤之苦。每逢寒假,我便带了土箕,扛了扁担,同大人们一道上堤挑土。我年纪小,每次便挑半担,也就是大人工作量的四分之一。尽管一箕土二十来斤,但对于小孩来说,也算沉的。二十来米高的堤坝,每天堤上堤下地跑,重担上堤顶,轻身下堤脚,冬天的寒冷都被我们挑走了。到了晚上,我躺在垫着软草的土床上,腰酸背痛腿抽筋,闭眼之后,只盼永不天明。后来我曾戏谑地把这爬坡上坎、挑土上堤称为:路漫漫其修远兮,吾将堤上堤下而求索!

每天上午和下午的劳作,中途会有一个短暂的休息时间,也就一刻钟左右。听到生产队长那声"歇堤"的号令,那可真是得了大赦令,众人顾不了许多,丢下锹铲和土箕便开始了单一的游戏:玩扑克。这些老者便在灰飞烟灭中絮絮叨叨地讲述家长里短,讲述过往岁月,讲述村史家风。当然其中也有"故事篓子"给我们讲民间故事,什么"朱元璋大战鄱阳湖十八年",什么"汉朝昌邑王刘贺做不成皇帝躲到江南来避杀身之祸"。当然,还有什么"孟姜女掐芦苇"的故事和"女娲补天"的故事。有时候,听了这些故事,我就想,如果女娲这时能够出现,帮我们背负大地,填高这大堤,也就免了我们的劳役之苦,那该多好!我从小就是个"小说迷",每年寒假上堤时,我都会在包袱中塞几本线装竖排的古典章回小说。这样的读书时光,让我忘记了劳累、忘记了疲惫,沉浸在梁山好汉聚义的赞叹中,沉浸在刘关张桃园结义的情结内,我似乎也成了一位好汉,那种书生意气便在这堤边的窝棚中升腾。

不过,这种情绪也仅仅是一时的宣泄。白天看着如蚁的人流循环往返于堤上,愚公移山一般挑土堆堤;夜幕降临,站在堤上,看着堤下几百个用竹子撑起、用禾草盖面的人字窝棚,看着每个窝棚前那盏微微透出亮光的马灯,看着那面插在棚顶的猎猎飘扬的红旗,心里就觉得亮堂、温暖。生命带给人的并不尽是黑暗、不尽是阴霾,这微弱得近似渔火的光亮,让我觉出了薪火相传和生命之火的延续。

湖边的大堤,一条条蜿蜒如龙蛇。几十公里、几百公里,二十多米高,就靠人挑肩扛而成。几十年如一日,几百年不懈,一代代人的接力,辛劳自不必说。生活的磨砺,成就了水乡人坚忍不拔的性格,也造就了水乡人不墨守成规、不安于现状、勇于拓进的秉性。

冬修水利,人工挑堤已成为历史,但是那份艰辛和劳累的书写,也是水边人家家族史中优良家风章节最为抢眼的一页,也是水边人家艰苦朴素、知难而进、迎难而上优良品德的最好写照。

挑在扁担上的乡愁

我在文章里常把父亲描绘成一位挑夫。

他的一生恐怕都在与扁担打交道中度过。他的扁担和湖乡男子汉们的扁担别无二致,都是用桑木削制,因为桑木有韧性,更有弹性,扁担挑子放在肩上,两头的物什一上一下,给人以舒缓的机会。父亲的扁担几乎是八字形,湖乡人认定这种弯度大的扁担能给人借力,让人取巧,少几分劳累。繁重的体力劳动,湖区人肩上生活的担子不轻。说到这担子的轻重,绝不仅指担子的重量,更重要的含义是指生活的担子不轻。

在生产力不发达的年代,农村的困苦可想而知。农机不发达使生产力不发达,一年四季农田粗活完全靠肩挑背扛,这样繁重而忙碌的生活还能让人有喘息的机会吗?从年初的挑种谷浸种、打草沤肥,到挑秧栽禾、挑化肥下田,再到收割季节挑禾上场、挑谷进屋,直到送粮进国库,每一季都离不开这个"挑"字。父亲腰间的围布长年被汗水浸渍得湿漉漉的,天长日久,围布上渍满了黄锈样的汗斑,洗也洗不掉。种田人的生命历程无法简单地用"艰苦"两个字概括。到了冬闲季节,这扁担还是在肩上,秋谷刚上场,那边冬修水利的战鼓又擂响了,广播喇叭中愚公移山的故事成了千古绝唱。人们在圩堤边安营扎寨,在与天斗、与地斗的生活中比试挑力的高低。每天堤上越堆越高的泥土成了人们心中的指望,乡水利员每天来测量高度。一个冬季堤上堤下奔忙,肩磨肿了、土箕破了,土方达标验收成了唯一的指望。一旦土挑到一定的高度,大家便放下挑子用围布擦拭掉脸上的汗珠,放大的瞳孔都紧盯着水利员手中的皮尺长短卷动,那一颗颗心也在颤抖。谁的心里都在期待水利员手中捏着的那些小票儿,只要看到水利员蹲下身,在那小票上写上一串数字,并歪歪扭扭地签上名字,那种挑子歇肩后终于能喘口粗气的舒心让人们欣喜若狂,众人都为自己能早早归家与儿女团圆,全家痛痛快快过个好年而欢呼雀跃。大家扔了扁担土箕纷纷跑到河边、江中洗头洗脸,解脱的心情煨热了五脏六腑。大家兴奋到了顶点,抽烟的人们哆嗦着从自己的口袋内掏出那八分钱一包的"经济烟",不约而同地向水利员递去。这绝对不能算行贿,这是质朴的农民对他人认定自己劳作艰辛的一种特殊回报,也是对自己劳动成果的一种另类肯定。挑的意义把生命写成了厚道、忠实、无邪。祖祖辈辈在扁担挑子上寻找乐趣而又在这挑子上备受生存际遇的煎熬。每当看到父辈青筋暴出、大汗淋漓地挑着一担担稻谷、一筐筐土坷垃时,我对那条竖在门旮旯的扁担就会产生莫名的恐惧感,甚至害怕得神经衰弱。这根扁担的传承,这种接班模式,意味着扁担将要压到我的肩上,我将成为这种乡村另类风景的主角,开始进行生活的历练。我时时刻刻为自己揪心,挑子的前程写进自身历史的可能,让我久久无法释怀。每年寒暑假经过挑子的历练后,回到学校,我拼命地鼓动心力,去完成学业,以求自己的生命能够翻开新的一页,从而不要靠扁担吃饭。可是,1973年7月,也许是我生命中最为沮丧的节点,我挑着被子与书回乡了。学业的好坏并没有把我扯出挑子的行列。

回到老家,我赶鸭子上架,硬着头皮给自己备了一副挑具。不过,我把自己挑子的赌注认定在一根茅竹扁担上。因为这种扁担不耐用,我期望等到这根扁担挑坏之日,保不准让我走出这挑子的阴影,脱离苦海,去寻找新的生活际遇。尽管这种生活遥遥无期,尽管这种生活一时似乎毫无奇迹出现,我还是不愿意为自己添置一条耐用的、韧劲足的榆木扁担。

父亲经常戏谑我:"农不农,莠不莠。种田不像长工,读书不像相公。"许多日子里,这句话经常成为他的口头禅。但是,我是一个很独立的人,也有些意气,敢于叫板。回乡后的第一年,我这位"相公"常常觉得村里有种神秘的气氛。年纪大的前辈经常避开我们这些学生郎,聚在一起商议着什么,然后到了第二天,村里总有些年轻力壮的汉子在人们的视野中消失,这令我百思不得其解。到后来,我找到我的一位堂兄探究,他悄悄告诉了内中的隐情。原来,当时国家正实行统购统销政策,粮食必须由国家经营,任何私买私卖都属违法行为,要受到打击。我们湖乡田地多,粮食除上缴国家征粮任务外,自家的口粮省吃省喝,多少有些结余。于是,头脑精明的村民就想到了这粮食挑子,想到这些从口中省下的粮食,将其用十分隐秘的方式,趁着夜色偷偷挑出村,去"投机倒把"。我的故乡地处鄱湖西汊,西边就是赣江与鄱阳湖的交汇处。自赣江下湖的船只、竹排,都要在我老家昌邑以下河段四十里远的吴城镇歇息打尖。尤其是竹排,到了这里,必须重新挪扎,抬高吃水度,将竹排加高加厚,以便承受和抗击鄱阳湖的风浪。这里的排工是我们村子里粮食挑子的主顾。秋收冬藏季节,每天东方还未泛鱼肚白,随着一阵犬吠,村子里隐隐约约便见一些挑子的身影,他们溜出村了。至今回忆这一幕犹觉滑稽,自己用从嘴边省下的饭粒换几个小钱,还得像做贼一般,让人唏嘘。

不管怎样,大米能换回钱来,而且价格不菲,这样的买卖何乐而不为?因此,有些余粮的家庭,便乐此不疲。我也被这条信息吊起了胃口。这之前,父亲曾被毒蛇咬伤,腿脚稍感不便。我是家中的老大,既然家中有些节余,自然天将降大任于斯人,我挺身而出的时候到了。我庄重地向父母表达了我的想法,父母自然是既兴奋又有些担忧,忧的是我身子骨瘦弱,比不得村里其他的青壮年。但是除此之外,我们家只有这"华山一条路",行得通也得行,行不通也得行。父母为我灌了两袋米,确切地说,我当时也并不知道挑子的重量,只见母亲颤抖着手用量筒舀了几升米进袋,又双手用升筒将米倒出些。

我顾不了许多,挑起担子便跟着学增哥、学庸哥、学表哥、灿叔等一道上路。黑暗中,母亲用一只暗得不能再暗的手电筒将我们送出村。

其实,我不明白的是,明明我挑着自家的粮食去卖,为何还跟做贼一样,鬼鬼祟祟、偷偷摸摸。农民总是这样在黑暗中完成自己生存的交易,诡异的场景只能靠夜色抹去痕迹,却抹不掉人们心间的魑魅。这挑子到这份儿上,就多了些说不清、道不明的缘故了。原来,我们一行要一口气赶到吴城镇以东的赣江渡口,但考虑到队伍中多了我,众人便在三洲头歇肩了。挑子在我的肩上成了重重的秤砣,压得我气喘吁吁。众位叔叔、兄弟们都围过来问我累不累,受不受得了。我强打起精神不好意思地笑了,但心里一百个不服气,觉得他们小看我了。等到过了渡口,粮食过了秤,我更是脸红。原来,我肩上的挑子一共才七十斤,而叔叔、兄长们,他们每个人的挑子都在一百三十斤到一百六十斤,我挑的仅仅是他们的一半。排工们都说:"这么个豆芽苗子,也敢上排来。"我虽然接了他们递过的票子,可总觉得这票子太轻了,轻得微不足道。

回到家中,父母算是如释重负,问长问短,我就是不出声。我把受到的羞辱归结于他们的溺爱。自打这次挑粮卖的经历之后,无论是队里挑化肥、挑塘泥、挑禾、挑草,我总是盯着我的同路人,不服输的念头让我给自己加码。人争一口气,佛争一炷香,人家轻松地挑,我是拼命地挑,付出的代价实在太大。

但是心问口,口问心,我还是万般不情愿在这挑子中苦度青春。祖祖辈辈挑过来的担子,应该在我手上歇肩。

信念和执着是卸挑子的良药,但是我不认为自己是个挑子的逃避者。乡村的担当,我领了。我把家族的传承、遗风的承继看得比自己的生命还重。挑子永远是份难以读懂的乡愁,它是生命延续的最大杠杆,涌动的世俗观占据了乡间生活的每个旮旯,谁也无法否定这种生命的追求与向往。当挑子上的扁担压到自己肩上时,沉重催生了人的反思。传宗接代的愿望付之于挑着的担子上,两头的箩筐中便多了一双儿女,稚声童语引发的拷问远远地甩下了挑子的重量。这或许就是人的天性所在。乡间的挑子不知带来过多少的话题,也不知埋葬过多少的抱负和理想,但有一点不可否认:正因为行走在挑子行列的步履踏实,所以就不会用空虚的噱头去袭击煨热乡俗的温情,就不会迁就自己的懒汉意识,去枕着扁担做那不切实际的春梦。

一条扁担的学问,足以生发众多深奥的思考。人对生存原点的恐惧,在扁担的故事中得到答案。牵动乡愁的氛围让人们将扁担挑子摆在神圣的位置祭奠。父与子、子与孙,人的伦常在这祭奠的礼仪中完成着生生不息的宗法观。

好在现代生活已经让这副挑子成为一个永久的过去。机械化程度的加深,已经让更多的父亲在晚年摆下挑子。扁担上的乡愁现今已经成为祖堂上的祖宗牌位,成为村头牌坊上"耕读世家"四个金碧辉煌的大字,成为课堂上读书郎的经典教材,成为乡风弥漫中的无声教诲,也成为父辈遗嘱中珍贵的传家宝。

扁担上的乡愁是一盆煨热乡情的旺火,是我读懂父亲肩头硬茧的最好的参照物、最好的见证!乡间有句俗语:娘三扁担,爹四扁担,扁担下出孝悌,扁担下出良材。扁担上的学问深奥着呢!

村　味

　　我很想让我身上的汗味在村子中散发,与村里的气味相融,成为村子中气味的一部分,哪怕这气味混合着牛屎味、鸡屎味、鸭屎味……

　　早年,我的祖先就是带一身的鱼腥味和鸭屎味在这田坪中的土墩上安身立命、繁衍生息,犹如鳗鱼产卵一样,生崽不计个数,高矮长短一窝,猪头牛脑能在田地上耕田打耙即可,把这个鸡不下蛋、鸟不拉屎的土墩"蹂躏"得尿骚屎臭,像打翻了五味杂陈的瓶子,酸甜苦辣的味儿都有。穷锅破灶,清汤寡水,混一年算一年,村子中的老一辈却穷争穷气,牛气冲天,心甘情愿把命搭在这方圆不到一平方公里的土墩上,竟让这些属于村子的特殊味道千年不散,像幽灵一样在生活的土地上飘荡。其实,谁也说不上这村子里飘荡的是何种气味。据记载,在汉朝,陶姓的先祖便乘一叶扁舟,赶着鸭群,在鄱阳湖边寻找栖身之地。先祖稀里糊涂走一回,便笃定这土墩有地气,足以安身立命。早年有句俗语:下头湖里收一熟,黄狗子不吃白米粥。这里土肥水沛,是一个休养生息的好地方。祖先们做了一个千万年的梦,完成了传宗接代的香火延续。村里的日子就像荡秋千一样,荡过了唐宋元明清,荡过了春秋冬夏。年复一年,日复一日,村里的人住久了,就多了些人气。水煮日晒,这个村子的汗味浓烈。人生苦短,从小到老,就像鸡窝里的鸡崽,在母鸡的羽翼下,渐渐地长丰满,长成公鸡、母鸡,这鸡窝里便多了鸡的气味。人也如此,在村里窝久了,便在窝里留下了属于自己的特殊气味。时间长了,这种气息便一代代地传承下来。

　　村里的树长高了,长绿了。一年一度,花开花落,村子老了,树老了。花草的气息给村子增添了几分野性,浓郁得香气扑鼻,就像藏在地下的清明酒,历久弥香。满地的花草,匍匐在主人身下,在这块肥沃的土地上茁壮成长,香味占据了村子的每个角落。令人称奇的是,树木花草也通人性,村里树木的馨香、花草的芬芳,似乎有别于其他村子里花草树木散发的气息,与村里的人和畜禽气息糅合在一起,成为村子气味的大杂烩。树木花草的气味、人的气味、村子的气味,搅和得十分匀称,就像一坛陈年老酒,散发出特殊的馨香。久而久之,这杂糯的气味便酿制成一份特殊的乡愁,让在外的游子回归故里后恋恋不舍。村子里的气味随风飘散,如影随形地追赶着人的脚步,向入村休憩游览的客人讲述乡间的风景。

这股气息,外人闻之似有汗骚味,似乎于鼻息有几分刺激。可是,村子里的人,特别钟情于这气息。老屋窗棂边摆放的栀子花,祖堂神案上香炉中那支忽明忽暗、袅袅青烟四处飘散的香,家族的神圣表达没有文字的记述,只有这气味的千年传承,每天幽灵般神神道道,践踏着村中的风、村中的雨,展露生存的原生态。我甚至认为这村中的气息来自村子周遭祖先坟茔中散发出的气味。

在我的先人居住了千百年的小村里,我看见了栀子花的盛开,它散发的淡淡幽香成为村中女人头顶的新鲜气息。一朵花插在女人的发髻,成全了湖区女人的另类美丽。不少人也把这花采了,插进瓷瓶里。我认定这种带有几分野性的气息,就是村里的女人味。

村味是戴在女人们头上的栀子花,芬芳的香味弥漫在村里一张张带着笑意的脸庞间。春天的气息永远地托付给了村子。于是,村子里的女人也用这春天和绿色孕育的花朵命名,栀子、桃子、杨子、李子……桃花、梨花、莲花、荷花、菊花、桂花……女人们因名而体态姣美,人如其名,人面桃花相映红,花香、人香、村子香。

村味是村子四周水田中的稻谷香。满垅满垅的金灿灿的谷穗,散发出浓郁的气味,给村中添加了五谷丰登的温馨。崽多好作田,肉多好过年。田地的收入风光,村民脸上才有光。收获的担子挑在肩上,脚步轻松,脚底生风。面朝黄土背朝天的辛勤汗水,验证了劳动付出的价值,云淡风轻的日子在俗意中展现出新的色彩。

现代生活遗弃了传统的生活气息,牵引乡村走进另一片狭小的天地。文明的日子带走了岁月的原始,带走了岁月的穷途,乡村的味道也日渐清新。乡村的轻纱薄雾里老牛长哞,与拖拉机、收割机的声响连成一片,呼唤那些刚从梦境中醒来的人们,也唤醒另一个黎明。人们就在这朝霞的媚眼中享受村中的时代风景。

在老家建了一栋小楼后,每次回乡,首先便是将楼上楼下的前门后窗都打开,让书房的气息与村味贯通,融为一体,书香气息便多了些山野村夫的味道。

小楼中堆满书后,书香味与湿霉味混合在一起,乡村便多了些文明的风气。村中的空气与小楼中的空气相互融合,广袤的原野上便多了些人气。千百年的家族聚居于一个村子,传承了特殊的乡村文化,也传承了特殊的历史人文气味。尽管五味杂陈,但住久了就是人味。我在这人味中做深呼吸,使之游走于五脏六腑,将它带进城市中我那个小窝,让儿女也接受这气味的熏陶,生生不息。

在生命的记忆里,我无时无刻不与这村味息息相通,我的魂渗透在村味中,我的魄跌落在这片土地上。每个人都有自己的村味情结,这是自己赖以生存的根基,也是生命的源泉。村味养育了千年家族,也繁衍了一代又一代人,给村子留下了厚重的不同于其他村庄的特殊人文气息。十里不同风,百里不同俗,说的就是这一道理。

村味,对于游子来说,臭也是香,丑也是美。村里有句俗语:狗不嫌家贫,儿不嫌母丑,自肉自香。村子老了,墙上斑驳陆离,台阶上、村巷中,苔痕滑腻。一棵柚子树,栽下庭前绿,满院香气袭人,众多的老者坐在树下,喝茶闲聊,自得其乐,村里安宁祥和的景象十分惹人。

村味进城,很快城市中也弥漫着村味。

京 华 幽 梦

　　我也与蒋士铨一样,去了一趟京华。蒋士铨去京华,是为了改变命运;我去京华重走蒋士铨之路,重新讲述他的行迹,尽管这种讲述难以还原乾隆年间的社会场景。

　　人总是在繁华和羸弱中兜圈子。也许,这就是人生幽梦。朱门酒肉臭,路有冻死骨的朝代,街景映照着一份良心,发出惊世骇俗的呐喊。"猎猎西风劲,湖心月乍生",先生行走的步履成了我前行的动力。我在清代的内务府寻幽,在纪晓岚的老屋前徘徊。遗憾的是,身居高位而颇有官家良心的纪先生为何不睁开慧眼识英才,抬爱蒋先生,偏偏让和珅主宰了才子的命运,成为历史的遗憾。他就这样悄然而来,悄然而归,毫无惋惜地走了。京城的繁华留下的仅仅是痛,洗衣坊的穷妇、柔弱无助的乞者,还有沿街卖艺的江湖人、贫病交加的卖柴人,这就是蒋士铨对京城的深刻认识。京城是富人、官员的天堂,是穷人、乞丐的地狱。我为蒋先生拍拍屁股上的灰尘,一走了之的行止称好,他把生命的呐喊记录在自己的诗中,成为永恒。

　　别了,京城的繁华。蒋士铨好啖杯中物,酒兴孕育了他心间的火把,于是他点燃了岁月的秋茅,在天地间烧了个连营七百里。不屑京华,倾心江南,"不重雄风重艳情,遗踪犹自慕倾城。怜伊几纳平生屐,踏碎山河是此声",岁月留给蒋士铨的是绿意盎然。故事是那样缠绵,那样别致,我不想让自己总是躺在蒋士铨的梦中,做些不切实际的空想,于是让自己的足迹重回江南。

　　机场上的喇叭已开始呼唤,承载我的梦想,回到远方的祖宗牌位前,再续一炷香火,让那缕缕青烟升腾。告别那些曾经在地球上挣扎过、在人间痛苦过、在乱世的刀口流淌过鲜血、在刀耕火种年代挥洒过汗水的人们,你们曾经经历的,正是我今生今世的经历。我也如蒋先生一般,用自己沙哑的嗓音发出一声狂吼:"苍生不老,雁过留声。人生如水,岁月无痕!"这就是文人的呐喊。

　　繁华不属于蒋士铨,也不属于我。生命将我安排在江南水乡的小旮旯,不成天上一片霞云,只做湖边一棵水草。"几见珠围翠绕,含笑坐东风?闻道十分消瘦,为我两番磨折,辛苦念梁鸿。"

我好像一枝秀荷,随风招展,率性而为,胸中似有豪气激荡。齐家、治国、平天下,胸怀和气度在新的时光隧道里成为新的风景。蒋士铨先生有句名言:"我生不愿作公卿,但为循吏死亦足。"

人生效蒋,命随士铨,以文入世,终生以托。但愿"人间万象模糊好,风马云车便往还"。断首犹能作鬼雄,精灵白日走悲风。蒋士铨做到了,我为何不能?

我又从梦中醒来,远方乡间那吐着乡音的唢呐正在吹响……

租书读的日子

读外国名著,是我在乡镇当放映员时的美好回忆。

高中毕业后,那时没有高考,农民的儿子上大学是一种奢望。推荐工农兵大学生,那是大队干部子女们的特殊照顾,我只有扛着被服回乡。幸好,后来乡里缺一个通讯报道员,听说我能摇笔杆子,于是把我调进了乡广播站。进了乡广播站后,乡电影队缺个放映员,这样,我就边写通讯报道边放电影。

当乡村放映员是个苦差事,每天都得去县电影公司换片子。我有买书的习惯,于是常常绕路去南昌市的胜利路新华书店买书。后来发现这个店还有对外租书的业务。我一听说,便来劲了。每天租书一本,只收一角钱的租书费,每本书只要交十元钱的押金,既便宜又实惠。这可是天大的好事,徜徉在书架前,我真不知挑哪一本书好。以前在乡下,看过的书,几乎是当代小说,诸如《林海雪原》《苦菜花》《迎春花》《三家巷》《青春之歌》《红旗谱》《孤坟鬼影》等。这一回,我有了一个新的选择,开始对外国名著感兴趣,甚至情有独钟。

记得我借的第一本书是《安娜·卡列尼娜》,我被主人公的遭遇深深打动,几乎是如饥似渴地看。自此,每天两个多小时取片子搭车往返的时间,便成了读书的好时光。书几乎是每天换一本,《红与黑》《茶花女》《珍妮姑娘》《基度山伯爵》……

有一回,我因为在车上看书,从八一桥坐4路车去长垵换片子,可是由于看书看过了头,直到公共汽车开进了湾里终点站,我才慌了,一时不知如何是好。当晚,我因赶不上回乡的班车,只好在长垵招待所住了一宿。我索性一不做二不休,再坐车去城里,借来另一本书,挑灯夜读,一口气读了一个通宵。

久而久之,我与书店的几个营业员也混熟了,她们也知道我是个"书痴",且爱书,从不会把书弄得缺页少角,也从不把书乱折,更没有丢失过图书。于是,她们总是特别"开恩",让我每次多借几本书。

看多了书,便有一种冲动,于是,我也开始尝试着写小说,当然是写一些小小说。没想到,这些小小说居然在《南昌晚报》发表了,一连发了十几篇。从此,我便与写作结下了不解之缘。我想，小说《红与黑》中的男主角于连为了情感追求，可以不顾自己出身卑微而苦苦高攀，他的爱完全是出于一种野心，一种因占有欲而产生的狂热。他那样贫穷，能够得到那么高贵、那么美丽的妇人的爱情，已经是上天的恩赐了。但是他欲壑难填，与几个可望而不可即的贵夫人结成生死恋，最终连自己的头颅也丢掉了。

每天一角钱的租书经历丰富了我的人生，只可惜，这家书店在经济大潮的影响下，开始退出市场，今天已经成了胜利路步行街上的一个金银首饰店，铜臭的味道淹没了书香，新华书店成为这条商业街的历史。

每每走过勾起我许多回忆的小店门前，总有一种怅然若失的感觉，一角钱所牵动的心绪让我在小店前徘徊不前，那种依恋之情，我想应该比《红与黑》中男主角于连的追求更热烈些。

三、黄华篱径

心　碓

　　我常自诩为悟道者,独自在深山老林中徘徊,虔诚地做个守望者,在荒郊古刹中打坐。宁静让我听到了树叶轻轻飘落的声响、远处谷底传来的泉水流动声,但是,却找不到这声音是从哪里发出的。空寂的山中只有淙淙的水声和那水碓嘎吱嘎吱的声音,成为绝妙佳音。我常扪心自问,谁在远处的谷底小道上寻觅我的踪迹?谁在对面的山巅洞察我的情怀?我无法悟透这大自然。在深山老林从容解脱,或许是一种享受。世事就像一本书,杂乱翻开,了无新意。人何尝不是这样,有时候灾祸降临,有时候一路顺风。天长地久,日更月替,稍纵即逝让人觉出地老天荒。

　　记得某年一个炎热的夏天,酷暑难耐,我去洗药湖山庄参加作品研讨会。傍晚时分,我离群索居,独自行走于悬崖峭壁间。迎着夕阳,我在问天:道之出于心,还是道之出于行?我无法给自己找到一个满意的答案。眼看着夕阳西坠,我感觉到命运在落荒而逃。脚底下,深渊万丈,一失足成千古恨的悲剧随时可能上演。恐惧的笔墨是无法写出美丽的文辞来的,而此消彼长的意念也无聊地打发这一抹余晖。我后悔不该独自于此时来此做逍遥游,害怕丢失生命而像抓住救命稻草一般握着手中的秃笔。失去了温度的阳光,射在才思枯竭的纸张上,画上一幅远山图。我不知在给自己的前路做何等的注脚,苦恼、忧闷,我的一生就是在这种抑郁无助中度过。求取心灵平复的钥匙不在这山涧,也不在那灰蒙蒙的天地间。我欲罢不能,无可奈何之际,毫不犹豫地对着西山之巅那个红红的句点,狂吼一声:天!

　　天不助我。也许只有这时光,能够帮助我打发这份幽情,去完成自己的梦想。当山谷间传来那一声吼的回响时,我似乎又像大彻大悟的圣人一样,吟咏夫子的名言:己所不欲,勿施于人。缓步回归同伴当中,又开始了那无尽的纠结,又开始标榜自己的情感之旅,而把自己囚禁于书桌,把自己的所思、所觉,搬到纸上,完成人生的交代。有时,我自讥这好像是阿里巴巴山洞的活法,又像是西天取经般的收获。无从释怀的心境磨圆了人情练达的阅历、磨圆了文字、磨圆了水碓的推力、磨圆了那块经过涧溪冲刷的顽石。

没有计算过自己精确的打禅时日,也没去计算过在道宫观院踱过多少步履,就这样惶惑地寻找着自我安慰的良药。尘世中不能更改的药在这里接了药引子,熟煮三遍后,即服即灵。人总是在香烟缭绕中顿彻顿悟,半醉半醒却又辗转街市中找不到北。这绝不是某个人的感受,也不是我的度世法宝,我只想在这梵音缥缈里完成生命的憧憬,得到生命的启迪。

有时我也会狂热,有时我也会忘乎所以,把文字洋洋洒洒布局,将心底风景一览无余地镌刻在千古罪墙上。水中的镜像反射的讥笑和嬉戏让我无地自容,更显得我懦弱无为。

我不是宗教信徒,也不想将自己打扮得道貌岸然,成为不食人间烟火的独行者,只是为几十年积聚下来的坐禅之功和念叨《道德经》的心得,寻个安歇处。我深深佩服渊明先生食粥打坐的真功,他倦鸟归林,自我放逐南山,熄灭凡俗之欲火,日出而作,日落而息,深悟个中三昧,返归自然,这是何等高明之举。不畏贫、不折腰的强劲内力,完成了他在栗里陶村的嬗变。他用自己的智慧和心智,把贫病交加的烦恼丢进了鄱湖泽园。渊明先生的伟大就在于对财富的不屑一顾,就在于对权贵的不屑一顾,就在于对伦理的不屑一顾。漫漫寒冬,彻夜难眠,当我独自打坐案几之时,一种永生的心劲便在斗室升腾,洞穿这个世界的伪善与真诚。我深知自己已经脱离了正常思维的范畴,在价值体现中甘拜下风,而在文字的堆砌中搬砖添瓦,于另类思考中获得生存的顿悟。从某种意义上讲,这便也是一种享受。

早几年的十月,我去了一趟婺源,虽是落英缤纷的季节,却有一种春日轮回的感受,让我在江南的清新空气中感到畅快,淋漓尽致的山水境界开拓造就了理念的更新。水碓理论在行进于古村间得到新的顿悟。充沛的内力与廉颇老矣的慨叹在语境中同时显现。潺潺的流水,如絮如丝,缠绕着情怀,叩击着胸怀,写着道行的乐章。水碓的速度太慢,水累了,翻转的速度就会缓下来。

人不能自我抬爱,也不能自我作践。顽石的质地在冲刷中得到性质的改变,也派上了抚慰心灵的特殊用场,成为山水间的妙语佳音。人也许无法求取生命的再度轮回,却会在这转悠中懵懵懂懂感受这伟大的节拍,做一回无怨无悔的行走。

秋雨黄花香

雨又在敲打窗沿，不知今晚我会失眠到什么时候。外面夜色无痕，雨点在地面寻找自己的落脚点。我在寻找什么，我在寻找雨的精灵。倏忽间，我好像闻到了黄花的香味，是啊，秋天到了，一场秋雨过后，就是黄花的世界。

雨有灵性，黄花也有灵性。夜在雨的敲打和黄花的摇曳中慢慢地步入衰老。记得小时候，乡村间，经过一个季节的酷热，有了这雨的滋润，夜狗便会不由自主地长吠几声，乡俗说猫干狗湿，可今夜，这雨敲打着城市的暗夜，是如此让人生发一些寂寥和苦涩。空巷中，很少有人的影子。雨夜的暗淡显得那样金贵。我在小巷中磨蹭，只想让这夜雨密密匝匝地抽打我的躯干，让我成为雨点的栖息地，在这雨中多闻闻从远方飘来的黄花的香味。

先祖渊明曾经把黄花供在高高的空谷之上，一壶浊酒，醉美了先生的老脸，他躺在醉石上，开始吟诵那些关于黄花的句子，任凭雨点淋湿了他的衣服，任凭夜色遮掩了他的身影，他仍是那样悄无声息地在这秋雨的敲击声中听黄花的叹息，听黄花夜鸣。这是一种多么美好的相思雨啊！这是先生的生存境界，这是先生对雨的渴望，对花的敬重。他的衣衫湿了，他的泪眼湿了，他的梦也湿了，雨湿成了与黄花的天作之合。

被夜雨浇泼的我潇洒地踱着脚步，广袤的苍穹抽丝剥茧般剖析着我的心。人不似这夜雨，去为这黄花的绽放增添细微的一滴养分。夜中的雨巷，两边的崖岸，没有土层，少了黄花的芬芳，我怅然若失于这如痴如梦的意境，徘徊彷徨。上天安排我于在风的夹缝里，大声地喘息，雨给了我勇气，也给了我滋润。我终于在悟的意境中得到新生，得到来自夜雨的最好回答。

秋雨之夜，雨的激情给了干涸一个最好的慰藉，虽然没有夏天的暴雨那样洋洋洒洒，虽然没有夏天的暴雨那样痛快淋漓，可是这雨点静谧渐沥，宣泄的是秋雨的另类心绪。这或许就是情话的一种点缀，但是，只要有了，只要能让这夜雨穿心润肺，黄花的蓓蕾便会绽放。

秋色装扮的花草地，用自己特有的触角去亲吻着秋雨，演绎着又一个季节的轮回。尽管这片金黄还没有怒放,尽管这黄花还没有散发应有的馨香,它还在这第一场秋雨中羞羞答答、扭扭捏捏,收敛属于自己的明媚。这也许就是雨与黄花的两情相悦。

我希望小巷中这夜的黑暗能够让我有足够的空间去把自己的想象发挥得淋漓尽致,可是,街市的喧嚣与狂躁让这小巷无法宁静,小巷没有了方向。

雨还在飘洒,把夜写得斑驳陆离。我想,故乡那片崖岸边,秋雨中黄花的种子已经开始滋润,明天,也许就在明天,它将破土而出。

时　　光

　　露水与黄花相依为伴,用晶莹与金黄演绎一场颜色革命。朝阳照着水和花,照着静谧与枯荣。光阴停止了前行,就连林中的飞鸟也好像羡慕这份无为,而作壁上观。秋风微微地吹拂着黄花,带着母性的温柔梳理着黄花的秀发,驱赶季节的寒意,将依恋写进秋天的油画中。

　　一片山坡地,向阳地带,开满帝女花,炫目、耀眼。花碧如玉,清新美艳,芳香四溢,沁人肺腑。新建地区传说这花是掉落人间的奇葩,原戴在尧帝的女儿娥皇的头上。这花开得茂盛,娥皇在天宫成了众人瞩目的明星。只是好景不长,一日,娥皇去汤泉出浴,一不小心,头上的帝女花失落,随风飘扬,掉落于天宝山。乡间父老只见山前山后金灿灿一片,如成熟的稻谷。帝女花逢人鞠躬,见人低头,就像金枝玉叶飘逸于大千世界。帝女花从此便多了几分山野间的妖冶,成全了一个"菊"字。

　　坐在黄花丛中,香气袭人,周遭一片金黄色的云浪,铺天盖地,裹住了思维和梦想。一种窒息的幽意让你心猿意马,欲罢不能。令人没想到的香意,牵动人的感觉,通过时光隧道,走进晋代的江南。也是在这样一个美好的时刻,也是在这样一片坡地,田园诗祖陶渊明先生卧于黄花丛,啖一口黄花酒,唱一曲黄花词,惬意与满足占据了先生身心的全部:芳菊开林耀,青松冠岩列。怀此贞秀姿,卓为霜下杰。先生陶醉了,忘我了。我与先生交流赏黄花之趣,倾诉用情于黄花的体会。人的一生,有黄花相伴足矣。

　　唐朝诗人李白咏黄花尤深:可叹东篱菊,茎疏叶且微。虽言异兰蕙,亦自有芳菲。晏几道吟黄花:兰佩紫,菊簪黄。苏轼叹黄花:霜风渐欲作重阳,熠熠溪边野菊黄。够了,够了,原来文人才子都爱黄花,黄花是作诗的好题材。可我一生守拙,于酒食无趣,只守着几行文字,诗不成而文犹劣,岂不是对黄花的冒犯、亵渎?

　　隐匿于山野,带着野性和放荡不羁,在阳光下展现自己的芳容,袒露胸怀,接受大地赐予的爱。唐朝诗人元稹似乎与渊明先生心性相近,他一赞三叹:秋丛绕舍似陶家,遍绕篱边日渐斜。不是花中偏爱菊,此花开尽更无花。宋代诗人欧阳修赞菊:共坐栏边日欲斜,更将金蕊泛流霞。欲知却老延龄药,百草摧时始见花。

人的本能总是羡慕花色的美丽。享受生活的恩赐,人间便有情意处,便有艳词出。命运的安排多了几分缠绵,心底的爽意也就找到了出口。大自然捧送的依人几丛,在阳光下透亮,晕了文人的笔,湿了屈中的纸。

地老天荒的岁月,给了这炫目的时光;云雨相间的飘忽,留下了难忘的记忆。

无声无息地开、无声无息地放,无声无息的温馨、无声无息的暗香,时光留驻的秋风,也在这一刻缱绻。

石崖边,一朵开得茂盛的野黄花,就像一位飘然的少女映入眼帘。她妆容素雅,矜持而不娇纵,清纯而不富态,撩拨人的爱意,让人心生缱绻,心猿意马。

婆 源 闲 情

  大自然总是这样不经意间于不经意之处,安排一些出人意料的惊世骇俗之作,成全世间的奇美。在婆源的日子,正好细雨绵绵,轻纱薄雾掩映着青山绿水,掩映着黛色村庄。雨点酥酥地落在脸上,薄雾轻轻地飘在四周,让人心生缱绻,异样的感觉在心头发酵。

  游走于诗坊画廊,我仿佛在与一位娇娆富态的少妇眉目传情,她的姿色、她的体肤、她的温存、她的情怀,都深深地吸引了我,让我坠入情海,无法自拔。如果我还年少,如果我还是一位风流倜傥的才俊英豪,我愿成为这里的上门女婿,在这佳山妙水中栖身,成就男耕女织的梦想。

  江湾似乎停泊着一艘艘云帆摇曳的情侣之舟,栖息于如此情依依、雨朦胧的情境,水点桃花也罢、兰桂同馨也罢、荷菱物语也罢、菊竹共依也罢,大自然抒写了好一篇动情的文章,成就着这一方土地的千古绝唱。地老天荒没有抹去沧海桑田的憧憬,更无法透析这刀耕火种的神秘。季节在播种与收获中孕育着生活的原色,生命因此多了些花花绿绿的色彩。江湾的龙门玉户渗透着情感,飞出的凤凰演绎着生命的交响,在山谷与溪沟回荡。

  李坑使我怦然心动,我看到了一个光鲜的倩影,徐徐迈进我的心扉。我醉了,我不知天有多高、地有多厚,如入无人之境,享受着上苍安排的安逸与快乐,清雾掩饰了略显羞涩的脸庞。人生的际遇就是这样奇巧,一生中不曾欣赏过的山水图画,竟在品尝午时茶的时分,领略到活脱脱一幅清代画家原济先生笔下《对菊图》香馨酥软的意境。小鸟依人,在水一方,淙淙的泉声化作了妙语禅声,伊人绰约的风姿几乎占据了我身心的全部。涓涓细流引领着绵绵无尽的思绪,在情感的酒窖中发酵。好山好水好人家,我认定这小桥流水的绵长与轻缓。在无限的空间中,给自己预留下如此一方灵动的山水,一泓细泉溅起如此激越的情感水花,老天给予的赏赐在秋雨迷茫的氛围里寻找到一片成就呢喃的美妙星空。我在心底毫不犹豫地认定这就是生命的摇篮。柔情似水的润泽与光鲜真可谓酒不醉人人自醉。这里有太多的诱惑,这里有叙述不完的情话,曲水流觞,斑鸠啼唱,莺歌燕舞的景象与乡俗风情同化为山中的绿。时光在李庄的外婆桥上停止了转动,把属于今天、属于明天的晨风晓月印在了生存轨迹的卷轴中。

  总想站在一个更新的地方看风景,看清楚那些在幻化中完成煽情的人物,正如汪口的祖先,他们用自己的才智为自己的女人构筑起一座座仿如宫阙的琼楼。如此洒脱地在这爱的巢穴中卿卿我我,发出青牯般长长的哞声,"江南水牛"的坚持与守望是婺源一幅难得的春牛图。说是痴人说梦不为过,说是仙女浴火也不为过,这就是汪口人的活法。据当地的老人讲,他们的一个祖先,早年去京城,带回一位杨柳细腰的女子。这女子弱不禁风,走不得山路踏不得水,他们的祖先硬是背着她,将其背进了这土屋里,谱写了传宗接代的风流曲。后来的青石板路上,有多少靓丽女子对这故事垂涎欲滴,那涎液渗进汪口村的渠水中,让水也多了几分胭脂味。汪口村的黛色,其实就是婺源女子的本性,它所引领的山色水色,空蒙、灵性,无不刻着"风骚"二字。汪口的祖宗牌位后面,女性的影像与大堂透过来的阳光交相辉映。

  来到婺源不去鸳鸯湖,等于没到婺源。欣赏完鸳鸯湖,我想起了婺源的女性,激起我对异性的欣赏和敬重。这湖不就是孕育生命之湖吗?戏水的本能让鸳鸯寻找到一处让它们谈情说爱的上佳去处。不求声与名,只图比翼飞。我想:人的情爱如果都能够似这鸳鸯湖中的鸳鸯棒打不散,人间当少了许多的愤懑与忌恨,多了许多痴顽的有情人。伫立湖畔,宁山静水让思绪在微风中飘散,我深深地被这天地间的尤物所吸引,它婀娜多姿的神态、灵动荡漾的风情、一泻云天的倩影,一色一景何处不动人,鸳鸯湖真可谓秀色可餐。

  婺源历史上就是神女的圣地,建县之时,便有婺女星自东天而出,奠定了这里的幽雅和秀美,这里有两首《婺之源》诗说得好:

天上女宿落人间,舞矛弄文艺双全。拨动源头五色彩,引得君王领首来。

美丽乡村美女郎,持矛弄艺写文章。活水原来清如许,润得山川飞流长。

  婺女星源远流长的故事感染了这一片山水,也感染了岁月的云山雾海,婺源的故事永远是情话,婺源的土地永远滋生着爱情,这里的一山一水一村,都让人心猿意马,这里的一花一草一木都让人纵情恣意。

　　悄悄地来过、悄悄地离去,这个煮情的去处,有快意,也有落寞。心旅的离别带热了入脑的风景,婺源,掩饰了一个情话的故事。

　　回首夕阳,秋色中的婺源红霞满天,只见那黛色粉墙、青峰叠嶂,如仙女的头饰镶嵌了一道道金边,我禁不住在心底轻轻吟哦:

　　天远了,心近了;

　　山远了,绿近了;

　　水远了,情近了。

菊 本 无 声

  一条弯弯曲曲的小径,牵引思绪拐进秋天的山坳。秋阳带着一脸倦容,抚摸着金色年华,在宁静的幽梦中做着关于山的另类相思。我缓缓而行,生怕粗野的脚步惊醒了帝女花,惊醒了梦中人。忽然,眼前一片初阳占据了山坳的每个旮旯。这或许是秋天的信息,菊花的盛开让人的眼睛为之一亮,我看到了阳光的笑靥,感受到这山间的灼热。

  我把生长在山间之菊认定为太阳花,因为她不需要人照料,自然成长,使天地铺满一片金色,这或许就是山菊花的魅力。当万花凋零时,她却迎合自己的季节,自由自在地绽放。她不与春争宠,也不向夏献媚,只以自己特有的身姿,装扮这山间的绚丽。季节的页码停留在秋的文字里时,她开始有了生动的情节,有了动听的情话,有了优美的文字,有了让人爱不释手的篇章。琢磨这些文字,或许能让人悟出世态炎凉、岁月沧桑,在季节的穷途里,消受这生命的华章。

  陶姓有着爱菊的传承,山菊花是我们的家族花。早在晋代,我的先祖渊明先生就有菊花诗祖的美誉,他寄寓田园,卧身菊丛,斟酒赏菊,以诗咏菊,写下了许多关于菊的诗文。我一直以为,他呕心沥血写就的《闲情赋》,就是为菊花而歌。我甚至有理由相信,他在诗文中所寄寓的咏叹对象便是山菊花。一位生长在南山脚下,既有乡间韵味,又有别样情怀,风姿绰约的"女子",让先生神魂颠倒,成就了千古情怀,也成就了千古文章。文字虽然无声,但他所畅叙的衷肠让我们看见了山坳间那位穷酸文人的痴愚,呈现了菊花汉子为菊迷醉的向往。我不愿意再去更多地讲述先生那些关于菊的故事,去亵渎先生的人文情怀,只想在这无人之境的山地间,与菊无声地对话,以明心迹。

  菊本无声,她所装扮的日子,虽然没有国色天香,也没有风华绝代,可她所散发的温馨,她所引领的秋气却是那样让人心猿意马。山中方一日,世上已千年。菊色天香,这或许就是一个文人的呓语。

  乡间的袅袅炊烟已飘忽成云雾,秋天的初阳总是那样懒散,懒散得像个贪睡的少妇,将自己沉沦在大山的背影中睡眼惺忪。待到她张开双眼,蓦然四望,错愕之时,山径间、崖岸边,秋气俨然的太阳花已经先于她而怒放于季节的晨曦内。

菊,心香一瓣,让人心猿意马。她比秋阳更绚丽,她比秋阳更明亮,姿色的摇曳,让她笑傲残花败柳,成为秋霜寒露中的亮丽风景。

四、野老行风

鄱阳湖的风

小时候,外地亲戚总是摸着我的头,唤我为"下头湖里崽俚子"。我总听着不舒服,好像带点儿轻蔑的口气。一个"下"字冠在前面,似乎比人矮三分。也难怪,早年的鄱阳湖三日风四日雨,动不动就患水灾、瘟疫。鄱阳湖曾经让人害怕,但渔人又不得不下湖讨生活。鄱阳湖在年幼的我的心中留下了难以磨灭的阴影。

鄱阳湖难道真的这么丑陋?懂事后,我开始寻找答案。

我常坐在湖堤上,看村子里的桃花盛开。水养育了桃花的容颜,就像我们村里那些豆蔻年华的女孩,红扑扑的脸蛋分外可爱;还有沿岸那么多一行行、一排排的栀子花,香味扑面而来,沁人肺腑;柳絮也不甘寂寞,飘到眼前,模糊了众多女孩子清秀的笑靥。

到了荷花盛开的季节,这湖便更让我着迷了。粉红的花朵恰似书本中描写的虞美人,一朵朵都让人产生"览尽天下美色"的感觉。一片片、一朵朵,红荷绿叶,似如天宫霓裳翩然起舞。

更让人心仪的是鄱阳湖的冬景,秋雁南行的"人"字队形是我和儿时伙伴在滩头渔船边看到的最美风景。雁群在我的想象中好似一个家族,他们成群结队,不远万里来到湖中安家,每年在这里做窝,无忧无虑地度过寒冷的冬季。荻花、芦花陪伴着雁的家族、鹤的家族、天鹅的家族,构成了鄱阳湖冬日的风景。

到了燕子呢喃报春时,我就向湖中的大雁告别。大雁走了,我的心也在飞翔,自由的苍穹给水留下纯洁的空白。

记得年少时,我随长辈下湖打鱼。

三月的鄱阳湖,承载着一条条乌篷船,向鄱阳湖讨生活。船就像孩提时的摇篮,摇着童年的梦幻;风就像父辈慈祥的手,传递着情感的温暖。初春的阳光洒在水面,近距离看湖的风景,感觉这水披金戴银,壮观浩瀚。父亲和叔公都是村中打鱼的好手,十几个后生随着他们下湖,将一张大拖网布满一个湖汊。一位堂叔端坐船中,敲着竹杈,在网的远处截住鱼群,将它们赶进网中。众人将网拉成半圆,两头发力,朝岸边进发。眼见落网的鱼儿在网中跳跃,我的心也在跳跃。后来,这张大网被现代生活遗弃。为了给鄱阳湖留下珍贵的野生资源,政府给渔民送来了春风,定量定额补贴温暖了千家万户,渔家人开始"洗脚上岸",为鱼类留下繁衍生息的空间。

自此,渔家的生活融入了现代气息。保护生态、保护湿地成了渔家自觉的行动。每年下半年的开湖节,湖上舞动的长龙、船上敲动的鼓点,是那样的激越,那样的催人奋进。

鄱阳湖在消灾弭祸的穿越中走向宁静、走向美好。在随后改天换地的岁月里,湖区一个新的战役悄然打响,消灭血吸虫犹如消灭吸附于人身的吸血鬼。天连五岭银锄落,地动山河铁臂摇。沿湖修筑的长堤龙蛇蜿蜒,雄峻伟岸。再没有了人祸,再没有天灾,下头湖成了一个美丽的传说。

岁月消融,时序更替,渐渐地,我开始对鄱阳湖产生深深的依恋。

有个传说,月宫嫦娥路过鄱阳湖时,见此处水天连接、浩渺壮阔,深深赞叹这水的造化,只顾低头看水,连自己脚下的绣花鞋掉了也浑然不觉,这湖中因此多了一个美丽的湖心岛——鞋山。嫦娥也爱鄱阳湖,何况我们凡夫俗子!

不久前,我陪同几位文友,沿着湖塘草滩行驶。就在那个名叫河子口的地方,我好像感觉到了鄱阳湖的深呼吸。天水茫茫,浑然一色,鄱阳湖水的沙沙拍岸声,还有大雁、天鹅、白鹤的鸣唱,让我如入仙境,并有进入天宫聆听天籁的感觉。没有哪一个音乐家能演奏出如此美妙动听的音乐,没有哪位画家能画出如此波澜壮阔、气势恢宏的山河巨卷。看着初来乍到的外来客由衷地赞美鄱阳湖,我,一个鄱阳湖之子,从心底感到自豪。湖,有着讲不完的故事、诉说不完的情怀。回过头来看鄱阳湖,一代代人在湖边如过江之鲫,川流不息。每个人都在这湖边有过属于自己的表演,晋代大司马陶侃的节俭、勤政、开明,晋代田园诗祖陶渊明的不为五斗米折腰,北宋理学创始人周敦颐爱莲的纯洁灵魂,南宋宰相江万里的民族气节。雁过留声、人过留名,鄱阳湖水照得见肝肠,浪声涛语千古不息。

如今体验到的鄱湖之美,与幼时的感性,似乎有天壤之别。在时光隧道中穿梭,现代生活的镜像装扮了湖的绚丽多姿。荷花、蓼子花、芦花、南荻花,花开四季,鄱阳湖成为人们品水赏花的花海乐园。醉心于大自然的巧夺天工,让人感觉到唯美的世界展现；醉心于山水之间的凭栏远眺，让人感觉到灵性的魂兮所系；醉心于飞鸟生灵的自由翱翔，让人感觉到和谐的节拍是那样妙不可言；醉心于这无垠的湿地，让人感觉到天地的造化和水的养育之恩。广袤的天地间，因为水的落盆聚集，在江西大地生成中国第一淡水湖。寥廓的湖天成全了我的动情点，成全了我的落墨点，也成为我净化魂灵的浴场。

　　下头湖——鄱阳湖，我魂牵梦萦的圣地。

鄱阳湖的文字

水是文字的灵性所在。

生命的悸动驱使我去翻开鄱阳湖这本大书的每个页码,它的每行文字都是那样鲜活、生动,那样气势磅礴、雄浑厚重。灵魂在烟波浩渺中泅渡,我在历史的时光隧道中寻找文字的切入点、着墨点。面积5100平方公里、岸线长达1800公里、流域面积16.22万平方公里的鄱阳湖的文字太宽泛了、太广袤了,让我茫然不知所措。

陶令不知何处去,桃花源里可耕田。毛主席的诗句如画龙点睛,将湖的文字内涵包容得几尽完美。鄱阳湖历史上就是鱼米之乡,它养育着湖的儿女,生生不息。这湖的文字映照着千年传承,将耕读世家写在一个个宗族世家的门匾上,镶嵌在一座座牌坊中。湖在造就水的文字的同时,也造就了水边的先驱者。

我在鄱阳湖边长大,望着碧波荡漾的水面,不知湖有多大,水有多深。它能给我的人生增添什么样的动力?这个想法伴随我一辈子,厮磨于心海,纠结于文字,踌躇无助。从事文化工作后,行走于湖边,我努力在水间寻找答案,填充梦想。我发现,鄱阳湖的每一滴水就是一个字,每一道波浪就是一行诗。走过了,蹚过了,就感觉这鄱阳湖是一本大书,一本难以读懂的大书。这里的水深奥,这里的水幽雅,这里的水宽泛,这里的水神奇。

于是我开始了关于鄱阳湖的探秘,开始了关于鄱阳湖的讲述,开始了关于鄱阳湖文字的记叙:

石钟山的窾坎镗鞳

宋代大文豪苏东坡跨进鄱阳湖,听闻石钟山的传说,他前来鄱阳湖探幽,意欲沾沾石钟山的灵气。他带上儿子,在月明星稀的晚上,乘一叶轻舟,悄悄驶近石钟山,寻找传说的答案。终于,他用自己的亲身经历得到了结果,山沿被湖浪冲刷出来的岩石洞穴发出的窾坎镗鞳之声,就是石钟山神秘怪声的源头。

我钦佩东坡先生的执着,随着苏轼的释疑解惑,随着岁月的洗礼,石钟山的神秘不再,但石钟山的伟岸雄峻,却让我认定它就是鄱阳湖中的伟岸大丈夫。其雄踞湖口,扼湖之咽喉,威镇赣鄱。我深深地被石钟山的气势所折服,它也用"锁喉"功让我噤若寒蝉,无声的震撼使我纠结于这水与山的意境,进退失据。石钟山成了鄱阳湖中的"定海神针"。立于山顶,看着波涛汹涌、白浪滔天的湖水,无穷的遐思浸渍了灵魂,唐代诗人王勃笔下的"落霞与孤鹜齐飞,秋水共长天一色"的景象便跃入眼帘,苏轼笔下的神秘感荡然无存。石钟山将其厚重镌刻于鄱阳湖,以它完美的英姿展现在人们眼前,牵动着文人墨客的激情文思,留下不计其数的滚烫诗句。

我捡起一块小石子,追溯它的命运颠簸。在数不清的日日夜夜,它作为石钟山的一分子,谨守着自己的生存之道,无须计较这山将会如何安顿自己,也无法预测自己在未来将随着山体走向何方。我把它带上了,留下对于山的一份念想。小石子在我的手心被煨热,这种温度的改变并未能促使它改变什么。石头仍然是石头,它穷尽了岁月却永远栖息在这石钟山上,成为人们对石钟山的印象。

石钟山永远年轻。

南山不老碧桃花

这又是关于苏轼的一个凄美的爱情故事,成为南山乃至鄱阳湖上都昌县脍炙人口的传说。年轻美丽的女子碧桃,为了信守一诺,千里寻情郎,只身追至江南。可是她来到都昌县城,见到情郎苏东坡后便一病不起。苏东坡整日陪伴侍候,碧桃的病仍不见好转。这天,苏东坡怀着沉重的心情,乘一叶扁舟,前往县城边鄱阳湖中的南山一游,以解心头烦闷。可是,没待他游完南山寺,老天却刮起狂风,他担心独自寄居旅舍的碧桃,心间烦闷异常,不禁顺口吟诗:鄱阳湖上都昌县,灯火楼台一万家。水隔南山人不渡,春风吹老碧桃花。苏东坡将儿女情长写进了都昌历史的页码中。

游历都昌南山,我倒不在意苏东坡的这份异样情怀。站在南山之巅,看着激越奔放的一湖大水,我想起了留存于都昌人心目中的民族魂,想起了宋代宰相江万里。

在元朝的军队一路南扫,突入饶州后,江万里眼看宋室不保,一脸绝望,在无可奈何之下,率全家投湖而亡。

  历史上有几个人能与他比？又有多少人无志无节无血无气,成为后人唾骂的奸臣。江万里所诠释的就是正义,就是骨气。鄱阳湖将江万里写进了自己的历史,也给这长年奔流不息的湖水添加了颜色,增加了脸面。在我的心目中,江万里就是南山那朵永不凋谢的碧桃花,成为矗立在鄱阳湖中的好一座丰碑。

  南山不老,绿色长青,与鄱阳湖共舞长天,见证日月。

大美鄱阳湖

在春风又绿江南岸的季节,我的心船驶离生命泊所的崖岸,开始驶向母亲湖鄱阳湖的怀抱。灵魂漂浮在水面,扯住阳光的温暖,与水交换温情的凝眸,衍化成一段永远值得追忆的时光。

一

鄱阳湖,我心中的梦之湖。

我一直有一种感觉,认定江西秀美的风光来自鄱阳湖。如诗如画的意境,烟雨迷蒙的凄美,勾勒出一幕幕独特的画卷。处处成诗眼,到处是写意。梦幻般的行走融进了湖的血液,迸发出一种情绪,让人欲罢不能。荒草把帝王的风景丢进了泽国,只落得骸骨遗弃于墩墩,成为江西近年考古的一个重大发现。在南山听禅,我似乎又从穿越的时空中听到苏东坡在吟唱"鄱阳湖上都昌县",短短几句诗,便把整个都昌城和屹立在鄱阳湖中的南山呈现在人们面前。一水之隔,只有山上的桃花让人眼熟。其实,苏东坡写诗的另一层意思,是纪念他的情人碧桃,一语双关,这就是诗人的独到之处了。在望湖亭怀春,感叹过世态炎凉与真挚情感,娄妃满腔激情端坐于望夫亭上,指望陈友谅旗开得胜,却不料陈友谅有意戏弄,娄妃不明就里,黯然神伤,带着殉情的信念,纵身跳进了鄱阳湖,贞烈女子与咆哮的浪语发出同一阵悲鸣。头雁不归人何归,生是人鬼死是妻,我实在太看重娄妃这份情了。在老爷庙探秘,鄱阳湖人鬼情未了,在这片独特的水域撕破了脸皮,吞噬过多少仁人志士的性命,现今已无从考证。许多文人在诗中写到老爷庙水域时,都胆战心惊。老爷庙成了人们灵魂出窍的地方,船到中流,水在旋转,人的心也旋到了嗓子眼。这条水上不归路使老爷庙被誉为东方的"百慕大三角",谁都惧怕它,谁都想逾越它。跨过了这一步,也许就是人生大运的开始。进京赶考,为官赴任,货达三江,老爷庙既是死路又是活道。历史上,它甚至成全了朱元璋的皇帝梦。老爷庙的一只巨龟将朱元璋托起,扶他步入金銮殿,朱元璋在登上帝王宝座后,还不忘为这老爷庙的巨龟勒石立碑。

二

鄱阳湖,我心目中的天堂。

在乡间,在水边,早年有一种说法:天鹅是鄱阳湖畔的天堂鸟,它从远方的天际飞来,在鄱阳湖边隐身。其飞状气势磅礴,似高天流云;其落脚于水,伫立鄱阳湖,身姿壮丽,仙风道骨,雄姿勃发。首领的地位让它在这开阔的水域享尽尊严和威武。物以类聚,在鄱阳湖的水域内,栖息着雁、鹤、野鸭等百余种鸟。它们拥挤于鄱阳湖这个特殊的大舞台上,淋漓尽致地发挥着自己的特长,尽情而潇洒地做着各种表演。湖成了热闹的去处,也成了欢乐的海洋。田螺、螺蛳、鱼虾、虫子,丰盛的食物使鸟儿们流连忘返。鸟儿们迷醉于水天间,恍如进入一个自由的天堂,尽情嬉戏、卖力歌舞,为鄱阳湖献上晨鸣曲。

在鄱阳湖烟波浩渺的水面上,休养生息着多少动物,恐怕谁也说不清。以前,沿湖的村民靠土铳猎杀着这些鄱阳湖的舞者,随着人类的进化和文明程度的提高,以及政府监管力度的加大,这湖面上不再有枪声,不再有鸟儿吃了毒药的悲鸣。鄱阳湖平静了,平静得让人发怵。人们把人与鸟、人与自然摆到了平起平坐的位置,用自己温暖的手,去抚平鸟的创伤。

鄱阳湖在工业革命中,并没有失去自我,它把纯洁的灵魂托付给周围的子民。生活无忧无虑的鸟儿,在洁净的湖水里,洗刷羽毛,迁徙的尘埃被荡涤得一干二净。

我为生在鄱阳湖畔感到骄傲。虽然缺少诗人的气质,无法用诗句来表达这种感情,但鸟儿写下的诗行,比文字所讲述的激情更为澎湃,更富有美感。诗人余亚飞把鄱阳湖写得出神入化:"鄱阳湖畔鸟天堂,鹬鹳低飞鹤鹭翔。野鸭寻鱼鸥击水,丛丛芦苇雁鹄藏。"海天之处,鄱湖大水,让如此众多的鸟儿依偎在水的怀抱,休养生息,酣然入梦。这是时代的福分,也是江西的骄傲,更是鄱阳湖的荣耀。

三

岁月留给江西一份厚重的遗产,一湖大水清纯灵动。水把江西的五脏六腑打理得清澈透亮。

水是天地滋生的尤物,湖畔的土地肥沃温润。很遥远的岁月里,江南的雨已经把这片土地冲刷成一片湖田,冲积带的肥沃让物种茂盛。水让人产生了更多的联想,也为人们拓展生存空间多了些遐思。水的富态让花五彩缤纷,荷花的雍容、芦花的清秀、桃花的娇丽、兰花的洁雅。鄱阳湖没有日夜之分,只用无声的承诺去完成自己的使命。水不仅浇灌着农田,也浇灌着人的心田。

水至清则无鱼。鄱阳湖水澄如碧,却是鱼的上佳栖息地。绿水青山就是金山银山,鄱阳湖万顷碧波,一泻几百里,犹如玉盆镶嵌于中华大地。涛声永远诉说着水的传说。鄱阳湖把自己的倩影靓像展示在世人面前,其多姿多彩的容颜将是一个永远的美好回忆。

四

草长莺飞,凤舞蝶翔,湿地上的沼泽成了花草最好的生长地。红绿相间的毡式地毯,填充了人的眼球,成为"天苍苍,野茫茫,风吹草低见牛羊"的另类江南风光。春夏之交的热量助长了草的疯长,塞上草原的景象在江南湿地重生。水草鲜嫩的湖畔,成了牛群的天然草场。早年的草洲,曾是湖区的咒语,"千村薜荔人遗矢,万户萧疏鬼唱歌",血吸虫病横行似瘟疫肆虐,多少沿湖村庄自然消失。

大自然给了人间美丽,就会让它绚丽绽放。当人的力量征服大自然后,驯化后的百草园开始用美装扮自身。

江西有句俗语:鄱阳湖中草,城里人的宝。既是餐桌上的宝,又是饱眼福的宝。这里既有接天莲叶无穷碧,映日荷花别样红的优美;又有人面桃花相映红的艳丽;更有草茂滩绿处处春的壮美。深种菱浅种稻、不深不浅种荷的农耕文化特色凸显了鄱阳湖的另类风景。绿水青山就是金山银山,江西人响应着这一号召,传承着千百年来的祖宗遗训,在新的历史时期敢于担当。沿着鄱阳湖边行走,壮丽的画卷让人赏心悦目。没有重度污染,没有过度开发,原始的、粗犷的、细腻的、秀美的一湖绿色,成为江西人的骄傲。

游走于如此如诗如画的意境中,诗画江南恰到好处地呈现在我的面前,澎湃的生命随着这绿色的起伏而涌动着春潮,春风又绿江南岸,世界在这里定格成我心目中的风俗画。

寄情鄱阳湖优美的环境,我以一个鄱阳湖儿女的身份在用文字述说它的美,这让我自豪!

和鄱阳湖有关的那些事

情　话

鄱阳湖的神秘让我看不清她的深浅，读不透她那张妩媚的脸。

一个影子渐渐地浮现于我的脑海，缓缓地走近我，她的一颦一笑，是那么的楚楚动人。她依偎在我的怀抱，让我吻她，吮吸那舌尖的甜嫩和汗孔中渗出的体香，让我轻轻地撩开她的面纱，去抚摸她略施粉黛的脸。她用甜甜的声音呼唤着我的名字，说我是她的红颜知己。于是我的视线模糊了，身心俱在颤抖。

游走于水岸线上，我常常自问：为何不乘浪而行，踏歌而欢，走进湖的深处，去读懂她的心呢？这对于我来说，对于一个鄱湖游子来说，是何等的重要啊！记得孩提时，一个雨打乌篷船的湖边之夜，我静静地坐在湛下汊闸边那间守闸人的石房中，听守闸人讲述那些关于她的故事，老人眉飞色舞地说着鄱阳湖远古的行踪，故事跌宕起伏，一种不能自拔的情愫在我心头油然而生。于是，我便有了依恋，有了挚爱。我在心里轻轻吐出一些深情的诗，托付给雨声，絮絮叨叨地说给她听。我自比彭郎，搀着小姑，为了一段真情，为了一份情爱，两人相拥相抱、相依相偎，在鄱湖广袤的天地间，畅叙衷肠、翩翩起舞。爽心的风和惬意的浪，见证着一段感天动地的爱情，也见证着一个美好的传说。小姑欣喜若狂，得意忘形，倏忽一只绣花鞋掉落湖间，于是鄱阳湖中便有了彭郎山、鞋山（大孤山）、小孤山。

真情、悲情都是情。宋代大文豪苏轼在鄱阳湖上留下了他的生命之痛。苏轼遭贬谪，独身前往海南，他的小妾碧桃痴情追夫，终于在近鄱阳湖边的村野小店找到了自己的夫婿。苏轼被碧桃的情意打动，两人见面后相拥而泣。可是，鄱阳湖边的阴霾拆分了两人的情分，一对有情人再度阴阳相隔。碧桃奔波千里，偶感风寒，红颜香消玉殒。苏轼欲哭无泪，万般无奈，只得立于都昌县的南山之上喟叹：水隔南山人不渡，东风吹老碧桃花。碧桃对苏轼的感情至死不渝，升天后化作碧桃仙子，一路佑护心上人苏轼，安然抵达海南。

爱情是一个永恒的主题,人的寄托总会用各种传说来表达。不知是传说改变了我,还是我在改写传说,只知道,人所共有的情感放纵是湖的生生不息之道,也是亘古不变的再生缘。

湖　　语

鄱阳湖中的百慕大,鄱阳湖中的死亡三角,这是一个耸人听闻的地方——老爷庙!

历史上,这条水路是赣人、湘人、粤人北上京城的咽喉要地,是必经之路。

历朝历代,有多少官船在这里沉入湖底,有多少商船在这里散落金银财宝,有多少学子在这里一失足成千古恨,被鄱阳湖的风浪吞没……有多少无奈,更有多少仰天长叹。

有谁说得清?

有谁数得清?

有谁能够揭开这个谜底?

沉了鄡阳县,立起吴城镇。波浪中,一条小狗将昏迷的主人拖进小舢板中,救了主人的性命,给鄡阳县留下一棵独苗,点亮了祖宗牌位前一炷快要烧到底部的香。这根独苗很快生根、开花、结果,吴城镇从此成为江南最大的商埠之一。

落霞与孤鹜齐飞,秋水共长天一色。脍炙人口的诗句成了王勃生命的绝唱,也成了死亡的预言。唐初才子的形象融进了鄱阳湖宽广的胸怀。横溢的才情只有在这鄱阳湖的汹涌澎湃中掂出分量。王勃没有想到自己的伟大,低吟浅唱于南昌城中的滕王阁内,让满座的达官显贵、恃才傲物的文士甘拜下风,自觉胸中多了几分才子豪情。于是,众人把酒从阁内浇泼到阁外,付之于流水,融入鄱阳湖。王勃却例外,他毫不客气地把酒和人们的赞叹声一道喝进肚子里。水是有分量的,也是有重量的;酒是有热度的,也是有激情的。他唤醒了鄱阳湖的缱绻,也泛起了鄱阳湖的心底大潮,这就是诗的力量,这力量掺和到水中,成就了鄱阳湖的浩气,也成就了一位诗人的形象。可惜的是,王勃得了湖的灵感却被海水吞噬了才气。

风啊!浪啊!完成了多少传承,又写就了多少永恒。陶侃效仿姜太公,坐在鄱阳湖钓矶石壁,凝望着湖水,任它风浪起,稳坐钓鱼矶,心境的平静成就了将帅之道。风生水起,陶侃在水边起舞,唱出了生命的壮歌。他指导兵士用竹钉串结、杉木拼凑,将苎麻和桐油搅拌打造新船。战舰下水,战旗猎猎,陶侃的智慧在水边得到启示,叱咤风云的发令声在风浪声中找到了知音。他走上了一条人间正道,见水辨色,当然不是见风使舵。他的部队深谙水战,随后他一挥手,下长江讨逆贼。他不避凶险,不畏死,不求闻达,忠心报国,为晋朝的稳定立下了汗马功劳。他一生恭谦谨慎、顺势而为,过人的胆略和奇才造就了一代英豪。

鄱阳湖有时能成就人,也会捉弄人,更多的走船人也曾有过既不顺风又不顺水的人生际遇。翻开近代史册,著名诗人陈三立就遭遇过多次生命的逆风。鄱阳湖将他与父亲陈宝箴阴阳两隔,彭泽矶陡起的阴风助长了皇宫里那位歹毒女人的阴谋,这给义宁陈氏带来血光之灾。陈宝箴所掀起的变法维新之风,还没有刮到鄱阳湖,仅仅在洞庭湖上掀起一丝涟漪,便在阴风中夭折。鄱阳湖敞开胸怀接纳陈宝箴,汹涌的浊浪却吞没了处于下风的陈宝箴。陈三立在风浪中捡回一条性命,只得把喊冤声藏在嗓子眼内。

尽孝的日子里,鄱阳湖的风浪总把陈三立困在岸边,让他进不得退不是。他欲哭无泪,只能遥对南天,跪下请求父亲的谅解,献上做儿子的深深的祭奠。

受到湖的阻滞而绝处求生,陈三立算是找到了另一条生存之路。他把家族的阻滞与民族的阻滞维系于一身,开拓了一条新的通达之路。他深深地感觉到这股力量的巨大,他渴望这带有传奇色彩的探究现代工业新兴之路能够一帆风顺,有所斩获,得到一些令人意想不到的成果。他很想在自己的见证下,揭开鄱阳湖"东方百慕大"的千古之谜,让这条黄金水道能够规避凶险,成为出江西省的大通道。想起这一切,陈三立心头就涌起激情,他想做一件前人未曾做过的大事,开创一条新的赣人发展之路,心甘情愿受这湖水驱使,让自己的成果为江西民众服务!

水　气

有人说,水是软的,殊不知水的硬度能与铁媲美。水边长大的人,口硬、骨硬、脊梁硬。晋朝田园诗人陶渊明乘船自星子(今庐山市)过鄱阳湖,来到下游

彭泽当个小小的县令。他不求温饱只图酒,俸禄所得公田一百亩,五十亩种籼稻,五十亩种糯稻。他的想法很简单,五十亩的所得只为养家,五十亩所得落个口福,一个酒字让他的诗升华到了极致,无与伦比的意境让后人望尘莫及。但是,一旦其置身官场,摧眉折腰事权贵时,他的脊梁骨却无法往前躬。他的腰杆硬邦邦,"不为五斗米折腰向乡里小儿"。到这时候,他连自己食禄的意愿以及家人的温饱都丢进了泽国,宁愿饿肚皮,也不弯下腰去向长官行礼。好一个陶渊明,这种无所畏惧的精神追求在物欲横流的世俗面前,成了鄱阳湖中一面光可鉴人的明镜。水的硬度在一个七品芝麻官的人格中显现出来,让文人第一次接受鄱阳湖水的洗礼。田园诗祖的性格将水边的乡俗酿制成一坛香喷喷的甜米酒。醉脸、醉眼、醉身段,情感的放纵穿越时空隧道,后辈们在香火传承中赓续了水的硬气和身架子间那百十来斤骨气。

都昌人江万里继承衣钵,做了个问心无愧的宰相。他受命提举临安府时,下属劝他不要去公堂办公,说是那里有妖禽夜啼作祟,最好避一避。江万里却不信邪,半夜依旧秉烛批阅公文,并赋诗明志:去国离家路八千,平生不受半文钱。苍天鉴我无私意,莫使妖禽夜叫冤。后来,他还觉得明志不够,又趁行船于湖时再表明心迹,在《舟中遇风吟》一诗中写道:万里为官彻底清,舟中行止甚分明。平生若有亏心事,一任碧波深处沉。君子坦荡清廉的为官之道,鄱阳湖可为见证。

江万里让人钦佩的何止于此,他不仅要鄱阳湖佐证他的清白,还要鄱阳湖佐证他的忠贞不贰。

眼看南宋王朝大厦将倾,岌岌可危,江万里忧国忧民,宁死不受屈、不受辱。他闻听元兵即将进抵鄱阳湖时,当即于芝园掘好水塘一口名曰止水。只待元兵攻进饶州,他便带领家人毫不犹豫、视死如归,投止水而亡,演绎了一曲荡气回肠的生命浩歌。我想,如果水真的有灵气,也会对他肃然起敬。人格的完美对一个求死的宰相而言,已经无所谓后人的评价了。

文人总有许多相通之处,更有才华横溢的过人之举。著名诗人范成大曾评价姜夔的词:"有裁云缝月之妙手,敲金戛玉之奇声。"

姜夔是个爱水之人,在船中创作是他灵感的源泉,水的情怀常常让这位词人叩首长吟,激扬咏赋。南宋绍熙二年(1191),姜夔的个性得到极度张扬,他在浅唱低吟中抒发了内心的得意和率真。当得知前辈范成大告病归乡回到石湖后,他冒着鹅毛大雪来到石湖范村,感谢范成大举荐自己。姜夔用一曲《暗香》来表达自己的这种心境:"旧时月色,算几番照我,梅边吹笛。唤起玉人,不管清寒与攀摘。何逊而今渐老,都忘却春风词笔。但怪得,竹外疏花,香冷入瑶席……"范成大被姜夔的真诚打动,当即让歌伎小红传唱。这小红也是天生尤物,一唱即情动云天,余韵绕梁,让姜夔神魂颠倒。范成大见状,当即将小红送给姜夔,于是姜夔用一曲新词换得美人归。他亲自摇着桨,弄一叶扁舟,载着红颜,情真意切的诗句连珠迸出:"自作新词韵最娇,小红低唱我吹箫。曲终过尽松陵路,回首烟波十四桥。"情人眼里出西施,青衣小红成了他生命中不可或缺的一部分,水的灵性诱发了姜夔的灵感,也成就了他的诗兴勃发。独特的生活经历使姜夔的诗文成就达到巅峰状态。

其实,我认为:鄱阳湖不仅是诗的宝藏,不仅是历代文人骚客唱和的佳水妙境,而且是一首诗,一首让人感怀、让人动情、让人心旷神怡的抒情诗。

鄱阳湖情思

　　写过不少关于鄱阳湖的文字,很想用一种另类的情感来重新诉说一番我的思绪和感觉。前有古人,后有来者。湖水的波峰浪谷涌出一个个文人才子的身影,让我诚惶诚恐。情感的空间被陈旧的思维所束缚,空有一腔激情却找不到文字来铺垫,黔驴技穷而笔枯墨干,茫然不知所措。

　　感谢上苍,让我的生命中拥有她。于岁月来说,失之于短;于情节来说,又隽永悠长。我总想:每个人的平凡经历,都漂泊在自己的生命之舟中。顺风船时,帆篷相送上青云;逆水行舟时,纤夫面朝黄土背朝天,助力走出低谷。人的机缘在于水的造化,偌大一个鄱阳湖容得下千船万舣的钱粮,也盛得下文人墨客的诗情画意。胸无成竹,才思枯竭,来到这湖边,同样也会被水触动灵感而文思泉涌,诗兴勃发,虽不能传唱千古,却也在水边吐露自己的心迹。人的一生,也许有官场失意,也许有商场失手,也许有飞来横祸,也许有逆水行舟,一旦把情感回归于这纯净的湖水,就不会去抱怨自己生不逢时,就不会责怪自己的运气不佳。

　　我常想把心交给水,才会感觉出水的宽容,才会感觉出水的坦荡,才会感觉出水的博大,才会感觉出自身的渺小。生命的从容在水的拍岸声中宛如一支催情曲,沁人肺腑。把那些难以企及的念想丢进无垠的泽国,尽管这种念想稍觉几分荒唐,可岁月终归是在这样的幻想和梦游中逝去。月华初露,一叶孤舟,我沉醉于苦思冥想的水面,接受水的洗礼。

　　文人总爱以水自拟,既想拥有鄱湖白头大浪的雄壮,又想聆听细浪拍岸的舒缓。这绝不是用虚伪博得鄱阳湖的爱抚,也不是用些自拟的情节去撼动鄱阳湖的情怀。

　　真想身背蓑笠,乘一叶扁舟,轻摇橹桨,顺着鄱阳湖弯弯曲曲的堤岸线,去寻找那些悦耳动听的辞章,去看看那些如诗如画的异样景致,去感受那种出没风波里、破浪而行的惊险和逍遥。人还是需要几分天马行空、独往独来的勇气的,一旦将自身托付给这伟大的母亲湖,就得有一副水的心肠,就得体验行船三分险的经历,就得去追赶潮头做弄潮儿,然后带着生命的体验顺着湖区周遭游走一回,重新回到原点,自豪地放声朝着鄱阳湖疾呼一声:不枉一世啊!

  江畔何人初见月?江月何年初照人?人生代代无穷已,江月年年只相似。我的一生就这样做着一个个关于鄱阳湖的梦,在湖边长卧不醒。也许有人说,你该是喝醉酒了吧?不,我不啖杯中物,仅仅是痴人说梦而已。

鄱阳湖中的璀璨明珠——南矶

鄱阳湖中有不少小山,名扬四海的莫过于因苏东坡留下《过石钟山》而闻名的石钟山,因传说仙女落下绣花鞋而得名的大孤山、小孤山,因苏东坡留下"水隔南山人不渡,东风吹老碧桃花"的都昌县南山,以及朱元璋大战鄱阳湖留驻过的康山。相较而言,南矶却少了文人的笔墨,多了几分缱绻,多了几分野性。

早在唐代,著名诗人王勃有诗写道:渔舟唱晚,响穷彭蠡之滨;雁阵惊寒,声断衡阳之浦。这是南矶岛的真实写照,也是南矶岛的别样风情。

南矶岛地处南昌市东北面的鄱阳湖腹地,东与鄱阳县莲湖乡为邻,西与南昌县蒋巷镇接壤,南连余干县康山乡,面积297.92平方公里,最高海拔45米,最低海拔10米,因境内有南山和矶山两个湖岛而得名。水乡的风光成就了小岛的另类美丽,秀色可餐的湖光山色把这个湖心岛装扮成了水边丽人。

南矶有着悠久的农耕文明,漫长的岁月里,南矶人用自己的聪明和智慧在这座小岛上耕耘。早年封闭、单一的生产方式虽然落后,但鄱阳湖丰富的水产资源却让南矶人得到了丰厚的回报,虽然谈不上富庶,却也能够得到温饱。进入21世纪后,南矶优美的自然风光和人文环境吸引了外界的目光,南矶人的生存际遇也开始发生了较大变化,湿地资源和人文资源得到了充分的利用,这里成了人间仙境。

南矶岛历史底蕴丰厚,人文胜地众多,穿盔甲山就是个令人神往的地方。相传朱元璋与陈友谅交战时,朱元璋的战船就停泊在这个地方。朱元璋的士兵登船前就在此换上盔甲,排兵布阵,与陈友谅的士兵进行搏击。朱元璋的战船自此处而出,每战必胜,加之这座山的形状貌似一副盔甲,因此这座山也被赋予了一丝神秘的色彩。

在岛上,还有值得一去的马子山、藏兵洞、钓鱼台、阵头嘴、太子河。千百年来,这些历史人文胜境沉淀于水,隐隐飞桥隔野烟。水把南矶与世隔绝,令这里的民众"不知有汉,无论魏晋",过着桃花源式的生活。

所谓伊人,在水一方。1997年1月,江西省政府将南矶评为江西省候鸟、湿地保护区。南矶岛婀娜多姿的身段终于展现在世人面前。

落霞与孤鹜齐飞,秋水共长天一色。如今的南矶,这块待字闺中的处女地,正在以她的花容月貌,等待着耕耘,等待着收获。岁月留给她一个靓丽的倩影,在人们期许的目光里,她已成为中国湿地之乡、候鸟王国,是人们游览鄱阳湖的首选之地。季节给南矶抹上一层油彩,涂鸦出一幅幅令人神往的美景。进入汛期,岛内外风情无限,整个绿洲隐身于一片汪洋,轻浪拍岸,鹭鸟低鸣,湖浪开阔人的胸怀,豪气万丈。南矶岛在枯水季节为一望无际的草洲,绿草如茵,宽广如毡,湖草、芦苇是天然草场,更是候鸟栖居的好地方。优美的风光让人着迷。

南矶岛是鸟的天堂,每年秋冬季节,随着鄱阳湖水位逐渐下降,大量的草洲、泥滩和小湖泊相继裸露,形成了广袤的湿地,为越冬候鸟提供了良好的栖息场所和丰富的食物,是水禽的重要越冬地、迁徙途中停歇地和食物补充地。这里栖息着 310 种鸟,其中被列为国家一级保护野生动物的有白鹤、白头鹤、丹顶鹤、白鹳、黑鹳、大鸨、中华秋沙鸭、遗鸥、白尾海雕、白肩雕和金雕等 11 种;被列为国家二级保护野生动物的有灰鹤、天鹅、鸳鸯等 40 种;还有 13 种鸟被国际上列为濒危物种。在南矶越冬的鸟不但种类多,而且珍禽多,使南矶成为名副其实的珍禽王国、候鸟乐园。1986 年,国际鹤类基金会主席乔治·阿奇博尔德(George Archibald)来江西考察。起先,他认为白鹤濒临灭绝,当他在南矶湖洲上发现白鹤群,这位鸟类专家像个孩子一样欢呼雀跃。他按捺不住心中的喜悦,当即按下快门,将一幅幅画面留进了相机中。回去之后,他便用在南矶拍摄的照片和视频资料向世界印证白鹤的存在并呼吁保护。

南矶岛也是鱼类和软体动物繁殖的天然佳境,甲鱼、鳗鱼、鳜鱼、针公鱼、凤尾鱼、湖虾、田螺、三角蚌、龙虾等集群畅游,数不胜数,让人迷恋。

南矶风光旖旎,美不胜收。南矶日出更具别样风情,太阳自东天喷薄而出时,整个湖面湖光潋滟,披金戴银,云蒸霞蔚。波涛吻着岛屿,鹤鸟悠闲飞翔,大自然把南矶岛带入一个出神入化的境地,令人心旷神怡。南矶的夜分外迷人,满湖渔火若繁星点点,灿若星河。天上人间,星光、渔火遥相映衬,让人醉倒在梦乡。这样美丽的地方,怎不让人流连忘返,怎不让人想做一回逍遥游啊。

南矶,一个诗意盎然的地方,这里遍布诗眼,每一个景点、每一块湿地都是人们吟咏的好去处。它就像一位亭亭玉立于鄱阳湖中的秀丽女郎,吸引着人们的眼球,令人心仪。

水在沸腾的日子里

　　在一个云水空灵的地域,在水的中央,竟有一支火炬升起,似乎感觉有些滑天下之大稽。可细想一番,感觉又好像深了一层,在这片水泛水涨的绿野里,这不正可以解释为水的沸点吗?要知道,水在翻滚、水在燃烧,这可得用化学原理来破译。我不知是谁取名为火炬大街,但是我感觉其出手不凡,应该算是大手笔了。水与火的五行相生相容在这里得到了最好的解释。

　　接下来,我该写高新开发区的水了。其实这就是一个"活"字,把水做活,水到渠成,水涨船高。这个活字点缀了高新区水园泽国的颜面。我看过很多的介绍,人们在形容高新区的特性时都说:一江相邻,三湖相间。但是要把高新区的活络形容透彻,似乎还可以往下做文章:一江以邻,两翼齐飞;三湖相间,四水归园;五龙聚势,六路贯通;七产八业,九鼎云聆。这当然算不得奇思妙想,但也算是南昌高新区的真实写照吧。

　　南昌高新开发区落笔在水字上,做好做足水文章,这是天人合一的境界。江湖过客,趁船拢岸,入眼相中的就是这一块风水宝地。南昌高新开发区顺天时,应地利,硬是造就了昌东一片佳山妙水新景。偏东一隅、倚水成势,无论是瑶湖半岛的异样风情,还是紫阳大道的十里长街,无不涌动着生机和活力。生态的循环往复,绿色的街市屏障,画框中的审美凝结成一幅灵动的图画,既是科技的,又是娱乐的;既有地域特色,又有国际形象。仰望天际那座拔地而起268米的绿地集团大厦,我们才真正感到南昌市高新开发区脉动之水的沸点在哪里。那个制高点,不正是沸点的象征吗?那些高低不平、错落有致、巍峨耸立的一个个现代化楼盘,不正融合成了好一盆沸水吗?我聆听着这盆沸水的咆哮之声,似乎感觉到了南昌高新开发区跳动的脉搏。这种沸腾有力道、有气魄,惊天地、泣鬼神。它让我看到了一群忙忙碌碌为这盆沸水添柴加火的人们,正是他们挥汗如雨的干劲和速度,才有今日这样壮观的景象。

　　青山绿水,是人理想的居住地。大鹏一日同风起,扶摇直上九万里,寻找的就是这样一种人间仙境。这些年,在昌东,在高新开发区,江铜集团进驻了、泰豪科技进驻了、联创光电进驻了、长力弹簧进驻了、方大集团进驻了、美国科勒进驻了、日本前泽给装进驻了，当然还有中光软件、先锋软件、捷德、智能卡、泓泰建材……沸点之高、热度之强让人惊叹。我不想历数这一个个晶莹剔透的水珠，我只想在这些水珠的闪耀过程中分享一份快乐，分享一份属于高新开发区成功者们的喜悦。

水把生命推向一个又一个波峰浪谷，既给南昌高新开发区献礼，也给这个都市带来新生。现代化、国际化、生态化新兴城市的崛起，水的新鲜气息，让南昌这座古老的城市焕发青春，生发出无限的张力。水的内涵成就了南昌高新开发区的发展之路，满足了江西这个中部亮点的最大愿望，也给了最好的诠释：既要金山银山，又要绿水青山。

水是珍贵的，滋润了人的生存空间，也给都市增添了活力。昌东的赣鄱之水，成了这片土地上生产力突破不可或缺的要素。依恋着水的载体，南昌高新开发区的瑶湖、艾溪湖、青山湖、赣江、鄱阳湖西汊聚集着人气，正在鼓潮兴浪，水的又一轮沸点即将开启。

在水一方，伊人起舞。依恋着这片充满激情、充满温馨的水，我憧憬阳光与水的交织，令人称奇的南昌高新开发区正在打造水的梦幻之都、水的梦幻世界。

鄱阳湖中船

　　几次回老家昌邑乡的渔港,我都有意在船上坐一坐,看看鄱阳湖那一览无余、水天相接、空旷壮阔的风景。船老了,破旧斑驳,远看就像一片枯黄的树叶漂浮在水面上,让岁月褪尽铅华。不过,船老了,渔港不老,水深水浅又一季,草青草枯又一年。水边船上的岁月,就在这斑驳陆离中度过。

　　说到这渔港,其实就是老家人靠水吃饭生财的地方。渔港并不大,鄱阳湖中冒出个土墩子,四周泊满了船,这土墩子就是乡间渔港的趸船湾,也是鄱阳湖渔者的灵魂泊所,因而得名杨林墩。墩子旁边是那条一头牵着村子,一头牵着鄱阳湖的湖中之河:杨家港。杨林墩位于杨家港的下河口,也是渔港的中心地带。每年上半年,杨家港一直被大水覆盖,以那港中肥沃的湖草食场,在水底"招兵买马",将大大小小的鱼虾尽收入麾下。鄱阳湖涨水时一片,退水时一线,到了下半年,开河节过后,繁忙的捕捞季节不期而至,鄱阳湖只剩下港汊与湖心相连。鄱阳湖畔的打鱼人开始忙碌,渔港中船进船出,热闹非凡。专门用来装鱼的船,出湖便满载而归。渔民自得其乐,逍遥自在地在湖边渔港做这船文章、水文章。

　　捕捞季节煮沸了杨林墩渔港这锅水。水边村子里的人们都在这杨林墩搭起渔棚,埋锅造饭,河水煮河鱼,在船上过着惬意的日子。我常因此牵动"凡心",驱车前往鄱阳湖草洲,一头钻进莽莽苍苍的南荻"丛林"中,沿着港沿跌跌撞撞行驶一个小时,来到渔港,做逍遥游。有意思的是,不知是谁别有情趣地在渔港的杨林墩上竖起了一面国旗。有了这个标志,这墩儿的分量不轻。远远望见红旗在墩儿上招手,似乎乡愁在泛滥,心里还真的有些发热,眼里也涌出泪花了。

　　一条船就是一个家,早年在湖上安家,可不是一件容易的事。一家人省吃俭用把口袋捂紧,一辈子置办一条船,就好似在村中建幢房,十分不易。鄱阳湖边河网密布,湖港交叉,出门靠船。"走遍天下路,难过湖中渡",这句话是水边人的生活体验。船成了水边人家一生的终极奋斗目标和追求,船是渔家的命根子。置一条船,安一个家,生是水中人,死是水中鬼,船成了渔家命运的皈依。船应该是一个亘古的话题,早年的船千奇百怪,奇形怪状,五花八门,有土狗、刁子、摇古老、梢古老、鸭婆子、巴斗子、尖头、雁排子、鳌鱼嘴、鸭尾巴、平头、岁摊子、竹筏子、牛皮筏子、水划子、猪盆船、抚船、轿子船、草船、溜渔船、商船、官船、趸船、风篷船等,现在看那些原始的各种船型,都会忍俊不禁。船载走了水边人家的坎坷岁月,也留下了农耕渔猎的痕迹。以前有一首水上民谣:

> 鄱阳湖上浪飘飘,
>
> 好夫好妻命里招。
>
> 有风扯起帆篷走,
>
> 无风便把桨来摇。

这就是水上渔民的生活。一条船,载着一家人的岁月,度过春秋冬夏。岁月老了,船老了,人也老了,只留下湖上的浪,一波未平一波又起。

船是水上人家的财富象征。靠水吃水,船是渔家的终身伴侣,甜酸苦辣只有自知。

从前,有个猴子捞月亮的故事,说猴子们见井底的水中有个月亮,便捞月亮,捞了半天,累得半死,什么也没捞到。水上人家大多数的时日,也就像猴子捞月亮一样,水中求财,不知何时何日会有一星半点的收获。渔家有了船,还得有网。各种捕捞工具添置齐备,可就是难得鱼儿上钩入网,生活过得紧巴巴的。早年的湖边,水上人家置办的网具名目繁多,一应俱全。诸如大网、脚网、扯网、丝网、抬网、扒网、布网、罩网、溜网、梭网、纲网、拖网、钓网、篙网、定子网、围网、兜网、扳罾等,各种网聚在一起,令人目不暇接。可这船、这网能给自己带来多少铜板,只能听凭老天安排。大网、拖网、兜网适用于大水面捕捞队,得一二十个人分工明确,各司其职。一条船坐一位有经验、熟鱼性的老渔工,他在前方敲竹篾鞭,能看透湖中鱼的游走方向,用敲竹篾鞭的响动将前方头鱼拦挡使其往回游。随后,在岸边拖着长长一根纲绳的渔工们偃旗息鼓,船上的水手就近将扯着另一端纲绳的渔工们送上岸,悄悄拉动大网或拖网,形成半月状包围圈包抄。一旦半圆形成,这一水域的鱼儿便尽收于网中。罩网是最便捷的捕捞工具,两人一船,一前一尾,船头撒网,船尾摇桨,看准鱼路,一网撒个大圆,随后扯网回船,鱼儿只有在网中挣扎的份儿。溜网、梭网捕捞,则是有经验的渔民探到鱼儿藏身的潭口后,随即从潭口边沿将网下沉。此网的厉害之处是能将藏在潭口的鱼一网打尽。钓网、纲网只是在小水面上针对特种鱼群和较大体量的鱼儿使用。篙网和定子网则是安置于水中,或有流水落差的地方,等待鱼儿入网。脚网则用来专事捕捞沉入水底淤泥中之鱼。

后背周家的良万老伯,是村里公认的"渔神"。他每天早上带把鱼叉出门上船。他捕鱼全靠眼力,见水辨色,见潭口叉鱼。他根据水的深度不同和浪纹的变化,即可判断水中是否有鱼。一叉下水,满是倒钩的鱼叉上便大小鱼儿一串,可见其功夫了得。

叔公绪朴、绪伦是放钩网和下脚网的好手。他俩一人划船、一人放钩,两边岸上的儿辈各一至二人拖着纲绳,弓背弯腰吃力地向前扯。有鱼上钩时,纲绳剧烈抖动,船上的两个老人便伸出捞子起鱼。

我父亲是撒罩网的好手。父亲站在船首理网撒网,船尾是堂兄学员哥划船。父亲抖开网衣,揪在手上,眼见湖中水波不匀,像是有鱼群游来,他便示意学员哥选好角度,迎头而上,在船头尽力将罩网撒出一个大圆圈。随后抖动纲绳,使网脚入泥,便将此水中的鱼一网打尽。看着网中的鱼随着纲绳上拽一个劲儿地活蹦乱跳,船上、岸上人们的心也在怦怦跳,大家欢呼雀跃,庆幸没打空网,将这些鱼一窝端了。

邻村曹门,历史上是远近有名的渔村。早年,全村祖祖辈辈、男女老幼都是打鱼的好手。他们全然不计较田地里的收入,靠山吃山,靠水吃水,只在水中求财。他们早出晚归,出船开网,捕鱼打雁,苦心谋生,自以为过着神仙般的日子。近年来,随着鄱阳湖管理的细化,随着湖中渔业资源的减少,他们被政府要求"洗脚上岸",享受每户每年一万元的渔补、水补后,他们对土地的依赖日益加重。可地少人多,没别的办法,他们只好弃船出去打工谋生。让人称奇的是,智者乐水,水能益智,这些从水中上岸的人们,头脑灵动好使,多半在商海中摸爬滚打,插进自己的一条腿,成为乡中的凤毛麟角,做了城里人的座上宾。腰包鼓起来后,村子里的楼房鳞次栉比地盖起来。这些打工者出门在外,收获的不仅仅是财富,而且在外换了思维,充了电,成了跳出三界外、不在五行中的"孙行者"。理想之船已经远远地驶出鄱阳湖,进入长江,跨过吴淞口,去海外了!

我的老家昌邑乡,这个千年古邑,历史上村民出没风浪里,在船上与水周旋、与岁月共生,祖祖辈辈看水的脸色行事。西风瘦马,古道夕阳,两千多年前,汉废帝刘贺在黄昏迟暮时分,率领他的官船、商船,载着他从京城皇宫,还有山东昌邑王地聚敛的财富进入鄱阳湖,在豫章以北一百二十里的昌邑王城栖身。他带来新的种子,带来北方的栽培技术,可他并没有改变昌邑人世世代代弄水的格局,也没有改变昌邑人的命运。倒是他的船队带来了新潮,带来了敬畏。人们仿效奇特的造船技术,打造出新的船型,作为战风斗浪的利器。刘贺的生活方式影响了湖边人一千多年,却无法改变他们靠船生存的命运。倒是当今的农民工北上南下,开始渐渐弱化这水的功能、船的功能。这块软软的、潮湿而充满水气的土地不再是渔民的唯一依赖。所谓的鱼米之乡改变了成分,入城经营在渔民的话题中出现的频率最高,成了人们的口头禅,就连原先脚不出船舱的女人也成了经商的好手。

　　前不久,再次回老家,在鄱阳湖西汊的岸边,我在港湾众多泊岸的船舶中,重新找到了这条具有历史承载意义的木船。蔚蓝的天空中云朵飘浮,鹤雁自由自在地翱翔,草洲的空旷和湖水的浩渺在我心间泛起一阵潮。我登上了这条船,这条曾经给予我水的记忆的船。只是这条船像个弃儿躺在水边,无声无息地消受岁月的冷雨霜风。它累了,它老了,船主也不见了,它的历史使命已经终结,湖区的生活已经翻开了新的一页。铁壳船、机驳船、大型货船的出现,展现了湖区的另类风景。社会的进步也渗进了湖的每一个角落。湖区禁渔期不仅给渔船提供了休养生息的机会,也给鄱阳湖带来了喘息的机会。"三天打鱼,两天晒网"这句原本充满贬义的俗语在新时代有了实际的含义。靠船吃饭的岁月已经随着时光的推移而渐行渐远,渔船已远离人们的视线,淡出江湖。

　　不过,我想这或许是件好事,不如请旅游部门在此渔港设立一个水上生活博物馆,将各种渔具、船型、鸟具做个全面展示,让人们对早年的船文化、水文化、渔猎文化有个了解,让人对鄱阳湖地域前辈的生活有个知晓,好让后代不忘水的根本。

　　我坐在木船中默默守望。一群大雁掠过长空,飞向鄱阳湖边的滩涂中,我的心也跟着大雁一起飞翔。

　　这条船,留下的何止是我的乡愁啊!

春过鄱阳湖

一

每次回故乡,我都会驱车去鄱阳湖边走一走。我喜欢站在大堤上,呼吸清新的空气,欣赏墨绿的水草和那鲜活灵动的大水,感觉自己的心也活泛了、透亮了。

在城市经历了一个寒气袭人、空气混浊的冬天,消除蛰伏于空调之下的苦闷与烦恼,面对如此空阔的水面,心中的烦乱杂念顿时消解。随着一丝丝吹面不寒的风掠过,身边飘来阵阵湖的气息,身上略感凉意,湖边的春天就这样说来就来。北返的候鸟占据了湖面,诸如鸿雁、天鹅、野鸭、翠鸟等,再度从更远的南方折返,飞临湖上,寻找食场,填饱肚皮,准备下一站的行程。湖上的旋律于是又有了新的节拍,长歌短调,热闹非凡。飞云飘絮,各种鸟展翅翱翔于天际,任何人见到这样的场面,听到如此高亢嘹亮的曲调,都会如入仙境,情绪高涨,沉浸其间。这天人合一、人鸟共存的意境,似五音齐全的奏鸣,响彻湖山。湖在歌唱属于自己的季节。

湖汊的港湾中,各种船只都已靠岸,恰如一群如花似玉的女子,在春阳的醉意中,缱绻于岁月的旅途,做着春倦的休憩。港湾中,船只星罗棋布,就像一个船舶博物馆,叫人眼花缭乱。忙碌了一个冬捕季节的渔工,现在开始"洗脚上岸"。休渔期的寂然,少了渔民赶桃花汛的热闹,成全了湖区的修整和湖面的宁静。鱼儿得以休养生息,渔民们也得到了湖所给予的实惠。秋季过后,鱼儿多了、鱼儿肥了,湖面上出现的又是另一番丰收的景象。休养生息给了湖喘息的机会,竭泽而渔已经成为湖区的往事。爱鱼、护鱼成了渔民的自觉行动。

湖中的鸟多、鱼多,岸边的船多、人多,几千年的生活习性写就了湖的历史。湖中的鱼和鸟,本是湖区人的衣食父母。捕鱼曾经是冬春季节渔民的希冀,也是乡俗的旺日。每年的冬捕,鸟进笼,鱼入网,这个惯例延续了几千年。依靠这样的生活本能和习性,湖区人祖祖辈辈就这样过来了。渔民在湖上凑足了钱,便会找个合适的方式去表现这种渔猎丰收的喜悦。每年的开河节,爆竹喧天,灯戏彻夜,那渔猎的情结曾经让多少人不舍,也曾经勾动过多少湖乡汉子对湖的追求与向往。正因为如此,历史重写了新的一页,春夏种田、秋冬捕捞的习性正在湖区形成难能可贵的护渔行动。

二

鄱阳湖的水养眼,老人们说这水是猫儿眼,灵动、明亮、剔透、活泛。春水不寒,这是渔民们的经验之谈。一年四季下水,他们对湖的理解太深了。脚丫子踩水沾泥,冷暖自知。正在渔港中抬网上岸的几位渔民,见我来看湖,很热情地围过来,一位老者乐呵呵道:"三月春水生,鲤鱼跳龙门。满湖一片白,银光送宝来。你看我们就是要让鲤鱼在这湖中产卵。活水生财,到下半年撒网收现成。"另一位老人说:"没有这一湖好水,哪还有鱼?好在江西人爱湖就像爱自己的眼睛,不让污水下湖。鄱阳湖管得好,这野生鱼都成了城里人餐桌上的宝。"我一听,会心地笑了。这话实在,每次回故乡,我都会捎带几斤鱼回城,湖中野生鱼的味道就是不一样,香味扑鼻,鲜嫩无比。

休渔期不下湖,开始成为渔民的自觉行动。相邻的曹门村是个渔业村,村里的男女老少早年都是湖中的捕捞能手,操网下湖,便见钱角子,鱼是网中宝、家中财。随着鄱阳湖湿地保护的加强,渔民还了鄱阳湖的春色,还了鄱阳湖的清纯。

一湖好水金不换,好水养好鱼。好山好水绿起来,金山银水活起来。望着几位老人抬网回村的背影,望着浪恬波静的湖,我心中不由感慨万千。还鄱阳湖一个平静的湖、一个清澈见底的湖,渔民们甘愿做出牺牲,他们没有犹豫。

守护一湖清水成了人们的自觉行动。渔业村的健老,是一位湖上老手。他是个近五十岁的汉子,一米六八的个子,湖上的风将他刮得黑黝黝的,犹如湖边的黑铁塔。他见我来了,乐呵呵地过来打招呼,邀请我去他湖边的"家"做客。他用一只大趸船改造成"渔家乐",冠名鄱阳湖农庄。他说:"政府动员我们'洗脚上岸',并不是断我的财路。其实,政府不劝,我们也会为湖尽自己的义务。靠山吃山,靠水吃水,没有了水,我们吃什么?把生态搞坏了,把生物链弄断了,我们才是鄱阳湖的罪人呢。"

听了健老的话,我笑了:"你还和政府同一个声音。"他认真地说:"嗨,这是真心话,如果政府不闻不问,岸上不长草,水中不生鱼,天上不飞雁,到头来,我们还不是竹篮子打水一场空?"

也是,健老的思路是对的,这些年,自从湿地保护措施实施以来,下湖捕捞的渔民做出了极大的牺牲,收入跟不上,致富没了路。不少渔民"洗脚上岸"后,惶惶不安,政府给予的补贴只够贴补点家用,只能靠自己堤外损失堤内补,水上损失岸上补。健老的渔家乐项目就是这样的背景下产生的。别人办农家乐,他办渔家乐,头脑挺灵活的。这一招,还真给他带来了蛮可观的收入。他成了湖边上岸的渔民中第一个"吃螃蟹"的人。

三

百虑片帆下,风波极目看。

吴山兼鸟没,楚色入衣寒。

唐末禅月大师、画僧、诗僧贯休在一千一百多年前的春天穿行鄱阳湖,长吁短叹,无心于水鸟的阵仗,自愁江南水网密布路难行,殊不知,今日的湖色竟是如此活泛,让人依恋。如果贯休今世行走鄱阳湖,他也会对眼前的春色多几分不舍,会久久停住自己的脚步。在湖边,南荻成了我脚下的春景。这个属于湖的尤物,整个冬日以雄伟壮阔和苍茫酝酿乡愁的窖藏。现在,南荻从睡梦中醒来,蜕去旧容颜,迎来了春日的新生,就像一个野丫头一样疯长,一片片、一簇簇,青绿、稚嫩,甘受水的侵蚀却丝毫没有弱不禁风的娇态,泛成湖滩春色。南荻拥抱春天,如玉似锦。堤内堤外、湖边岸沿,这特殊的春景从水中蔓延,将它的触角伸向草滩,伸向沟沟坎坎,令人似乎嗅到草原的新鲜气息,鄱阳湖就这样被点缀成一幅水墨画。与堤外满湖绿水迥然不同的是,堤内的春色万紫千红,迎春花、报春花在绽放,柳树的绿芽占尽枝头,逗引各种鸟儿立在梢头为春的到来尽情歌唱。尤为引人注目的是油菜花,它是湖乡特殊的味道,是春的风信子。扑面而来的油菜花香味沁人心脾,让人心猿意马。堤外碧绿的南荻与堤内金黄的油菜花构成特殊的湖乡风景,更多的渔民上岸都成了机械化种田的技术能手。我的几位堂弟这些年也办起了家庭农场,有的承包了几百亩田地。你看,他们承包的土地上,拖拉机耕作的轰鸣声与湖中的浪声鸟语是那样和谐合拍。

一湖清水成就了江南的天堂湖。清澈见底的湖水是湖区民众对时代的最好回答。春天的湖,清澈凛冽,在阳光中泛着笑脸,与春天亲吻。这样的湖,风光似仙境,水色波光潋滟。湖水拍岸,摇曳着儿时的梦幻;春潮涌动于胸际,演绎了春梦的回归。

谁不爱江南,谁不爱鄱阳湖的春天,谁不爱这生机勃勃的绿色山水。春到鄱阳湖,享受大自然的恩惠,是何等的赏心悦目。鄱阳湖成了生态之湖、湿地之湖、梦幻之湖。

五、牛背卷簑

滕阁秋风槛外水

我不想将其描绘成一座神殿，接受历史的膜拜，只想絮絮叨叨地讲述滕王阁飞檐翘角的千年历史，以抒胸臆。历史就是这样写的，笔墨到处便见岁月的沧桑。

命运把滕王阁丢进了一个孤独的长夜，很想找回午夜满城满街的犬吠，很想听到三遍雄起的鸡啼，当然还有更夫的梆梆敲击声和那单调的吆喝："平安无事哟！夜半三更哟！"真可谓：颠三倒四更夫曲，寒星冷月伴天明。我不想粉饰这夜的宁静和寂寞，也不想把这讲述得何等传神，其实这也是生活。到了太阳初升时，远处的纤夫又拖着一艘沉实而稳重的龙头货船缓缓地前行。滕王阁也在时光中沐浴。爆竹响过的香味，随着清风飘进楼阁中。这楼阁，似乎多了些喜庆和热闹。那些游子，当然还有士子，以及那些花枝招展的姑娘们，开始不着调地随着码头上搬运工的搬夫曲，翩然起舞。女人的步履轻盈，好像这搬夫曲跑了调，唱得绵软无力。其实这只是我这个穷酸文人的一己之见。这些女子，就爱在这阁楼上看风景，看这些油光水亮、黑里透红的宽肩阔背。她们对那些吸着烟的上了年龄的男人们不屑一顾，甚至嗤之以鼻。达官贵人们见状，急令下人扯下窗帘，铁青了脸，折断竹烟杆，叉着腰，装腔作势空喊："人杰地灵，物华天宝。"

码头上的搬夫，见了红绿，心潮澎湃，多了些痴迷，自作多情地大呼小叫，肩上麻袋中的米谷也感觉轻了许多。更有那些狎狂之辈，就像铆足劲的公牛，敞开胸脯同那些女子打诨插科，将阁中的文气变成一片俗意呻吟。涎液的长度让那些女子知道自己的分量，暗自得意，更显几分妩媚。

江边的云帆图写就的灰蒙天空，在落霞与孤鹜中多了几分凝重。苦与累，空与闲写就了阁边的风景，生命的生生不息就是在这搬与运的劳作中完成传宗接代，完成岁序交替。当那些达官贵人坐着花轿子，在码头上、在阁楼上品风赏月时，滕王阁的初春多了几分鸟语花香。于是，软声细语的眷属便请求老爷开拔，收锚起航，去乡间踏青赏春。写到这里，路有冻死骨的诗句又跃然纸上。人或许看重的不是金钱,可是,没有钱很多事是行不通的。江西富庶,也是纳粮的大省。

战火曾经焚毁过滕王阁多次,只留下些灵动的文字浇铁铸铜,镌刻在码头边,荡涤污垢后又闪闪发光。王勃伟哉,一气呵成的文字成千古绝唱。无怪乎豫章曾经流行过一句俗语:人不能机灵过头,过头减阳寿。一语成谶,王勃葬身大海,酿成千古遗恨。文辞的精灵又把一句话写活了:有的人活着,他已经死了;有的人死了,他还活着。这好像有些哲学意蕴,是生命哲学,还是处世哲学,我不得而知,我只是想流露我的一星半点、一鳞半爪的念头。在我的视野里,好像还没有哪一座楼阁能够吸引这么多的目光,吸引这么多才俊去激扬文字,留下不计其数的艳词佳句。一首序与众多诗形成了鲜明的对比,孰重孰轻,难以衡量。当然,这并不是用序去贬低王勃身后众多墨客的文采,王勃实在是个天分很高的文人,他用连珠妙语装饰了一座宏伟的楼阁,也为阎都督的雅会增添了空前绝后的热闹。市井的繁荣在阁边呈现出一道完美的江南风景,棕帽巷、胡琴街、嫁妆街、猪市街等,这些俗名对应了楼阁的风雅,很有些雅俗共赏的味道,于是人们也想尽办法把豫章的各处修饰得文气重一些,便有了子固路、渊明路、阳明路、叠山路、曰修路、安石路、中山路。市井的庸俗与地名的雅致有了一个完美的结合。豫章也因之多了几分傲慢和神气。南昌有句俗话:一把粉搽到屁股上,搽错了地方。这句话是说,一个女人原本是想将自己装扮得好看、漂亮,却将应该搽在脸上的粉搽到了屁股上,反而不美。可是,南昌给那些灰头土脸的小街嵌上如此美好动听的名字,就像是在一位丑女的脸上描眉画眼了。小街巷里飘出带些辣味的气体,让那些小看南昌的人打喷嚏。藜蒿炒腊肉的手艺不知道传承了多少代,我想王勃的文情迸发不仅仅是他的天分,南昌菜的香辣味也多少调动了才子的异乡情愫。南昌盛产米谷,用米谷做食物,是南昌人的一大特长。我们可以想见,阎都督的盛宴中,主食和菜肴也少不了南昌炒粉、南昌米粉肉。南昌炒粉是呈献给外乡人的一道美味的主食,谁来了不想尝一口?王勃也是凡夫俗子,也入乡随俗,感受着江南米谷的依恋,那序文能不脱口而出?

《滕王阁序》不是鸿篇巨制,它的能量却足以引领文风,成为江右文士为文的基调。漫长的岁月里,游离于文苑和官场间的美文,多有附庸风雅之嫌。把文人笼络进官员的小圈子,成为每个历史时期特有的时尚。《滕王阁序》雅与俗交织,在很大程度上一改官场的低级与庸俗。古驿道上的青石板被踩踏得履痕重重,驿站内的石灰墙壁成了文人酒后抒情、吐露心曲、信笔涂鸦的最好选择。踏遍青山人未老,人间正道是沧桑。这篇骈文给予了南昌独有的文化内涵和特有的情怀,所展现的不仅是风貌层面的美丽,更重要的是塑造了一座城市的乡俗美、历史美、人文美。

天下之大,广袤无垠,处处有风流,这好像是一条定律。一方水土养一方人,滕王阁同化了豫章人的气质与特征,让南昌人变得清正无邪、光明磊落。学馆内的读书声有板有眼,敲开了多少乡试和院试的大门。延续的家谱中有了光宗耀祖的铭文,地方史也因之多了光彩夺目的一页。世家大户官宅前的灯笼映着"大夫"两个字,分外醒目。香樟树下的讲古老人,将王勃神化,聆听者心潮澎湃。这就是才子豪情的魅力所在,人也许就是在这种有形或无形的感同身受中得到启迪,获得进取的力量。

滕王阁的每一个文字无不受着朝觐者的顶礼膜拜。水缓缓地自阁下北泻,烟波浩渺的大江用特殊的语言,诉说着楼阁的兴废,写下的不再是莽莽苍苍,不再是落霞与孤鹜齐飞,而是现代化的高楼林立和车水马龙。古色古香消逝在农耕文化的文明里,一觉醒来时,已风光不再。周围的变化已经将这一历史遗老牢牢地抱在怀里,用那暖意滋生一片海阔天空的街景。

阁之情,楼之意,美在天地间。一座楼阁蛰伏在江右的水边,延续着楼阁的神话。也许今夜,古老的楼阁又在诉说着一个更加动听的故事。

我伫立楼阁,抬眼看天,思索着……

一飞鸣岐阳

——《气节文章:蒋士铨传》创作谈

写《气节文章:蒋士铨传》是我灵魂皈依的过程,很大程度上,也是我对蒋士铨再认识的过程。读《忠雅堂文集》和《藏园九种曲》,蒋士铨炼词造句之功是常人所不及的。南昌这片土地给蒋士铨的文才烙下了属于南国的印记,也让他岐阳展翅,飞向了更加广阔的天空。

蒋士铨所引领的文学方向成为清朝乾嘉时期的风向标,他是江右人的骄傲,也是南昌人的楷模。他的诗文戏词无论是内容的宽泛还是思想深度,后人都难以超越。

看蒋士铨成长的过程,是对自己的拷问。每个人的智慧和学识并不是先天而来的,成长中的苦难熬煎能够磨炼人的意志,生活的痛让自己舔着伤口泣血而行,这种原动力所驱使的脚步,行走在"道"上,所产生的能量巨大无比。纵观蒋士铨的一生,上天并没有给其安排舒惬和顺畅,更多给予他的只是磨难。也正是因为这种不遂心愿的人生逆旅造就了他,使他成长,使他无怨无悔,无愧于自己的岁月。

民间有一个故事,铅山建县时,县衙选址费了好一番周折,有人建议设在河口镇,有人建议设在永平镇。众人争执不休,刚上任的县令大人百般无奈,就想出了一个好主意:用量米筒在两地各选一抔高岭土,灌满一筒,随后用秤称重量,土重的那一筒,便是县治首选之地。这个建议得到争议双方的赞同。经过对比,永平镇的土重,于是县衙便设在永平镇。后来,永平镇挖掘出了江西最大的铜矿,印证了永平镇的土的确很重。

铅山县不仅土重,而且文气重。鹅湖书院是中外闻名的古代江西四大书院之一。宋淳熙二年(1175),著名理学家朱熹与吕祖谦、陆九龄、陆九渊在这里激烈辩论,各抒己见,这便是著名的"鹅湖之会",是我国理学发展的一个里程碑。说到铅山文气重,不能不提永平镇蒋家的蒋士铨。蒋士铨一生著诗文四千余篇、戏曲十六种,留下了丰厚的文学遗产。他是个多面手,诗词文曲,无一不工,是清中叶一位享有盛誉的戏曲家、文学家。

　　日本著名汉学家、中国文学戏剧研究家青木正儿在《中国近世戏曲史》中评价蒋士铨为"中国戏曲史上的殿军"。蒋士铨以诗文称雄,清乾隆皇帝曾写诗称赞他与南昌彭元瑞为"江右两名士"。他与袁枚、赵翼齐名,人称"乾隆三大家",为乾嘉诗坛领袖之一。《中国古代文学史》载:清初陈维崧的词的风格接近辛弃疾的豪放苍凉。因陈维崧是江苏宜兴人,宜兴古地名为"阳羡",所以以陈维崧为代表的词派被称为"阳羡派"。属于这一词派的还有曹贞吉、蒋士铨等。李调元说:"江西有两才子,南昌彭芸楣冢宰、铅山蒋苕生编修也。"近代梁启超评价蒋士铨为"中国词曲界之最豪者"。钱仲联说:"蒋士铨以诗曲成就双双得到同时著名评论家的充分认识和最高评价,这在整个清文学史上恐怕不得不指为绝无仅有的一家。"

　　岁月给每个人留下了属于自己的印痕,蒋士铨家族遭遇明末战乱,自浙江迁徙到江西铅山。卑微的身世成就了蒋士铨的进取之路,尽管这条路是这样坎坷,官与民的身份不断转换,可他的文声却博得了同时代文人士子的推崇,《清史稿》也为他立传。文学与戏剧的创作奠定了他在中国文学史上应有的地位。

　　皇冠落地类转蓬,空教胡马嘶北风。南明政权与清军在江南的争夺战,使江浙一带民众受尽颠沛流离之苦,蒋士铨的祖父蒋承荣易钱姓而归宗蒋氏,蒋士铨在根脉传承中,成为家族的佼佼者。

　　蒋士铨一生起起伏伏,虽没有过大起大落,但纵观其人生之路,让人慨叹。他从小家境贫寒,父亲经常游宦在外,母亲带着他寄居外祖父家。母亲的明达贤淑深深地影响着幼年的蒋士铨,母亲呕心沥血,夜织助读,断篾教习。良好的家教为他日后文学素养的形成起了关键作用。蒋士铨父亲的教习方法更为独特,他要求儿子不仅要读万卷书,而且要行万里路。这些谆谆教诲和启迪,为他后来诗歌创作形成雄奇豪宕的风格奠定了坚实的基础,为他成为文学大家提供了先决条件。

　　蒋士铨年轻时多有抱负,把忠心报国兼济天下作为他的生命底线,使自己与那些官欲深重、私壑难平的凡夫俗子、官僚有天壤之别。不过,他的仕途并不顺利,屡次北上应试皆不第。

　　"三十三龄老孝廉,紫薇花畔许留淹。公车十载三磨折,才作青青竹上鲇。"

这是乾隆二十二年(1757),蒋士铨三试方中进士后的抒怀诗篇。由于自小受父救困济贫品行的影响,他在京师为官期间,时常解囊相助那些身陷窘境的诗友和士子。蒋士铨性格叛逆,正直不阿,以致仕途并不顺遂。无法随波逐流、阿谀奉承的蒋士铨,既不情愿适应污浊不堪的黑暗官场,更不愿干那些结党营私的蝇营狗苟之事。

四十岁的蒋士铨终于做了一个艰难的决定:退出官场,买舟南下,在南京与袁枚为邻,筑红梅楼自娱。随后,执掌蕺山书院和安定书院的他开始了九年执教生涯。教习之余,他与友人诗文唱酬,历山水胜境。在南京的十年,是他文学创作的重要阶段。他在《五十初度漫成》诗中表露自己的心迹:"儿孙但解寻欢笑,宾客何曾见苦辛?五十行年一杯酒,暗中垂涕感兹辰。"这壮心奇节等云烟的胸际,透视的是蒋士铨的家国情怀。他有志难伸,报国无门啊!

母亲去世后,蒋士铨扶母柩归故里,于南昌筑藏园栖身,安度晚年。三年孝期满,乾隆皇帝南巡赐诗彭元瑞,将他与蒋士铨并称"江右两名士",并屡次问及蒋士铨的境况。蒋士铨闻讯感激不已,几近熄灭的入仕之心再度复燃。"登车砺臣节,不敢说销魂",他第二次踏上入仕之路。

生命并不青睐仕途,他有报国之心无报国之身,水土不服与疾病缠身成为他的掣肘,国史馆纂修官的职位也让他大失所望:空许平生稷契身,何须斑管别金银。谁怜闲却经纶手,唤作雕虫篆刻人。在京城蹉跎五年后,他再度南归。

藏园在南昌是个让人称羡的地方,蒋士铨经营这片私地算是别有情趣,随心所欲。藏园成了南昌民谣中的风景:弯弯曲曲的蒋家(蒋士铨),红红绿绿的裘家(裘曰修),莺歌燕舞的包家(包竺峰),铜墙铁壁的干家(干以廉)。

藏园成了蒋士铨晚年的诗泉,尽管疾病侵扰使他半身不遂,但他的诗兴未减,文思如泉涌,手不释卷成就他一生的诗文等身。

蒋士铨一生留下了丰厚的文学遗产。写好蒋士铨,我的思路和构想是:把握人物特征是关键,其戏曲成就及诗文的透析是依据,故事传说为参考,重在蒋先生的人格、蒋先生的信念、蒋先生的气节、蒋先生的忠雅。以散文的叙事方式,安排人物命运走向、脉络,结合戏曲及诗文成就以及生动有趣的文雅故事,进行叙述。重点在于推介蒋先生的戏曲成就、诗文成果和高深渊博的学问根基,将一个优雅、大方、直率、无邪的蒋先生镶嵌进文字中。

在具体创作实践中,我力求做到主线不失真,重大事件有出处,情节有印证。在这个前提下,安排章节时,我力求细节推论合理,描述得当。尤其是在撰写过程中,我对前人研究的成果分门别类、斟酌推敲、把握分寸,尽量避免失真、失色,偏离人物生命痕迹。我力求实事求是地处理情节与细节的关系,为人物添彩、生色,同时,尊重传主的性格特征、尊重传主的家风生态、尊重传主的学问成果,以表达我对蒋士铨先生的敬重和仰慕。

事实证明,我的创作思路是对头、对路的。一年之内,我三次去蒋先生的老家铅山,两次去蒋先生生活过的鄱阳,一次去蒋先生母亲的故乡瑞洪采风考察。这样的访谈使我在掌握大量素材后,能够得心应手,发挥良好,用一年的时间,一气呵成这部作品。

2014年1月23日,我独自携带行李,前往铅山,循着蒋先生的生命轨迹,寻找于我有价值的创作线索和素材。当我来到蒋先生墓前,看到墓前四个遒劲的大字"气节文章"时,我的眼睛随即为之一亮。清代著名文人杨锡绂概括蒋士铨一生的结语,几乎涵盖了蒋先生的性格、文气、素养、才华等方方面面,用其作为书名,再合适不过了。

后来,书稿出版时,责任编辑来信要我再斟酌书名,因为《中国文化名人传丛书》前四十本中,书名已用过"正气、正义"等相近的词。但我还是认为,用"气节"才能概括蒋先生的一生,何况这是前人对蒋先生的盖棺定论。后来责编也觉有道理,书名因此保留下来。

第二次去铅山,正是酷暑时节,写作大纲经中国作协批复后,我再度心急火燎地前往铅山。这次铅山行,幸得省委宣传部文艺处诸君关照,以及铅山县委宣传部和县文联鼎力相助,使这次采风收获颇丰。我在蒋士铨的故居和祖堂久久徜徉,细心地将其族谱一页页地进行拍照,找来蒋士铨的后代促膝谈心。永平镇政府领导和不少对蒋士铨有过研究的乡土文人也加入我的采风行列,不遗余力为我的创作提供素材。这些人的热情关照,使我倍感温暖,也增强了我写好《蒋士铨传》的信心,也是我创作成功的原动力。

其实,在《蒋士铨传》的初稿中,我还花了三个章节写蒋士铨族辈以及蒋士铨父亲蒋坚的经历,而且我认为写得较为精彩,因为这样可以看到传承的骨性和心志。可是,责编在定稿时还是将其拿下,让我惋惜。

在整个写作过程中，我几乎处于一种惶恐不安的情绪中，生怕自己的文字有辱蒋先生的文声。

稿件送审后，文史组专家评语：作者满怀对传主的钦敬之情，在收集翔实资料与实地考察的基础上，充分发挥艺术想象，突出蒋氏济世安民的抱负与刚正不阿的品格，展现他遭受谗谤、沉沦下僚、抑郁而终的悲剧人生，并将他勤奋作诗写戏与讲学授徒的成就自然融入其中。全书故事情节生动曲折，对人物和风土人情的描绘真切，使传主的形象较为鲜明丰满。

文学组专家评语：作者写作准备充分，史料搜集丰富，行文张弛有度。清秀的文笔，细腻的描述，使传主的形象跃然于字里行间。

当作家出版社将十册样书寄到我手上后，我长长地舒了口气。这是我对蒋先生捧出的一颗赤诚之心，也是我对蒋先生的一份敬重。文章千古事，蒋先生做到了。我为蒋先生的气节文章而歌，也是我的荣幸。

拙于仕宦、教授于乡的经历，率真忠雅的性格，穷典朝衫的困窘生活，出口成章、著作等身的文学成就，蒋士铨活脱脱一个矛盾的集合体，他在天地间留下了属于自己的倍受颠簸的戏剧人生，其演绎过程既让人叹为观止又让人喟叹天道酬勤。命运所赋予的文华总是显露出苦涩和不堪。重新披阅他对生命的考量，他对生活的评判，他对家国田园的挚爱，他对壮志抱负的希冀，我们所感受到的是他的忠义气节和雅致气质，也让我们在南国的天空中看到了一线光亮，渐行渐逝。一个生命于人世的呐喊随着岁月的脚步消失了，可留给我们是一份厚重的文学"教科书"，读懂他，也许能给予我们很多很多……

但愿读者能够喜欢这本书，和我一样，一定能收获一份传承、一份厚重、一份对伟大文学家的崇仰。

西 安 之 夜

我在城墙根久久地徘徊,就像埋头在故纸堆中找不到北。厚实的城墙在我身边叹息,人的影像在灯火阑珊间迷醉。

虽然说我不媚俗,但在这散发着浓郁陈香味的古城内,我仍然羡慕它的那份宝藏,它的那份富有。城市之重让每块城砖都沉甸甸的,扛一块或搬一块都会让人喘息。不过,我看重的是这古城的夜,它比城砖更雍容,有着金子般的厚重。谁能将这幽寂的夜城揽入怀中,我无从找到完美的答案。遥远的繁华,将金色的岁月展露得一览无余。现代都市的雄伟,西安有了;古代文明都市的沉重,西安有了。西安不仅有座地上之城,更为要紧的是,西安还有一座不见形骸、被这朦胧夜色遮挡了的地下城。两城比较,孰重孰轻,不得而知。真正要让我权衡,我倒觉得那座等待揭开面纱的地下城将是另一番华贵的景象。历史的财富聚集在这座都城之下,在这夜色苍茫中承受着叹息,感受着分量的宝贵。

我的外孙女才五岁,她陪着我在城墙根游走,对西安的地下城留下了不可磨灭的印象。在行走了一箭地后,她突然以秦始皇陵兵马俑的观感发问:西安地下这么多人,比虫子还多,难道他们就不吃不喝吗?是呀!他们虽然不吃不喝,可他们把历史藏进了肚腹之中,把宫阙城堡、奇珍异宝藏进了他们的巢穴。历史走进的岁月让人们经历一个个夜之梦后,把西安的地下人忘却了,忘得天昏地暗,忘得不见踪影,而让他们度过了千百年的清闲岁月。

西安八月底的夜,也好像是一位饱经风霜的老人再度出场。夜风飒飒,凉意侵身,太阳的热量到此时已经散发殆尽,城墙砖的热度也在消退。人们沉浸在吃喝的快乐中,已经无所谓与古人对话了,只想用情、用滴着涎液的嘴去享受西安的美食,去散漫游走于琴瑟霓虹的纵情之夜。这就是西安,羊肉泡馍的膻味冲淡了古人身上散发的汗味,生存的意念成了忘却的纪念,古城被丢进了史籍,丢进了互联网中。

我常想,一个地域也好,一座城市也罢,都要有自己的灵魂,都要有自己的语言。在夜色中捡拾金瓯一片,可以想见,历史的光点里,秦砖汉瓦正呈放异彩,不是为了人们的游览,不是为了外人的欣赏,而是为了给自己的灵魂有个安身立命的泊所。西安是一座可远观的城市,同时也是可在一片夜色中欣赏的城市,如果需要立体地去看她,最好是戴上一副老视镜,这样看才不会觉得失真。

　　静谧的夜空中,星星闪着微弱的光,在这片城市的上空露出让人捉摸不透的笑意。西安既古老又年轻,这夜色不知不觉也多了些不知所措,好像天意的恩泽寄寓的就是这样一片古人与今人交织的时空,让生命的信息挟带几分古风,去生命的甬道中寻求自己的记忆,寻找自己的出彩之处。

　　西安之夜,西风瘦马,情安西京,安逸之西。

在介冈，在鹤林寺

介冈，在我的心头煨热。

八大山人的灵魂摇曳在竹梢。我隐隐感觉到中国画一代宗师的心跳。

鹤林寺的钟声响起，叩问岁月留下的回声。

残垣断壁间，青藤爬满了八大山人瘦弱的身躯。

也许，先生已在寺中的某一个角落，用那个小得可怜的铁钵，蒸煮一钵青豆，一粒一粒地送进嘴中，添加他画笔的犀利；也许，他在寺堂的案前，展开麻纸，书写他的喜怒，随后抛笔，酣睡在竹床之上；也许，他正在庙堂外的大院里，仰天长啸，倾诉人世的不公。

介冈村竹林的小小鹤林寺，装下了八大山人的思想，也盛满了他的人生，更有那气势如虹之作。

据当地的《饶氏宗谱》载：然今之介冈饶氏鹊起，滥觞于十九世孙蔚宗公宇朴。蔚宗公宇朴为仲粲公元珙季子，与八大山人相知相交。崇祯甲申国变，"嬴嬴然若丧家之狗"之八大山人，"恰喜儒门收拾住，声闻证入梵幢中"，而驻锡介冈灯社（市）鹤林寺，缘于饶氏族人的庇护，八大山人乃得十有六年之安生，方有举世闻名之《传綮写生册》而创海派绘画之祖坛。八大山人得益于饶氏家族的帮助，才隐身于鹤林寺十余年。这是一段磨砺心志的岁月，八大山人却活得风生水起。

抛开荣华富贵，避开杀身之祸，八大山人在介冈找到了生命的出口。他清心寡欲，在竹林与鹤鸟对话，与明月相叙。区区一身，孤苦孑然，相伴殿上的神祇，用那支画笔，宣泄他对人间境遇的愤懑与不平。

八大山人活得够累，皓首穷经之余，只能无可奈何地执笔长叹。他叹自己的身世，叹生命的更多无奈，叹高处不胜寒的桎梏。窗外蛙鼓虫鸣，是那样的悠然自得。愤懑的八大山人似乎在梦中惊醒，于寺院晚钟的催眠曲里又一次倏忽腾起，奔跑在介冈月夜的土路上……

饶宇朴显然深知他的脾性，在夜未尽、情未了的三更时分，前来迎接自己的挚友。

鹤林寺的夜分外温暖,先生颤抖的情感终于在朝霞映红东天的前夕,得以平复。

又是一个黎明,先生端了画板,在满塘盛开的莲花中找到一枝枯荷,他豁然开朗,好像找到了灵魂的支点。残败的荷叶上,一只蜻蜓似乎洞悉了他的心境,成为这枝败荷的点缀。

先生熟练地舞动手中的笔,他以这枝枯荷自喻,他要赋予蜻蜓特别的生命张力。他用这种场景,用这种图画表达自己的心境,描述一个无为的世界。他的脸上挂满了泪滴,飞扬的墨汁涂黑了他瘦削的脸庞。他画完最后一笔,随即揭抛头巾以歌,发出振聋发聩的笑声。

饶宇朴十分欣赏八大山人的个性,也非常欣赏这幅画的寓意和张力。他感慨系之,毫不犹豫地提起手中的笔,写下了他捂热肝肠的诗句:"冲天荷柱忆头陀,三笔参差十指拖。令弟晚年殊泼墨,荷花荷叶法如何?"人生得一知己难,把酒言欢对空盏。

千古知音最难觅,饶宇朴在鹤林寺成了八大山人的至交,两人的情谊就在这样亦师亦友的交往中日渐深厚。置身鹤林寺,揽心广袤乡野,两位挚友在灯社徜徉、在菊庄寻访、在荷塘周游、在竹林穿行,八大山人好不得意,一山一石、一草一木,都成为他笔下的素材。这些属于俗意的乡野之物,在八大山人寥寥几笔的勾勒中,却展现出惊天动地的洪荒之力。

解读先生的画作,只要看看他在画页的题款便明心迹:"吸尽西江来,他能为汝道。"他在自己所画的《双西瓜图》上留下的这行文字,引发了多少想象?"不似东家黄叶落,漫将心印补西天",这话才道出了他的本意。他以西瓜自喻,要补的是大明王朝已经破碎的西天,他梦想用自己的秃笔去换取一个王朝的再起。

介冈的清泉激发了他的灵感,他画了西瓜,画了各种水果,画了花卉,画了玲珑石,更重要的是,他画了古松。这拟人的笔墨,使先生的个性一览无遗。虽然树已老态龙钟、斑驳陆离,却充满精气神。在鹤林寺,先生没有沉沦,他的笔墨流注的是君子之道,隐忍的是另类勃发以及超脱时空的自我陶醉,演绎了一个没落贵族的自强不息。他内心那堵皇族身份的城墙已经坍塌,却在介冈屹立起一堵高耸入云的精神之墙。在鹤林寺的晨钟暮鼓中,他用画笔抒发内心的情感。

介冈的日子过得平淡、清静。一顶草笠蔽天,一袭青衫蔽身,在夕阳中行走于崎岖的山道,孤独无助的境遇,成就了独有的形象。八大山人充满灵性而天赋极高,十六年间,他在鹤林寺演绎了一幕人间悲喜剧,他将自己画进了鹤林寺。

饶宇朴在《题八大山人画》诗中描述:"依稀枯木与寒岩,三十年前露一斑。石骨松心君见否?郎当笑倒厌原山。"八大山人乐观豁达的态度,饶宇朴感受到了。

在鹤林寺的日子里,八大山人用坚毅回答了痛苦,用意志留下了不朽的《传綮写生册》。他侍佛为僧,为避凡尘,为避俗意,当然也避祸。幸运的是,在介冈他找到了一把极好的"油纸伞"为他遮风避雨,这伞上,镌刻着两个字——"饶记"。

八大山人在介冈活得自由自在。一个自洁的文人生活在没有鹰犬的另类洞天,真是万幸。他在难以摆脱的困境面前,选择的是用笔倾诉、用笔控诉。介冈支撑了八大山人的纯净无瑕,浇灭了八大山人的胸中块垒,宽容了八大山人的惊世骇俗,充实了八大山人的书画禅意。

灯社那盏青灯长夜不熄,仿佛是八大山人若有若无的呻吟,又仿佛是八大山人的另类清唱。他醉了,在这不眠之夜。八大山人的声音在旷野上飞扬,他由衷地笑了。不知为什么,最后,他又泪流满面,伤心地号啕大哭起来。寺边介冈村子里,传来一阵阵狗吠、一阵阵鸡鸣,就连猫也不甘寂寞,"喵喵"地叫个不停,入圈的老牛也加入这生命的大合唱,长长一声"哞",响彻鹤林寺的夜空。

八大山人在介冈为南昌留下了厚重的一页,也为介冈的历史添加了金子般的光芒。

古村的缱绻

　　出门在外,或旅游,或采风,我喜欢往古村里钻,去古村的巷子里探幽,去古村的祖堂凭吊,在残垣断壁中与古人对话。山水间的黛砖灰瓦、粉墙仪门给我平添一种无法形容的内在动力。走过一回村落,就有些思考;得到几片瓦当,就有不少回味。咀嚼村道上随风摇摆的马尾草,前人生活的场景便开始浮现,先人生存的甘苦与自己舌间的唾沫一并穿透心肺,迸发出文字,在字里行间跳跃成不同的音符。

　　古村的小路并不宽,弯弯曲曲,细如羊肠。行走其间,古村便初见端倪。看着各色蝴蝶在路边花草丛中飞舞,燕子衔来新泥飞往村中筑巢,人性的柔弱就像被这小路缠住了,动弹不得。生命何尝不就是这样飞来飞去?每个人都在岁月里遭遇不同的路径左冲右突,伸张自己的个性、人格,去为生命抹上一层七色油彩。

　　古村的埕坎门,恰是一道生命的坎、一道关卡,迈进跨出、脚步的轻重,别人看在眼里,自己记在心上。行走江湖,像模像样地回到村子里,便是一番看重。享受座上宾待遇从跨入埕坎门的那一刻便开始了。爆竹的香味沁人心脾,久久不能消散。家族的荣耀,就以跨出埕坎门为起点,游子出行的轨迹呼之欲出,成为接风的喜酒和喧天的爆竹声。在那天重地厚的岁月里,一旦获得朝廷看重,沐浴圣恩,古村的埕坎门便改头换面,摇身变成高大、凝重的各式牌坊,村前的小路也因之成为通衢。

　　古村的门前塘,是一台摄像机。千百年的影像资料都储存在镜面里,让后来者知根知底。追根溯源,村子里千百年发生的故事都在这里留下记忆。尽管水塘也常常散发异味,尽管水塘里的浑水让城里人嗤之以鼻。是的,这里是农耕时代女人们洗衣浆衫的所在地,也是洗刷厕具的地方,可这水塘的魅力就在于循环往复于人的口舌胃肠间,它熏蒸的人文气息,凝聚了古村的人格、古村的追求、古村的不懈努力。水塘孕育的精灵,既清纯又朴实。"人之初,性本善"的理念,被长者发挥得淋漓尽致。古村的门前塘每年春节前放污水,换新水,新鲜雨水洒落成门前塘的新光景。

古村的祖堂,是家族荣誉展览馆,更是一个陈列馆。一块块精致牌匾如象征荣耀的光荣榜,镌刻着一个个响亮的名字,为后代所景仰。到了年节期间,便有后来子弟行礼尽仪,香火炉中的香烟缭绕中梁。弥漫的烟尘中,一个个鲜活的人物恍如栖身梦境,表演着各种不同的角色,表达家族的自豪感。祖宗牌位上那至高无上的先祖,捻着长长的胡须,神采奕奕,威严而又面带笑意地接受着后辈中有成者的顶礼膜拜,满意地驾祥云瑞气西去,期待着另一个轮回。仪式上,女人和孩子们在接受长辈分发的寿饼时,闻着米谷的香味,美滋滋地感受家族的荣光。当然,人群中不乏有志者,暗自许下誓言,有朝一日,也要将属于自己的牌匾挂进祖堂。

古村带有磁性的吸引力让我难以自拔。年代久远的特殊建筑——土库,无语地任凭风吹雨打,这种栖息的巢穴也许是人对自身生存的最好创造。在一个自认为舒适而恬静的空间里,一批又一批风流才子成长起来,走进社会的大空间,施展才华。土库这种古色古香建筑,把古村描摹得如诗如画。千古绝唱的经世学问衍化为人们的口袋书,成为人们乡试、殿试的三篇文章,让皇帝看了也为之动容。

我就像着了魔一样在古村中转悠。其实,我也不清楚每次进入古村后,自己想要得到什么。扪心自问,我没有目的,是亲切感燃烧着我的血液,是认同感激发了我探幽思古的热情。在"乌衣门第"的牌匾前,考究每个家族的发家史;在"五子登科"的牌匾前,寻找文昌家风的真实源流;在"厚德载福"的牌匾前,掂量富不过三代所蕴含的哲理。我不知道什么时候会停止这种寻找的脚步,也不知何时能够摆脱这种特有的古村情结。往日的铅华虽然褪尽,但是不朽的人文精神却永远飘扬在古村的空气中。感受岁月的文明和先行者的才智、德行,真有种仰视高山的自卑。生命能够循环往复地写就一代代的辉煌,也能够激励更多的后来者不懈付出。

这就是让我十分看重的古村史帙,这就是让我心仪的一个个家族的发家史。行走在古村中,在新与旧的选择中,在历史与现实的碰撞间,我选择了回溯历史。

桃花岭上桃花诗

　　游桃花岭是一份早已积存心间的愿想,总想去钻一钻明代大学士张位所居的桃花洞,去寻找他与弟子汤显祖在桃花岭留下的足迹。桃花岭成了我的梦之岭、情之岭。临上山时,一首唐代诗人崔护的《题都城南庄》始终陪伴着我们的脚步:去年今日此门中,人面桃花相映红。人面不知何处去,桃花依旧笑春风。是的,令人惋惜的是,桃花洞的主人已逝,桃花也淹没在满山的翠绿中。千年沧桑,淹没了桃花,也淹没了桃花岭的嬗变,只在乐化地域的版图里留下满山的绿色。

　　一条鹅卵石路蜿蜒崎岖向上,延伸着我们攀登的激情。同行的八十岁的画家吕建陶先生对桃花恋恋不舍,他拄着拐杖,一步不挪地上来了,说要画一幅桃花图。桃花洞的魅力深深地吸引着我们。

　　我不知大自然千万年的传承中,曾经隐藏了多少灵性、多少风情。桃花岭也一定有过不少神秘的故事,有过不少动人的传说。大学士张位因触怒权贵,被朝臣弹劾,明神宗给他以停职处分,后又因事被神宗一脚踢回江西,革职为民,亲友也没能幸免。张位隐身南昌市南湖中的湖心亭,取名杏花村(今杏花楼),筑闲云馆,藏书万卷,与著名戏剧家汤显祖、刘应秋等人常在此诗酒唱和。他又在南昌市郊西山北麓桃花岭上建石屋、亭台,并与门徒曹学佺、寺僧半岩等同约西山,游戏余生,吟诗自娱。令人诧异的是张位的选择,一座山竟能够撼动一位显宦的心,一位退居二线的大学士的心。这山的力量,这洞的分量可见非同一般。历史的风云已散尽,时光隧道荏苒,岁月在风中飘忽。几百年前的今天,在这座山中蜿蜒曲折的小道上,也游走着这么一群人,他们也在谈诗论文,也在品鉴桃花的风韵和幽雅。我不知道几百年前那一群人中有没有桃花属性的才女,去相伴张位和汤显祖这些才子完成寻"花"之旅,激发他们的奇思妙想。我甚至困惑,汤显祖笔下《牡丹亭》中杜丽娘和柳梦梅的爱情故事是不是出自桃花岭的灵感。我也没有做过细致的考究,桃花岭下乐化古驿道上的驿站里诞生的凄美爱情故事《蔡鸣凤辞店》,蔡鸣凤与店婆子之间的缠绵缱绻,有没有给汤显祖以启示。当然,更为重要的是,是先有《蔡鸣凤辞店》的故事传说还是先有《牡丹亭》,我不得而知,有待后来的学者去考证、去论证。在这里,我仅仅是一种臆想而已。

桃花岭上的桃花洞,是此行探寻的兴趣所在。我期待奇迹出现,能够在这座山上,闻一闻张位和汤显祖的特殊人文气息,哪怕是其时的一砖一石、一瓦一砾,也算取得了心灵的一点慰藉。汤显祖先生曾有《陪张师相桃花岭即事十绝》诗,其中有句:江城重似筑沙堤,弟子从师鸾鹤西。便有人间候云气,碧桃休作武陵迷。汤先生将桃花岭与渊明先生笔下的桃花源类比,可见这桃花岭在大学士张位和戏剧家汤显祖心目中的神圣了。

游桃花岭,似有仙风拂面,耳畔似有鹭鹤的呼唤,我似乎隐隐觉得桃花洞就在眼前。张先生、汤先生一行的身影若隐若现,一位美俏佳人碧桃花陪伴这些文朋诗友,行走于桃花丛,演绎好一段风流才子的佳话。江南的秀色写在文朋诗友的脸上,写在张位和汤显祖的诗文中。我想,碧桃花的美貌自是无疑,如果说是才女亦不过分。碧桃花的病态美曾经洞穿过历代诗人的五脏六腑。在桃花岭上演绎一代才子的旷世奇缘,这或许是汤显祖的呓语,也或许是汤显祖才高八斗的丰富想象。

时至今日,碧桃花好像穿过时光隧道,成就了一首又一首诗文。从心底而论,我倒情愿有这么一位翩然而至的仙女,为我们这特殊的一群人添加佐料,滋润诗文,以成千古绝唱。诗是矫情的最好工具,我不懂诗,更不会吟诗,我总是这样用特殊的目光对诗做出自己天真的评判。人先天就有的情感倾注于诗中,便有了丰富的想象和难以超越的词句,便有了才思喷涌和才子豪情。于是,人便在梦境般的天地中享受身心的愉悦。汤显祖在这一点上很直白地流露了自己的情怀:"桃花峰里吹参差,皓鹤惊飞王母祠。为报文成休辟谷,天书来下帝王师。"当然,我并不想将自己与汤显祖相比,也无法相比。汤显祖立在桃花峰的影像至今仍历历在目,没有任何人能与其比高下。我只是认为人的情感判断总是倾向唯美,倾向义无反顾的剃头挑子一头热。有句话说,愿天下有情人终成眷属,可现实中往往无法成全情感,而让人徘徊于情感的门外,汤显祖也不例外。

终于在山巅不远的去处,我见到了桃花洞的遗迹,石门、石檐、石凳、石柱,桃花洞仿佛就在眼前,如家庙的形骸在山风的摇曳中承接大自然赋予的烟雨。张位、汤显祖、刘应秋、吴应宾、曹学佺,在桃花盛开的季节,吹笙箫以迎春日,缥缈的歌声成就了万籁俱寂的写意,就连最会歌唱的黄鹂也屏息静心,聆听这天籁而颂扬桃花的不谢。文人就是这样自怜自爱,用狂放不羁的自弹自唱度过这高山野岭百鸟朝凤、盛世狂欢的白日,用这雅致的歌唱浸渍于夜,用歌声张扬这夜的寂寞和荒芜。汤显祖于是又有诗来诠释这种心境:昔闻桃花源,今见桃花岭。安知出世心,居然妙者静。汤显祖心如止水,真可谓桃花君子,坐怀不乱。

其实张位并不这么看,他认为汤显祖仅仅是笔静心不静。这位戏剧弟子想得到的是红线奇缘,这种情爱既无瑕疵,又无杂念,是张生与莺莺式的爱。桃花岭之夜,丰富了汤显祖的构想,也唤醒了汤显祖未曾泯灭的激情火焰。这火焰在荒郊野岭上燃烧,连绵成势,换来了众口一词的喝彩。

侈谈情感,似乎有损于桃花岭的人文特质,但是从历史的角度看,桃花岭于《牡丹亭》功不可没,一部在历史的长河中久经磨砺的戏剧作品,用它特殊的人文理念和真挚的情感教化千千万万的平民百姓,赢得了空前的赞誉。还有什么能比这桃花洞所唤醒的伦常更为动人,还有什么能比这桃花洞所映照的人间真情更凄美,我不得而知,但我还是要义无反顾地写下如下文字:桃花岭上的桃花洞是诗文的造化场,是友情的凝结点,是人间真情的炼狱,是洪荒大爱的融心洞。

写完以上文字,我似乎意犹未尽,有许多话从心底蹦出来。我想,如果民间故事和民间戏文中的蔡鸣凤活在今天,他的内心也会抓狂,也会站在桃花岭之巅,叹息情为何物;也会满含热泪,情不自禁大声疾呼:碧桃花,你在哪里?

时光隧道的风在回答:你看山下如蚁的人丛中那么多穿着时髦、灵动鲜活、粉蝶儿一般的女性,不就是碧桃花吗?你看,她们正驻足岭下,以眉目传情,朝桃花岭眺望呢!

汤显祖的灵感又来了,他拿起笔……

灵光的九天云寨

带着一份好奇心，随着车子滑向九寨。我总以沿途地震灾区山石的乱象做参照，自认为大西南穷山恶水间，何以有江南？随着海拔高度的上升，这种感觉愈加明显。诚然，这其中有高原反应的缘故，更重要的恐怕就是心头疑窦未解。

进入九寨，令我全然没有想到的是眼前的景象真可谓：山重水复疑无路，柳暗花明又一村。瑰丽的场景让我豁然开朗。别具风貌、宛如仙境的迤逦山水和妩媚景象让我瞠目结舌。九寨的祥云稀释了我心头的疑云，九寨纯洁的湖水净化了我的心灵。山水云天、花草树木在九寨搭配得何等匀称，就像一位美人，杏眼柳眉、脸蛋清秀、声音甜嫩、妖娆婀娜、风情万种。这哪里是一座山，这分明是琼瑶天台、人间仙境。

我疯狂地呼吸着这里的清新空气，这种气息在全身游走，人也飘飘然，不知是在云里，还是在雾里。前半生的烦恼忧愁，前半生的凡尘欲念，都在这里荡涤一新，灵魂在湖、泉、瀑、河中得到洗礼，超然脱俗的心态顺着水的飞泻，滑向如明镜的水面，顿时心旷神怡。空灵的感受泛起的涟漪打破心底的沉寂，开始萌发出千丝万缕的思绪。九寨的云可食、水可吮，九寨的绿可化人，风可度人，景可醉人。

九寨的山有灵，九寨的水有灵，九寨的风有灵，九寨的一草一木都沾了仙气，别有神韵。

九寨的山有灵。岁月的烟云为她戴上神奇的斗篷，转圜人世，翘首川渝蜀地。清晨，一股凉意扑面而来，远处山巅间的积雪攒足了底气，将冷的感觉挥洒到极致。灵光中，天地之间多了几分神秘，仙气氤氲的沐浴让人周身震颤，飘浮的云彩如仙人策马驰骋在九寨的沟壑间，涂抹了一个个天地瞬间。

太阳升上来时，山峦积翠，郁郁葱葱，高处入云端，留下圣洁一片，大自然的唯美孕育了藏族人民的博大胸怀。险处不须看，壑壁惊雁寒。我是一个鄱阳湖边长大的男儿，从小畏惧山的高险，登上这海拔四千多米的奇峰，心中似有些打战，快速的心跳在积云掠过时，急促地收纳属于九寨的生生不息。我收住目光，从细部着眼,寻找原生态的葱茏,寻找造物主赐予的神来之笔。秋色的写意,点缀了山的油画笔调。立于陡峭处,寄眼烟云,似见人世的苍茫与无垠,又觉仙风初度的空灵。九寨真有种大化化人的感觉。

九寨的水有灵。沿着一个个海子走过,灵魂在这里接受纯洁的洗礼。火花海、双龙海、芦苇海、卧龙海、树正群海、老虎海、犀牛海,恍如进入天宫瑶池。清澈明亮的海子色调,唤起人的心灵深处的蓬勃。大自然造就了如此美妙的童话世界,人的思绪好像也在这里被净化,进去了,出不来,满脑子萦绕着水的色彩、水的启示,不知来路,也不知时光的流逝,只让这明镜般的仙泽笼罩,成就幽静的梦想。一生游走江湖,大江南北,见过多少水,未曾有过如此的激情,也未曾有过如此的心灵享受,世界上竟有如此美妙的去处,让我心醉。走过黄山不看山,游过九寨不看水,一生的记忆恐怕就是这一回。记住这片湛蓝、记住这份纯净,人的心灵雾化出窍,水所孕育的钟灵毓秀传达悟性,于天地间留下了如此隽永的奇葩。生命之源,灵魂之源,这里便是安魂之处啊!让时光静止在这一刻,用生命的记录仪、光刻机留下这份记忆,留下这份宁静。

诺日朗瀑布将我扯进了疑是银河落九天的境地。水帘悬挂,银光四泻,我的思绪也在飞泻。这一幕幕水墙,如一支支银笔,在书写着九寨的神奇画卷。再灵慧的画家笔下也难描摹尽这大自然的造化。牵天扯地的银幕,书写了九寨前世的落寞,也书写了九寨今生的繁盛。诺日朗瀑布就像永不消逝的电波,连接人们的心灵,颤动人们的心尖。

九寨的水,让人着迷的不仅仅是她的湛蓝,还有她带来的缱绻,带来的安逸,带来的舒惬,带来的幽思。我醉了,醉于琼浆玉露般的九寨水。

九寨的风有灵,似伊人拂袖,使碧水微澜,凸显九寨风的功力。这风和缓悠闲,若仙人的一只巨手,轻轻地抚摸着这山这水、这草这木,让每个游子置身幽境不思归程,在风的摇曳中由衷地赞叹随风飘荡的念想,打发无尽的相思。不同的行者,不同的季节,纷繁的风浸润了来客的胸襟。多少游子在这里迎风长啸,壮行色,融观感。九寨的风,有大风起兮云飞扬的气度,有风萧萧兮易水寒的气势,有把酒临风的豪放,有意气风发的年少轻狂。在这微醺的诗境内,多少才子豪情勃发。人到处、风过处,令多少心旌摇曳。谁在表达?谁在抒怀?不,应该是群体发声,只可意会,不可言传。

九寨的一草一木有灵,黄叶飘零,层林尽染。色彩斑斓的叶片,犹如天间飞鸿,于这人间仙境多了几分离情别意,凝练的写意画给世界带来一片亮丽。翠绿、金黄,相互交织,轻盈飘逸的憧憬在这葱郁中与情感撞了个满怀。九寨的胸怀袒露出绿的真挚,洒脱地涂抹七彩云霞。"人烟寒橘柚,秋色老梧桐。谁念北楼上,临风怀谢公。"唐代诗人李白要见到眼前此景,不知道又会做何种感叹。一草一木在这金叶流韵、疏影含光的季节,为九寨留下一份不朽。

　　我在九寨击节,我在九寨歌唱,临下山,飘来阵阵瑞雪,阳光飘落在九寨的脊背,给九寨换上了新装。憧憬的美丽,成了最美好的追忆。九寨,灵光的山水,永远留在我心里。

汪 山 土 库

　　去年六月的一天,我突发奇想,要去桑海开发区的福山拜谒陶博吾先生的墓园。电瓶车载着我在园区转悠,倏忽间,眼前闪出一块汪山土库程姓墓地,让我着实惊奇。我忙让电瓶车司机停下,有意识地勘察一番。桑海与汪山相距几十公里,历史上赫赫有名的朝廷重臣程姓大员竟选此地为他们的长眠之所,让我大惑不解。

　　眼前的墓地是汪山土库"三大红顶子"之一、云贵总督程矞采的坟。墓地坐西朝东,览山水之胜,卧山之阳,得山水之精华。只见墓地前后,湖山隐隐、水流潺潺,绿茵郁郁、烟雨迷蒙。汪山土库,一字排开一千四百余间,圈地一百零八亩,坐拥大小天井五百七十二个,前有荷叶塘,后有汪山,翻过汪山,后面即是通江达湖下海的蚂蚁河。汪山汪水汪地,程姓祖先好眼力,把如此一座大宅子建在汪山岗,充满了程姓人的智慧和灵感,倾注了程姓祖先的心血和汗水。兴旺的人气,还有穷理致知的文气,凝结成汪山土库的气度和风度。

　　说到汪山土库建筑,民间有句俗语:肥水不流外人田。土库中的下水道四通八达,构成网络,整栋宅子的下水汇聚至祖堂前的荷叶塘。土库的先辈煞费苦心地将经营百年的建筑与永葆汪山的兴旺相嵌。这种独创式的传宗接代方式成就了一种特别的思维、特别的创意。尽管这种讲究是不是真有魔法般的效应,还有待研究发现,但事实上,汪山土库这块宝地就像鄱阳湖的浪一般,一浪赶一浪,文气汹涌澎湃,翻腾激荡。这里出了几百位官宦、几百位专家学者。在汪山土库这个摇篮中,甘甜的鄱阳湖水养育的精灵,写就了这座大宅的生命传奇。

　　其实,透过风水的表象,我们重新审视汪山程家人走过的历程,就不难发现他们成功的密码。土库中的稻花香馆,留下的是年少的稚声和后生的冥思,而相邻的望庐楼又多了一层寓意,将这些后学者请上高台,站得高、看得远,让弟子们知晓山外有山、天外有天的道理,也让弟子们懂得学问无穷尽、学识不问出处的好风尚。这或许就是汪山程家人生生不息、长盛不衰的奥秘。一寸光阴一寸金,寸金难买寸光阴,土库中的塾师挥动戒尺,击打着桌面,提醒着汪山土库的后学者记住孔圣人的面孔。

生活就这样日复一日在枯燥的诵读中度过。汪山程姓后代却咀嚼文字,觉得有滋有味。人的一生所接受的文化修炼是德行修养、素质才华的体现。宁静致远,格物致知,汪山土库循着这条便捷的前辈走过的路径,跨出土库,牵手并肩,举步向前。

天生我材必有用,汪山人深谙其意。相传,"三大红顶子"早年都去私塾就读。老三程楙采母亲担心儿子吃不得私塾的苦,便将一串腊肉包好置于儿子的被子中。临行时,她交代儿子,如果觉得私塾的菜蔬不可口,或者觉得清淡,就自己将腊肉切上几片,置于饭锅中蒸熟。这样既方便,又能补充营养。待到当季私塾散馆时,父亲去私塾接程楙采,将被子扛回家后,母亲赶忙打开被子拆洗。可是,眼前的情景把这位贤淑的母亲惊呆了。看着那串包装完好的腊肉,母亲热泪盈眶,她又气又动情,不知是责备儿子好,还是赞扬儿子好。肉没吃不说,程楙采连被子也没铺开睡过啊!汪山书香传家久的风气原来就是因了这种锲而不舍,就是因了夜以继日的苦攻苦读。事实证明,并不是什么风水注定了汪山土库的蒸蒸日上。

到过汪山土库的人,都觉得汪山土库门楣上一块块无字匾额让人费解,不知汪山人葫芦里卖的是什么药。一栋如此大气磅礴、豪华雄伟的建筑竟把这头顶上的光彩有意抹黑。全国各地多少大户人家的土库建筑,一块块金碧辉煌的牌匾给家族带来了何等的荣耀。牌匾上的几个字寄托着主人经天纬地的心胸,抒写着主人的家国情怀,宣泄着主人积极向上的内在情绪,完成着主人的一个个宏伟愿想。可是,汪山人怎么了?他们要把家族的取向指向何处,引向何方?要让来此游历的人们做何感想?要给历史留下怎样一份沉甸甸的传承责任?无语之余还是无语。这个百年之谜曾有过争论,也成为大塘老街上士绅商客茶余饭后的谈资。这个答案或许就是一种家族愿望。其实这个谜底完全可以在国家档案馆的清史资料中找到。2007年,受县委领导的委托,我多次去北京,坐在国家档案馆的靠背椅上,凝神屏息,浏览着"三大红顶子"给道光皇帝的奏章以及道光皇帝的亲笔眉批。在一沓沓的奏折中,我读懂了"三大红顶子"的良苦用心,也从奏折中看到了一位神威刚遒、老到聪颖的安徽巡抚程楙采。他几乎每两三天,就会呈一道奏折给皇帝,都是安徽的乡俗民情、安徽的经济流变、官吏的用心程度、对贪腐官员的检举等内容。一位堂堂正正、刚正不阿的士大夫形象巍然屹立在我面前。在云贵总督程矞采、署理江苏巡抚程焕采、安徽巡抚程楙采中,老三程楙采称得上是皇帝的得力能臣。他在安徽督办实务也有能力。一年,安徽的颍河发大水,方圆百里,洪水泛滥,汪洋一片,老百姓流离失所,生死两茫茫。在这生死抉择的关头,巡抚程楙采来到现场。他首先采取的第一条措施便是开仓赈粮。其时,按照清朝律例,开仓赈粮须得朝廷和皇帝恩准,任何人不得擅自开仓,如有违,定斩不赦。县官们得到程楙采的指令后,大家都面面相觑,无动于衷。程楙采急了,朝着众官发喊:"皇上追究下来,要杀便杀我程楙采一人。你们不放粮,我先杀你们。"众官员见巡抚大人如此有胆识,都为之动容,赶忙命令向属地灾民开仓赈粮。

水退后,这放粮的措施又发生了变化,程楙采决定用粮做杠杆。他号召每位青壮年都上堤挑土堵口,每挑土三担发给一碗米。这样,老百姓没有饿死,堤也修成了。不幸的是,程楙采却病倒在堤上。朝廷知道后,对程楙采赞赏有加,程楙采也因此得到道光皇帝的器重。可惜天不假年,程楙采五十五岁时,接任浙江巡抚,车马还未走出安徽地界,他就一病不起。

汪山土库的无字匾额,押宝就押在程楙采的仕途上。只要程楙采得到道光皇帝的垂青,官居一品,那无字匾额便会在一夜之间成为有字匾额,汪山土库的荣光也会因此达到新的高度。

斯人已去,风采犹存,后世的翻版仿效者并没去为土库刻意复制另一个程楙采,或者是复制其他几位在官场上威风八面、声威显赫的老前辈。弃官从文,弃官从商,在道义与方向的抉择上,怎样寻找一条适合家族发展的路?汪山土库的后人保持着清醒的头脑,要想香火长盛不衰,要想土库永远传承下去,就得拓宽视野。诗人、作家、音乐家、学者,在我们国家的这些领域都可以寻觅到汪山程氏的身影。2007年6月,中央音乐学院为我国现代杰出的音乐教育家、歌唱家、作曲家、指挥家程懋筠先生举行逝世五十周年大型音乐会,其家族来了专家学者近200人,从这个场面便可见一斑。家族观念的转型成功赋予了汪山土库极强的生命力和光宗耀祖的未来和希望。

2004年6月,中国民协为汪山土库挂了一块金字招牌"中国府第博物馆"。

官宦人家的气势汪山土库有,官宦人家的排场汪山土库有,官宦人家的讲究汪山土库有,官宦人家的坦途汪山土库有。在汪山土库兴建之初,整个土库的长廊下埋了不少陶瓷大缸,以至人们走在廊中铿锵有声,威武雄壮,凸显官宦人家的威势。我们无法臆测建造设计者的动机,也无法感受其良苦的用心。这种建筑的形象顶层设计思维,似有登峰造极的才华。俗话说,没有不散的筵席,走在前面的人已成背景,渐行渐远。岁月留痕,在后追者行列里,我们看到了汪山土库的凤凰涅槃。豪宅已空人已去,在审视汪山土库的来路后,我们看到的并不是威势和气势维持了这个家族的一成不变,恰恰相反,正是土库的顺势而为、乘势而上、积极应对、图变创新,拓展了家族的宏图伟业。

有什么样的人,就有什么样的建筑。汪山土库的伦常在鄱阳湖边成为家族神话。这座自道光年间开始动工,至民国时期仍未完工的宏大建筑,也成为江右文化的一个重要组成部分,成为江南建筑艺术的神话。中国有句俗语:穷不过三代,富不过百年,可汪山土库的人却用自己的生命历程在家族史上抹下了浓墨重彩的一笔。

汪山土库梦圆何处,魂兮何归?我们不得而知。但是,其不朽的形象总是在鄱阳湖边若隐若现,呈现出一条异样的彩虹。

土楼遐思

　　游走于土楼,就像欣赏一幅别致的乡俗画。这幅图画,让我追溯前人的生活,心里有一种异样的温馨。我每每独自思量,如果回到遥远的从前,我是土楼的主人,我会怎样在土楼里生活?怎样去寻找一个平常人的乐趣?

　　这也会是一个无解之题。

　　但我还是穿越时空将自己置身于古老的土楼中,去做一回刀耕火种时代的土楼寓公。在这个小山村中,我会携上糟糠之妻,扛上锄头,去过那男耕女织的生活。在林中,摘野果草莓以果腹;在溪涧,掬一捧泉水以解渴。回到土楼,斟一杯自酿的菊花酒,一醉方休,敞开胸怀,临窗而睡。凉风袭来,身心俱佳,或吟或唱,诗文聊以自慰,真可谓陶渊明先生笔下的"不知有汉,无论魏晋"之人。

　　圆圆的土楼把福建带进了一个立体的世界。众多的世家大族趋福避祸,来到了这相对安宁的去处安家,只盼脱祸求财,从此家道中兴,去做不食官家烟火的居士。美好的愿望放纵了心底的架构,为自己垒筑起一片人间乐土。

　　一座座土楼,掩映在朝霞里,如一尊尊金贵的塑像,铸就着一种另类的辉煌。山野中充溢着花草和树木散发的馨香,鸟儿放开嗓门在枝头高唱。颤颤巍巍的老人,在子孙的搀扶下游走于山间土路上。寺庙中、祖堂内,香烟缭绕,跪拜的人们用自己的虔诚在先圣面前祈求平安。这是一幅多么安详淡定的图景啊!田园牧歌式的生活注定了土楼人的前世今生,栖身于如此完美的土楼,这也是当地人的福分。洁身自爱,抵御外侮,恪守淡烟暮霭,于方寸之地经营苦寒岁月,让我看到了土楼人的自信和定力,以及对自己未来生活的憧憬和希冀。这是金子般的品格啊!

　　穿越于每座土楼间,我好像感觉冥冥中有种不可思议的力量在主宰我的思绪,这种思绪萦绕于心而无法排解。这种力量是什么?我一时半会儿说不明白。感悟也罢,感觉也罢,我想,也许这土楼本是祖先在特定时空的一种创造,一种乞求苍天得不到神助后的自我佑护吧!在回程的路上,与同行谈起观感时,我讲到永定土楼的几个人文特色:首先,力量的凝聚是土楼的意义和象征,它所蕴含的意志和拓荒能力,虽然倾注了辛劳的血汗,但也充斥了人改变命运的信心和勇气。家族的欢聚是土楼象征意义中最温馨的一面,只图人丁安康,不求大富大贵。当地人用土楼的形式将人们拢在家族圈内,有福同享,有难同当,以土楼作为一个切入点,将我国几千年的传统儒家思想发挥到了极致。再就是财富的积聚,我不敢想象土楼的人际关系架构似乌托邦式的社会形态,但是,我可以认定,这些家族对财富的理念,是在经过社会不均衡压抑之后一种近乎理想型的合理均衡的分配方式。每个家族成员都在平等的参与中得到生活所需,它或许是一杯羹、一碗粥。家族共同的生活观,把财富看淡,又把家族共有的财富看得异常神圣,甚至不可侵犯。这就是土楼的珍贵历史,这就是土楼的可圈可点之处。它赖以生存的根基建立在平等相待的家族议事制度上,只有长辈和族规作为约束,除此之外,家族成员共居一室相安无事,从不因财富的多寡而攀比、争夺。

  写到这里,我不免对永定土楼,对祖祖辈辈生活在这些土楼内的人们产生一种深深的敬意。更多的人在这些土楼中,并没有飞黄腾达的俗念,并没有尔虞我诈的诡谲,他们以自己的朴实,以耕读传家的传统繁衍生息,甘于平淡。宋代文学家、名臣王安石有诗:看似寻常最奇崛,成如容易却艰辛。土楼留给我们一份沉甸甸的历史,如北京天坛的回音壁一样,也留给我们一份厚重的历史回响,经久不息。

  告别土楼是在夕阳西下时分,土楼在余晖中,铺上了一层金色的霞帔。我留恋着这些老祖宗留下的珍奇遗产,心中似乎多了几分的纠结。城里生活的喧哗与土楼的宁静,两种色彩的生活的比对,生发出一种愿望。宋代诗人郑思肖说:花开不并百花丛,独立疏离趣无穷。我一生追求"无为"的境界,没想到在这里得到了一个圆满的答案。土楼无为胜有为,有为锦囊含真谛。奇妙的世界给予了我充分的想象空间,如果有再生缘,我愿意下辈子能在如此圣境中投胎度世,完成永生的念想。

  土楼是我心中凝固的思恋,永远无法抹去……

南昌的再造

　　历史上，洪州窑的炉火曾经把陶瓷烧造得精美绝伦。陶瓷的年轮记录了南昌的岁月沧桑，还原了一个远古的南昌。如果汉代大将灌婴再度迈出千年窑火的时光隧道，重新审视当年用宝剑划定的那个豫章土城的小圈圈，他一定会惊得目瞪口呆，似梦非梦，无法排解内心躁动的情绪。逝者如斯夫，如今的南昌城绵延几百里，八面威风，拓天展地，风采出众！灌婴带着几分落寞悻悻地游走于赣鄱，嫉妒、自卑，他成了新世纪拓城造楼、添园缀绿的旁观者。

　　赣江成了划分小南昌与大南昌的分水岭，水滋润了一座城，园林绿了一座城。世纪的梦想，把一个大格局写进了南昌的历史。观念新了，气魄雄了，框架大了，绿意更浓了。南昌城头那扣着中部地区小城的徽标被拓荒者轻而易举拿下，它在用速度写真、用高度写强、用风度写美。京九线的高速列车上，人们惊讶相向，对这条铁路线上唯一的省会城市刮目相看。南昌之变，其体量之大，其姿态之美，不由让人惊呼，真正的"英雄"诞生了。

　　从红谷滩到九龙湖西客站，从高新开发区到小蓝工业园，南昌在咋舌的速度中迅速崛起。老城区在梯度转移中渐渐地远离人们的视线，成为"城市博物馆"的一部分。新的气息、新的意念、新的理念，蜕变成一幢幢密集的高楼、一条条宽广的马路、一片片令人心神安定的绿野芳踪，雄心与意志的结合改写了现代版的"画栋朝飞南浦云，珠帘暮卷西山雨"。

　　城市品位提升是人的智慧的体现，是一个新的观念的遴选，也是新的梦想的升华。既要金山银山，又要绿水青山，文辞契合展现在笔端是一座绿色都市的崛起。亲水的特性把青山湖、瑶湖、象湖、碟子湖、九龙湖、艾溪湖、东湖、西湖、前湖、抚河、玉带河、赣江、鄱阳湖，镶嵌进了绿色的城市版图。优美的风景成就了城市的观感，成就了南昌作为一个省会城市在国家版图中的地位。做足山水文章让南昌人得到了实惠，尝到了甜头，日出江花红胜火，春来江水绿如蓝的诗文在现实中华丽转身，情景交融。南昌醉了，酣醉在崛起梦的意境中。

　　正确的思路和思维的拓展，成就了南昌的辉煌。徜徉在商业步行街上，行

走于秋水广场,既体验了城市的喧闹和繁华,又分享了城市的宁静和安谧,无法抑制的情愫让人心猿意马。情侣间的甜蜜依偎,老人与孩子的相互搀扶,无忧无虑的生活诉说着一个个家长里短的故事。天若有情天亦老,人间正道是沧桑。包容性和前瞻性牵手城市的底蕴荡漾出一股股鲜活的爱意,梦幻般的生活布施着南昌人的传统美德,渲染着南昌人的精气神。于是,南昌的人文特色因之有了新的写意,南昌的历史又翻开了新的一页。

　　南昌,江南一座伟岸都城,它在展现现代都市风貌的同时,也在以秀美的山水这个长长的感叹号写就春风又绿江南岸。别具一格的现代人文理念,风格迥异的城市建设特性,不争建设速度,只留一份青山绿水打理城市的意识,给南昌的广大人民群众带来福音。南昌留下了子孙田地,留下了田园风光。人们从北上广的喧闹中走出,寻找宁静、寻找雅致、寻找清新、寻找质朴,南昌或许就是宜人的首选之地。

　　城市扩容没有休止符。南昌正在以一个新的高度成就绿色穿越的狂想。

　　这绝不是痴人说梦。

听罢二黄看宜黄

说到宜黄戏二黄腔,有人告诉我:这腔调一唱三叹三百年。清代兵部右侍郎熊文举曾有诗赞道:凄凉羽调咽霓裳,欲谱风流笔都荒。知是清源留祖曲,汤词端合唱宜黄。这就是说,汤显祖所写的剧本,皆由宜黄子弟来演,因此,历史上曾有"临川才子、宜黄弟子"之说。

到宜黄的第一个晚上,好客的主人待我们用过晚餐后,便把我们引进了二黄剧院的小舞台间。没有现代气氛,也没有百般的做作,仅有几个穿着古戏装的女子登场轮番献技,极其卖力地为我们表演心仪已久的宜黄戏。尽管不是专业演员,却字正腔圆,有板有眼,有声有色。二黄腔从那几个美貌女子甜润的喉腔吐出,让我这个门外汉都能听出与京剧二黄腔还真有不少相似之处。演员们炉火纯青的演技把我们带进了一个梦幻的天堂,如痴似醉。这之前,我也看过不少赣剧、采茶戏,还真没有今夜这般出彩。一个山旮旯的二黄腔能让人有如此感受,实在是难能可贵。说是震撼也罢,说是陶醉也罢,二黄腔的腔调在台上演员的功夫戏里,拉到了一个高音阶,让我们心情舒畅,也让我长了几分见识。这个音阶,在末句的后部分,达到登峰造极的地步,引来一阵阵喝彩和掌声。

是的,我们欣赏的何止是二黄腔的高音阶,两天的采风中,在宜黄的城镇乡村,宜黄人无不在唱一个高音阶。

在云海竹林,我们欣赏到了植物活化石——红豆杉、银杏树,硕大的枝干虽然平添几分斑驳陆离,却是那样高耸参天、苍劲挺拔,其实,我想,这一棵棵的千年古树,何尝不是那在田间忙碌的宜黄老农啊!岁月追随着宜黄人的步履迈过了一千多年,尽管这些老农身子骨佝偻嶙峋,尽管皱纹布满脸庞,可是他们爬坡上坎的本事比谁都强,一个个的石阶拾级而上,哼上几句二黄腔,那神气比绿荫如盖的银杏还精神。

在宜黄河岸边,我们见证了宜黄之水天际流的壮观雄浑。母亲河宜水养育着宜黄人,滋润着山里人采樵后干瘪的嗓子。那奔腾激涌的浪涛,激励着宜黄人、鼓舞着宜黄人,让他们在战天斗地、改造山河的漫长路上增添斗志,平添力量。河的精灵为宜黄展开了一幅动人的壮丽画卷。

一路走，一路行，迷人的风光浸渍了我的情感，我不由得轻吟一句：且把宜黄比戏子，浓妆淡抹总相宜。宜黄的山美，宜黄的水美，宜黄的人更美。宜黄就像一位羞答答、蒙着盖头的姑娘，藏在深闺无人识，而一旦掀开盖头，又让人觉得美貌不可方物。

看过宜黄，我有心把宜黄看成一个大盆景，这个盆景山水相间，色彩斑斓。在盆景中，尤为值得一提的是棠阴古镇，正是它给宜黄增添了几多分量、几多厚重、几多沧桑感。"小小宜黄县，大大棠阴镇。"可以想象，历史上，这个镇的繁华与热闹非同寻常，来往的商贾川流不息，过往的商船百舸争流，吆喝声、叫卖声，此起彼伏。街市上，人头攒动，熙熙攘攘，这或许就是在山谷中荡漾出的别样"二黄腔"。优美的曲调动听传神，唤醒了沉睡的大山，也唤醒了生活在这片土地上的人。他们融入南来北往的人群中，身背褡裢，夹着雨伞，挑着货担，成为商海中的别样风景。闭塞的生活方式随着与外界交往的加深，改变了色彩。

站在高高的卓望塔上，我看到了一个灵动的宜黄，水流、车流组成了命运的交响曲，绵延的山峰与城中的高楼相呼应，见证了建筑与自然的和谐统一。智慧和创造改变着山区小县的面貌，也牵引着历史走进一个新时代。在这个"二黄腔"的发祥地、禅宗曹洞宗的发源地，在这个仙风道骨之乡，历史上曾经有过多少值得骄傲的道德文章、人文盛事。历史的车轮转到今天，智慧和创造又在造化宜黄，那多处正在垒起的高楼边，一架架起重吊机正在上升启动，这是一个城市新生的象征，它将把宜黄提升到一个新的时代，迈开一个新的步子。

这时，从布满青苔的山道上，又传来一阵阵新编的"二黄腔"。宜黄弟子传诵千年的老调，不仅唱进了全国"非遗"的行列，也把今天宜黄的发展变化唱进了宜黄的历史。

宜黄，让我陷入了深深的感悟。

凤之湖的记忆

　　用这样一个题目写与湖相关的散文,似乎缺了点水的韵味,让人无法排解内在的情感,心生纠结,以致在偌大的湖边,我像一个丧失家园的浪子,丢魂失魄。

　　我把洞庭湖比作凤之湖。洞庭湖悠缓轻慢的情调曾经让文人墨客书写过多少关于水的小夜曲的诗文。曾经看过一出湖南花鼓戏《刘海砍樵》,那种真情相依、不离不弃、生死与共的情境,那种充满情趣的曲调,把八百里洞庭儿女情怀展现得淋漓尽致。人间与仙境的完美重叠,凤凰湖上凤凰游将神话写进了"云梦泽"。就在这样痴痴的呻吟中,云梦泽在江南的艳阳里,映衬出水上飞的闲情逸致,云腾雾绕间,有龙翻滚,有凤翱翔。梦的知觉冲决了世俗的混浊与污浊,牵引着人们的目光去看重水的灵魂,去看重一个清纯世界的美好。

　　也许云梦泽升腾的感觉多了凤的图腾,集结了美好的记忆。长久的岁月中,凤让人们产生了太多的联想,水这面镜子所照见的灵魂已经把泽国的家园写得灵动、传神。凤鸟穿越历史的扁舟,挟带着芙蓉花的香味飘过千百年,飘向远方的岁月,追思那一首首动人心魄的浩歌。当屈原伫立颠簸于风浪间的小船上,真不知他的所思所想。袅袅兮秋风,洞庭波兮木叶下。屈原用《九歌》于洞庭长吟,一展自己的才华和抱负。他在《离骚》中想:吾令凤鸟飞腾兮,继之以日夜。屈原的"凤鸟情结"几乎达到极致,民族图腾的象征意义远远超越了屈原诗句本身。凤之翱翔于九州,而卷云驱风。他在舟中迎风疾呼:让凤鸟陪伴我、侍奉我,为我开辟前行的道路,让我乘风破浪在太空中飞翔,日日夜夜,永无宁日。啊!人的精神境界到了如此完美的地步。人的行为只要符合善良的需要,虽九死也不会动摇。最后,他以自己的肉身换来一份精神导流图,汨罗江成了他随风飘逝的最后一步。屈子是个有福之人,他的选择成全了楚天之际的梦之境,也寻找到与风共生的蹊径。

　　洞庭之魂弥足珍贵,我在云梦泽这面大镜子里又照见了另一位悟神骑凤之人,他爱凤鸟,爱得彻底。他就是北宋名臣范仲淹,他把凤鸟尊为凤凰,要效仿凤之"宁鸣而死,不默而生"。在国政维艰之时,他大胆直言,抨击时弊。天圣七年(1029),他任秘阁校理,深忧国事,几次直言批评章献太后垂帘听政的祸害。笔墨未干人即被贬,直到章献太后去世,范仲淹才被重新起用,传召进京。按常理,吃一堑长一智,范仲淹应该过几天安生日子,可他傲骨依然,又不知深浅地批评仁宗皇帝废除皇后,再度倒骑毛驴知睦川。到了景祐二年(1035),范仲淹红运当头,升国子监转吏部员外郎、权知开封府。原本到了如此份儿上,照理他应该对政事少一份闲心,可他仍然不计进退,再度批评宰相吕夷简用人不当。这样不知趣,朝廷那些弄权者岂能容得下他?范仲淹再废被放逐饶州。偏偏他"不思悔改",又鼓噪"居庙堂之高则忧其民,处江湖之远则忧其君"。你看,如此纯粹的一个傻瓜。更为让人心旌摇曳的是,他在岳阳楼上,登高呐喊:先天下之忧而忧,后天下之乐而乐。如此爱国之心,天地日月可鉴。范仲淹与凤共舞所发出的生命呐喊,拨开了多少的人心底阴霾。

  历史翻开新的一页,洞庭湖的云梦泽又横空出世一位伟人,他浅唱低吟:九嶷山上白云飞,帝子乘风下翠微。他也是对凤鸟寄予期望的时代弄潮儿。他早年读过一本书,叫作《世界英雄豪杰传》,并对书中的华盛顿、拿破仑、林肯、彼得大帝、卢梭等人佩服得五体投地。随后,他便毫不犹豫地投身于救亡图存的行列,与天斗,与地斗,与人斗,其乐无穷!他乘凤遨游,笑对天地日月,荡平千堆雪。

  云梦泽一浪高过一浪,云梦泽把洞庭湖形象化、拟人化了。芙蓉国里尽朝晖,云梦泽的荷香弥久不散。云梦泽成全了凤的栖息,也给凤鸟插上了金色的翅膀,去完成前不见古人,后不见来者的想象。

鄱阳湖畔的无字匾

　　一条蚂蚁河,缓缓地淌过汪山,流进浩瀚的鄱阳湖。河两岸,水汽升腾,掩映着一幢空旷的豪宅——汪山土库。豪宅与水的交融,幻变为鄱阳湖西汉的风景,成就江南的特殊人文。

　　道光皇帝慧眼识英才,在芸芸众生中选择了以放鸭为生的土库三兄弟,让程姓一门出头,撑起门户,诞生了一个不同凡响的家族。老天眷顾,提携了湖广总督程矞采、江苏巡抚程焕采、安徽巡抚程楙采。"一门三督抚,五里六翰林",汪山土库始建于道光初年,占地108亩,天井572个,大小房间1443间。恢宏的规模、鳞次栉比的气势,拔地而起一座文儒官宅,江南大地上因此多了几分别致与高雅。土库鼎盛的文风衔接了稻花香馆塾邸中传出的琅琅书声,重新编写了耕读世家的每个页码。

　　为了让子弟们传承家风,长者用心良苦地在稻花香馆边营造了一座有别于土库形制的建筑——望庐楼。楼虽不高却伟岸,凭窗而眺,匡庐尽收眼底。此楼无声地启示后代:山外有山,天外有天,不可沉溺于土库的荣耀而沦为纨绔。每当凌晨报晓的金鸡啼鸣第一声后,土库中的后学之辈便跃然起身,迎着朝霞于"四书五经"中汲取营养。一代代人的守望,在传承中成就锦绣文章。进士及第的锣声传来皇上与朝廷的恩典,爆竹的香味、欢庆宴席上的酒香与土库中的书香演绎着如诗如画的乡村人文风光。百十余位进士举人,众多的艺术家、学者,汪山土库每个生命的季节都有着不凡的绝唱。

　　"三大红顶子"引领留下的风范在时光隧道里闪烁着耀眼的智慧之光。乌纱帽与土库的马头墙脊交相辉映,转换成一曲曲岁月的浩歌。府第的美名不是靠虚名来维系的,于官之路的艰辛,是局外人无法体验的。道光皇帝任命程矞采为云贵总督的意图很明显,即要任用能臣戍边安内,以求江山永固。程矞采在任上恩威并重、文武兼治、勤政务实,换来了云贵地区的安定。可是,随后的岁月里,他在对抗太平天国运动时兵败,儿子程福培也阵亡。丧子之痛,痛彻心扉。他对朝廷心灰意冷,遂挂印湖南衡阳,结果受弹劾充军新疆,并客死他乡。

老二程焕采是位学究。他"物论不孚,力争止之",虽身为布政使,却因耿直得罪巡抚。后来,他就任湖北盐法道,总督欲更改盐政,程焕采认为此举会使商人和百姓利益受到损害,着力劝止。升任布政使后,因家道之变,他倦意官场,便用栀子汁抹遍全身,装成肝病附身状,以病告归。

程楙采是位能臣。土库中的无字匾就是他迈入一品之列时的家族加冕礼。他在任上亲力亲为,皇帝几乎每三天就能收到他的一道奏折。安徽水患严重,堤防年久失修,他上任伊始,即亲自督修防洪堤坝,甚至挑土上堤,以树楷模。百姓感德,遂立石碑,后世人称"程公堤"。

汪山土库没为后人留下金银财宝,却留下了一笔宝贵的精神财富。无论是做人、循道、为官、从文,他们所追求、向往的是那达到理想阶段的风雅传说,在地老天荒的鄱阳湖边立起一块真正意义上的无字匾。

在这个家族的祖训里,有这样一行字:"有势不可使尽,有福不可享尽,贫穷不可欺尽。使势、享福、欺人,本损德事,况乎尽乎?此真富贵家药石之言。"这个家族虽然显赫,也有骄纵,甚至还有个别子弟辱没祖宗,可这一切都无伤大雅。

汪山土库在鄱阳湖边打开了一扇水文化的大门。在稻花香馆里听塾师讲经传道,是文字开篇的扉页。从望庐楼中临窗远眺,是鸟瞰世界的第一道目光。儒学的渊源浸渍了土库的每个角落,楹联上的祖训镌刻着金光闪闪的前辈教诲。

很多人说,汪山土库不仅人文厚重,而且建筑艺术奇特,甚至有人把这幢建筑认定为徽派建筑与故宫建筑融合的产物。而我更愿把这种建筑风格的大宅子定格为鄱阳湖畔的特殊历史建筑,它是湖畔人家几千年生存智慧的结晶。鄱阳湖畔温润潮湿的特殊盆地气候,需要这种独具地域特色的建筑。汪山土库建筑群形成之前,在湖边的土地上、在散布于湖边的村落里,早就有不少此类土库建筑。只是,它们没有如此的规模、排场、气势和奢华。土库冬暖夏凉,天井既显霸气又能较好地采光,地板既防潮又显庄重,马头墙既彰显大户人家气派,又展示建筑的壮观威严。

在汪山土库众多的石雕中,有一件刻的是一幅八骏图。骏马雄风,暗喻了汪山土库的驰骋奔腾。可是,八骏中竟有一匹马四腿朝天,令人费解。原来,这其中所隐含的是程矞采的警言。他因懈于防守太平军而被革职留任,回乡寓居时,便在石刻中用这匹四脚朝天的马来警示后代,意即做官要小心谨慎,一旦不慎就会人仰马翻。从无字匾到八骏图,这种家族成员顺应时势的退与进、荣与辱,让汪山土库立于不败之地。

土库的家风、土库的教化,印证了儒学渊源的伦理。豪宅虽大,却有着许多细枝末节的感人故事,蕴含着丰富的人文内涵。至今,汪山土库仍然是鄱阳湖文化的引领者,一面面马头墙在鄱阳湖畔的阳光中依旧闪烁着异样的光芒。

西山魅力

提起南昌的山,世人只知梅岭,而对梅岭所处的西山,似乎知之甚少。

西山,又名献原山、散原山、厌原山、南昌山、逍遥山、飞鸿山,晋代始称西山,其位于南昌城西、赣江西岸,绵延三百余里。

在本文中,笔者试图穿越时光隧道,为读者诸君撩开西山朦胧的云雾,去看看积淀了千百年的西山历史文化图景。您会发现:它是那样璀璨夺目、丰富多彩,那样诡谲空灵、神奇虚幻……

多元文化的摇篮

西山历史悠久,人文荟萃,佛教文化、道教文化、隐逸文化、梦文化、传统中医药文化、茶文化、民俗文化聚集于此。

西山山脉主峰萧峰高 812 米,常年云烟缭绕,绿荫如盖,松海泛波,竹涛啸风。

早年的西山,相传是"九龙聚首、凤凰饮水"之地,人们将其称为南昌的龙脉。它的南麓有神奇的九龙山,东侧有令人神往的九龙湖。山水相依,佛道相融,龙脉之地,把西山传神了。

传说,西山是神仙居住的地方。

据历史记载:西山香火最盛时有道院 15 座、宫 5 座、观 22 座、祠 3 座、殿 2 座、寺 36 座、庙 17 座、庵 18 座、坛 17 座、堂 1 座。著名的有 8 大名寺(翠岩、香城、蟠龙、云峰、双岭、奉圣、安贤、元通)、7 大宫观(玉隆、应圣、天宝、凌云、栖真、太虚、太霄)。

坐落在西山南麓的西山万寿宫,是道教净明派祖庭,乃道教第十二洞天三十八福地。它始建于东晋,初名"许仙洞"。

宋朝后,西山万寿宫声誉如日中天。北宋统治者推崇道教,不亚于唐代。几代皇帝都对万寿宫十分看重,尤其是宋徽宗,"于政和二年(1112)遣内侍省内殿程奇,请道士三十七人在玉隆观建道场七昼夜,罢散日设醮,为许真君上尊号——'神功妙济真君'"；政和六年(1116)，改修玉隆宫，改修范围拓宽至六大殿、五阁、十二小殿、七楼、七门、三廊、三十六堂，规模宏大，亘古未有。

玉隆宫在建炎三年(1129)遭金兵损毁后，嘉熙元年(1237)，宋理宗又拨帑重修，一时"羽士云集，道风高倡"。

明、清两代，西山万寿宫又有过两次大规模的修缮。直至抗战爆发后，万寿宫惨遭外夷的蹂躏，毁于劫难。

西山的另一个看点，恐怕就是佛寺了。

纵观西山山脉，几乎峰峰有寺，岭岭有庙。其中，翠岩寺尤为著名。

据《翠岩寺志略》记载："北宋元祐年间，可真禅师择宗以禅学为丛林唱，相继居法席，其徒自远方至者几千人。"

同样，西山的佛事也曾得到一些重视佛道的皇帝的关注。北宋真宗皇帝赵恒继位后，曾亲笔御赐诗四首给其时的翠岩寺住持智新禅师。内中有句："明珠为戒曾无玷，拳石充粮永不饥。"

驱除心魔，梦在千百年中成了人们自我解脱的利器。梦，是人类潜能的另类体现。

西山山脉中的罕王峰又名梦山。

山中有水，水中有山，山水相依，云蒸霞蔚。

梦山梦幻般的意境，实在是造梦的上佳所在。

据道光版《新建县志》记载：南宋宝祐元年(1253)，新昌(宜丰)举子姚勉赴临安应考，宿此得梦，梦娘娘指"片犬内置于兀之上"，悟为"状元"二字。姚勉"恰中状元"，果符其梦，随之捐资建庙。

以梦为山，恐怕在全国范围仅此一座。

江右文化之源

西山从历史中走来。

在岁月中，他是一位饱经沧桑的老人；在文化中，他是一位饱学之士。他所积攒的丰厚人文财富，在江右大地独树一帜。

早在上古时代，西山洪崖来了一位上宾，他就是黄帝的乐官伶伦。伶伦受黄帝之命，"自大夏之西，昆仑之阴，取竹之嶰谷，断两节间而吹之，以为黄钟之宫"。几千年来，人们一直把西山洪崖认定为我国音乐的发祥地，洪崖先生伶伦被认作音乐始祖。说到西山文化，伶伦的影响显而易见。

在西山，还有一座山峰——萧峰。相传秦穆公之女弄玉，生得聪明乖巧，吹箫弄笙，箫声能引来凤凰。弄玉长大后，公子王孙求婚者络绎不绝。她根本看不上眼。

一日，她朝南吹了一支《求凤曲》，没想到，被穷困潦倒的萧史听见。萧史便用自己制作的箫吹了一支《求凰曲》。两个人因箫声走到一起。可是，秦穆公却认为两人门不当户不对，坚决不肯应允他们的婚事。

萧史眼见婚姻无望，只好独自黯然骑凤飞往南方，在萧峰栖居。他日思夜想，思念着心爱的弄玉，每天茶余饭后，便吹箫打发时光。

萧史走后，情感之火一直在弄玉心中燃烧。终于，她逃出深宫，骑凰南飞，寻找心上人，一路祥云陪伴，来到西山。

两位有情人在萧坛相聚，从此你吹我唱，西山大岭中常常传出他们的歌声。

这种歌唱的传统，不仅是一种传说，还成了西山人世世代代的风俗。祭祀朝会、圩日节时，歌唱是人们表达内心愉悦的最好方式。

据道光版《新建县志》载："上元张灯，家设酒茗，竞丝竹管弦，极永夜之乐，明末为最盛。"西山一直有江右礼乐之乡的美誉，着实名不虚传。

西山一带，历史上几乎村村都有丝弦乐队班子，无论村中的祭礼活动还是红白喜事，都弦乐齐奏。尤其是每年的西山万寿宫庙会，丝弦班子伴着村中的朝觐会，一路吹吹打打，一直敲上高明殿方才罢休。

随着江右商人在全国活动范围的扩张，万寿宫在全国遍地开花，至今保存下来的还有1300余座。而每座万寿宫的后院都建有一座古戏台，供乡客交流、欣赏、自娱自乐。江右文化借此传播，不失为一条上佳途径，同时这种传播方式也是外部文化与江右文化在西山碰撞融合的上佳途径。

"绝妙两无伦"的西山魅力

西山文化的巨大魅力，沿袭着传统，将山外人也吸引进来。

南昌出城的人流挤满渡船，壅塞官道，迤逦十几里。

西山吸引了城里人的目光，饱了他们的眼福、口福。

早在西汉成帝年间，豫章郡南昌县尉梅福就走进了西山。他是灌婴筑豫章城后的第一位名人。据《汉书》记载，永始元年（前16），汉成帝封王莽为新都侯，爵位益重，权倾朝野。梅福上书，请削王氏权柄，险遭杀身之祸。后来，梅福辞官退隐南昌西郊飞鸿山，飞鸿山也因为梅福而更名为梅岭。

上自汉晋、下至晚清，紧随梅福而来的有葛洪、郑思隐、陈陶、贯休、齐己、张华、谢庄、张九龄、刘禹锡、施肩吾、黄庭坚、朱熹、陆游、杨万里、虞集、柳贯、曾棨、张位、汤显祖、曹学佺、施闰章、吴嵩梁等一大批巨匠大儒、名人雅士、诗文名家、高僧道首。他们弃文从道，隐身西山或探幽访古、觅奇览胜，或诗文自娱、抚琴自唱。

唐代欧阳持，唐末天复元年（901）进士，曾任左拾遗，因在朝察觉朱全忠、杨行密有异心，唐室将倾，笃意退隐，在梅岭萧峰翔鸾洞侧建拾遗书院，常与进士、华阳真人施肩吾，及自称"三教布衣"的陈陶遍游西山，诗酒唱和，留下了许多脍炙人口的诗文。

宋代理学名家的朱熹也是个西山迷，他在《怀岳麓》一诗中写道：

风月平生意，江湖自在身。

年华供转徙，眼界得清新。

试问西山雨，何如湘水春。

悠然一长啸，绝妙两无伦。

朱熹在诗中将西山与岳麓对比，得出"莫能相上下也"的结论，其对西山的心仪之情溢于言表。

明代大学士张位更是对西山情有独钟，他与汤显祖、曹学佺及刘应秋、吴应宾等，隐身西山桃花岭之桃花洞，每日对坐品茗，丝弦为伴，踪迹遍及西山每个角落，诗文唱和更是寻常事。

汤显祖先生曾有《陪张师相桃花岭即事十绝》诗，有句：江城重似筑沙堤，弟子从师鸾鹤西。便有人间候云气，碧桃休作武陵迷。汤先生将桃花岭与渊明先生笔下的桃花源类比，可见这西山桃花岭在张位和汤显祖心目中的神圣了。

到了晚清时期，西山又接纳了一位忧国忧民的另类隐士——湖南巡抚陈宝箴。

在西山山脉东南麓、新建西南十几公里的望城镇青山街东南角，陈宝箴在这里度过了他一生的最后岁月。

晚晴历史中,慈禧太后主政期间,陈宝箴在湖南开矿兴学,办电信、轮船、矿务、铸币、铁路、枪弹厂及制造公司,支持南学会,主持时务学堂。一时间,湖南开风气之先,人气爆棚。可是他在推行新政时,却受到了保守势力的强烈诋毁和攻击。光绪皇帝被慈禧太后囚禁后,陈宝箴和儿子陈三立也难避其祸,被慈禧太后作为帝党的重要成员对待,受到了严厉的惩处。慈禧太后谕:湖南巡抚陈宝箴以封疆大吏,滥保匪人,实属有负委任,著即行革职,永不叙用。伊子吏部主事陈三立,招引奸邪,著一并革职……

光绪二十四年(1898)九月十七日,陈宝箴冒着凄风冷雨,黯然乘船离开湖南,踏上了回归江西老家的行程。

西山青山街,有古驿道穿行而过。泉水淙淙,地肥水沃,山水相间,是个既僻静又信息灵通的好去处。这里不仅田园风光好,而且人诚信有礼。陈宝箴在听了亲朋的介绍后,亲自去青山街踏勘了一回,开始构筑由他亲自命名的崝庐。陈宝箴寄身崝庐后,每每在崝庐与儿子陈三立酌酒唱和,彼此用文字温暖心境,用诗文排解烦忧,度过了一段充满温情的幸福时光,也留下了让后人赞叹的千古绝唱。可惜的是,慈禧太后对陈宝箴的戒备之心一直未消除,旨江西巡抚逼陈宝箴自决。陈宝箴的身影永远留在了西山。

陈宝箴的儿子、文学家陈三立是一位爱西山爱得深沉的才子。他将自己的名号改为陈散原,留下了不少吟咏西山的诗文。

落拓的崝庐已踪迹全无。历史薄待了陈宝箴,却留下了一代英名,留下了一个声名显赫、文声远播的家族,留下了让人们赞叹的学养、才智、德行、品行。

西山文风鼎盛,其独特的区位特点,使西山文化清新流畅,从不故步自封。南昌的文化活动能在极短的时间内传递进山,山里山外的文化交融互通,吐故纳新。晋代出现过以许逊为代表的"西山十三隐";唐代有"西山三逸"欧阳持、陈陶、施肩吾;宋代有西山"四杰"胡桐原、万桐原、万澹庵、徐竹堂;宋末元初有柳贯等"儒林四杰";明代有以张位和汤显祖为代表的诗文戏剧群体;清光绪年间,新建勒深之、陶福祝(陶福履)、瑞金陈炽、丰城欧阳熙在省城相会,于西山郊游,谈艺商榷,"抗心希古,矫然自振",后来合著《四君诗粹》,人称江右四才子。

西山村落中大多为千年家族,居住的稳定孕育了敦厚质朴的家风,而且有着良好的传承。耕读世家弘扬的文风在西山写就了不少家族一代代的辉煌。诸如松湖魏良辅、魏良弼、魏良政家族,丰城揭傒斯家族,厚田周学健家族、欧阳持家族,檀溪熊文举家族,浠湖姜曰广家族,双港裘曰修家族,港口曹秀先家族,大塘汪山程矞采家族,马荣勒方锜家族,昌邑陶福履家族,治坪州胡家玉家族,修水陈三立家族……

眼界开阔,视野独特,不少在外谋生者所传递的新鲜信息,使西山有了新境界和新时尚。

农耕之源造就了一座西山,也造就了特殊的文脉和特殊的能工巧匠。这些能工巧匠以其特殊的生存本能,开始传承技艺,播撒西山文脉。奉新人宋应星将这些技艺广为收集,著书《天工开物》。西山特有的手工打制金银器就是这些小手艺中的一朵奇葩,千百年来,它以其特殊的生存方式隐于西山民间。这些技艺成为一个个家族创造财富的手段。如果仅仅依靠《天工开物》的记述,仍然无法得到许多暗示,无法得到真传,无法真正解读这门小手艺。这绝不是说它如何奥妙无穷、如何秘不示人,而是因为这些绝技是制胜的法宝。西山人把自己推上了一个高人一等的位置。从某种意义讲,这也是西山文化进出的一条通道。

西山是江右文化一本厚重的典籍。西山的清泉日复一日欢快流淌,飞鸟在林间欢快歌唱,雾霭浸渍了山巅,晨曦的霞帔与山花相映成趣。

好一幅赏心悦目的西山图景。

六、东笙西箫

异　数

　　公元1955年的初秋,我呱呱坠地,在人世间的舞台上,开始表演属于生命的每个大小节目。早一年,父亲和母亲在水排上成亲,母亲怀上我时,正赶上鄱阳湖大堤决口。生不逢时,消瘦成了我一生的主旋律。襁褓中传出的哭闹声,让祖母长年阴云密布的脸,终于绽开了一丝笑容。祖父英年早逝,三十岁不到便离开人世。祖母就像侍弄豆芽苗一般将父亲这根独苗扶正。眼下有了一个孙子,这可比捡了金元宝还高兴啊!家中添新丁,人逢喜事精神爽。父亲为摆脱贫困,开始不遗余力地做着各种尝试和努力。大水面上,父亲撑着小竹排子,寻找某种收获,苦求意外之财。他几乎无时无刻不在洞察鄱阳湖上风浪的些许变化。我的老家蜗居在鄱阳湖西汊,北风卷来的浪头,就在这汊港收脚。每年洪水来袭,鄱阳湖周边总会有些村子被浪卷走,木柱、房梁、家具就会随湖水漂流,这也成了北风浪歇处人们捞浮财的好时机。有了儿子,父亲捞浮财的干劲足了,一双眼睛死死地盯着湖面上,只要有个黑点出现,他便以最快的速度将木柱或房梁等木料捞上岸,聚集在港湾处。村子里每家每户的"战利品",摆放在水边,蔚为壮观,这里成了木料和家具博物馆。有时,也会有"浮尸"漂来,大人、小孩、男女不等,人们把这些"浮尸"称为"银"。得了人家的家财,当然也得安顿好这些"银"。于是,村里的青壮年便在村中长者的带领下,挖个大坑,让这些"银"入土为安。不消说,父亲也是让这些"银"入土为安的主要参与者。

　　我没出生之前和出生后的多年里,这种悲喜剧经常上演。那时的圩堤还不牢固,防不得风,挡不得浪,鄱阳湖一有风吹草动,湖堤总有某处要决口。中华人民共和国成立后,在政府的号召下,本县与邻近县的农民都来加固、加高湖堤。经过十几年的流血流汗,圩堤才开始变高、变牢固,鄱阳湖便再也无法使坏,再也卷不走村落卷不走"银"。

　　我出生后的第三年,父亲便与叔公一道,盖了一个四间的小瓦房,其中自然少不了水中捞来的"浮财"之功。后来又得一位从事中医的姑公相助,在房子西侧搭建了一个厨房,我们算是有了一个像模像样的窝。

从此,我开始感受了家的温暖。

生活在小村落,就像卜居于锅底的蚁族,想爬上锅沿,比登天还难。从小,我的眼前总有个"幽灵"在跳闪。这个人是远房的一位叔公,他骨瘦如柴,头似刀削,走起路来风都能吹倒。不过,他那对凸出的眼珠却分外令人惊悚,寒光如剑,直刺人的五脏六腑,与那些从水上漂流来的"银"别无二致。在村里,他是个讨嫌之人又是个闲人。他的父亲很勤劳,积了些微银子供其读了几季私塾。于是,他每天端了本线装古籍在家门口摇头晃脑地读,时笑时哭,时而掐大腿,时而双手挠头,只差没将自己的身子掐出水来。除了看书,有时他会用小刀刻牛角、刻石头,刻出来的字娟秀清丽。我们村生产队的牛死去后,牛角都被他捡去了。这样,他的居所便充溢着一股牛的腻垢臭味。他似乎对这样的环境毫不在意,但是村民经过他的屋子时都要掩鼻而过。他成了村子里的活鬼,人们诅咒他、骂他,把他视若洪水猛兽,都说他好逸恶劳,穷得叮当响,还这样爱折腾,饿不死、穷不死,贱骨头一个。让人称奇的是,他竟然找了一个令村里男人眼射妒火的老婆。这女人不计较他穷,不计较他瘦,料理家务风风火火,十分能干,做事利索,只是日管太阳、夜管月亮也不敢吃了豹子胆去动那堆臭牛角。她每天像个男人一般去生产队挣工分,到了晚上闻着臭味上床,没想到还给他生了个儿子。可惜的是,才几年工夫,他便奄奄一息,卧病在床,人送外号"痨病"。牛角刻不成了,线装书也成了擦屁股的厕纸,只有那堆牛角还原封不动地堆在房子角落,散发出浓烈的恶臭味。到了这步田地,他的妻子也没在"太岁头上动土",一直保留着这些他心目中所谓的宝贝。

有时候,他的痨病略见好转,在风清月朗的夜晚,会一个人独自拄了拐杖出门,像个幽灵般在村子里游荡。大人们见了他,总会尽快牵了孩子逃离。直到有一天他闭上眼睛,用一个竹床被抬上山后,村里人才算舒了口粗气,他成了村里又一个"银"。不过,这个"银"的影子,好似难以忘却的影像,一直在我的脑海中浮现,牵起一股难以泯灭的情愫,留下一份属于故乡的特殊记忆。

回到故乡,独居小楼,故园沉寂无声,我不知要对自己说什么。透过窗外,星星在天空眨着眼睛,偶尔几声狗吠在唤醒黎明。鲁迅先生曾说:"死者倘不埋在活人心中,那就真正死掉了。"人为什么这山望着那山高,吃着碗里看着锅里?迷茫是一种痛苦,醒来又是另一番痛楚。人也许就缺那么一根筋,可所走过的路,所经历的事却千差万别。爱过、恨过,这就是生活。

面阳山的云絮

一

　　他在这并不很宽的峡谷里躺了1590余年。他睡得很香。也许此时的陶渊明先生正在做着一个长长的幽梦,在他的梦中,出现了盛世繁华,出现了太平景象。他惊得目瞪口呆。

　　鲁迅先生曾经说过:"复古的,避难的,无智愚贤不肖,似乎都已神往于三百年前的太平盛世,就是暂时做稳了奴隶的时代了。"我在面阳山的山道上揣度其时渊明先生的心境,人类的返祖与文明在他的心间剧烈碰撞,面前的银幕故事没有过渡便直奔主题。他好像没有来得及迎接这个梦,也好像没有来得及改换一下他的尊姓大名,是潜还是渊明?极度的思考,饿坏了他。饥肠辘辘的疲乏,蚕食着他的身体。他直起身,扯住岁月的枯草,在羊肠小道上哆嗦行走。他要去栗里,他要去上京,他想置身于这美不胜收的梦境,痛快淋漓地狂饮一回。然后酣醉,然后躺到那块已经烙下他印记的醉石上,再做一场春梦。"青春作伴好还乡",他似乎感觉了内心的躁动,他似乎又回到了"少年罕人事,游好在六经"的岁月。先生想了许多,在他的面前,似乎又燃起了一场大火,这场大火焚毁了他的全部家当,焚毁了他的更多寄托。他后悔的是自己的诗文稿笺,如果不是这场大火,也许会留存更多的鸿篇巨制于世。他捶胸顿足,庆幸有这个梦,有如今这个梦,安慰自己的魂灵于九泉。命运的遭际曾经给他一份不薄的礼物,这就是诗文。一种知足常乐的快感旋转了梦的新意,使他的志趣更灵鲜、更活泛。

　　我不想为先生渲染一个他无法到达的梦境,颠沛流离的生活已经让先生受尽苦头。

　　我不明白是什么消磨了先生的锐气,也不知是什么让他壮志未酬。他选择了皈依,选择了隐退。先生敏感的神经刺痛了腐败奢侈,他认为与这些世俗小人周旋是一种屈辱与羞耻,于是他选择隐身田亩,躬耕自给,在栗里南村的茅屋中再度书写人生。

二

临近先生墓地,一群鸟雀惊飞,咿咿呀呀,恍如隔世,似有穿越时光隧道的感觉。树枝在摇晃,几片叶子落于坟头,平添了几分肃穆。应邀同往拜叩的一位宗亲拽了一把树叶,将碑铭擦拭一新,岁月换了颜面,墓地似乎也换了个颜面。

先生曾在自祭文中写道:"廓兮已灭,慨然已遐,不封不树,日月遂过。"他说,墓地空旷,万事已来,只叹我已远逝,既不要垒高坟,也不要在墓边植树,时光自会安然流逝。先生自意高洁,不求万古流芳,只想以庶人自居,为了一份忘却的纪念写就了以上的文字。

明正德七年(1512),楚城乡鹿子坂大水,冲出一碑,曰"陶靖节先生故里"。提学李梦阳据之以恢复先生坟山田庐。李梦阳是明代中期的文学家,也是明代复古派前七子的领军人物。他升任江西按司提学副使。任上,他主张"真诗在民间",遍访江右,在星子得渊明先生诗文如获至宝,为先生重修坟茔也在情理之中。不过,先生若九泉之下有知,亦封亦树带给他的或许是惆怅,抑或是叹息。是啊!先生有所不知,千年之后,人们给他戴上的"田园诗祖"的帽子,至今还顶在墓地碑铭之上。

有的人活着,他已经死了;有的人死了,他还活着。现代诗人臧克家为鲁迅留下了不朽的诗句,在渊明先生墓地吟诵,算是对先生的另类纪念。他勾起了我对先生诗文成就的深度思考。先生百十篇诗文,历千年而不朽,成为人们传唱吟诵的田园之歌。这种历史的盖棺定论不是浮泛的奖掖,也不是一种穷途的吹捧,是一种人文力量,一种发自内心的生命尊重。先生可安!先生可歌!当代诗人北岛也有名句:卑鄙是卑鄙者的通行证,高尚是高尚者的墓志铭。先生身逢乱世,而择文道,志趣高远,陶然物外,其境界、其抉择,得有何等的勇气,得有何等的意志。更为值得一提的是"不为五斗米折腰"的笔直身段,就像这墓前的松樟一样,直入云端。

一阵细雨在墓前飘洒,四周湿漉漉的,浇泼了我们的心田,也让空气带有几分凉意。大家跪成两行,深深地叩拜,为自己的先祖,为田园诗祖,为先生永存于天地间的诗文,齐刷刷深深地向先生请安!

作为先生的子孙,我滴酒不沾,与先生的人文精神"酒与诗"相差甚远。俗话说,斗酒诗百篇,无怪乎我这一辈子有过不少粗劣文字,却无一凝练的诗句。此为不孝也！不继也！不济也！

三

散漫的人生,与世无争的情怀,折射出先生的不俗和与众不同。他没有苟同、没有沉沦,他对世俗嗤之以鼻,他对生活永远充满热爱。狭小的生存空间掩饰不了他的伟大。在那不以官位论高低的文学纪元,他没有薄待自己,也没有亏待他人。世俗冷淡了他,刘宋挤对了他,可诗文没有玷污他、没有埋没他,靖节之谥概括了他的人生。一枝菊、一杯酒、一柄剑、一把琴,一生足矣。栗里到上京的路途并不遥远,先生却在这条乡间道上辗转,奔走了大半辈子。他的诗在每个足印中显现,镶嵌得是那样美丽。田园是诗、菊酒是诗,生命的终点曾经是那样琐碎不堪,诗成了最好的解药。"少学琴书,偶爱闲静,开卷有得,便欣然忘食。见树木交荫,时鸟变声,亦复欢然有喜。常言:五六月中,北窗下卧,遇凉风暂至,自谓是羲皇上人。"这就是先生诗意般的生活。先生曾在为从弟敬远写的祭文中回忆归去来兮时与敬远同游的浪漫生活。到了秋收季节,兄弟俩划着船,前往湖田收获。劳动之余,俩人同栖船舱,在湖边饮酒取乐,全不顾忌世俗的议论。他们感怀生命的短暂而彻悟事物的长存。陶渊明醉了,醉倒在荷花丛中,浓郁的馨香,浸渍了他的思维。他与敬远志趣相投,共同的节操和气度推开了理想之门。先生对亲情的看重,无论儿女,无论弟妹,都可以从诗文中看出他的内敛激情。他没有寄望于外力来改变自己的生活际遇,而只是希望自己的后代能够自食其力。一种聊以自慰的憧憬,牵起他对桃花源的向往,也成为后人的向往。平坦的土地上,房子是那样整齐;肥沃的田地间,桑竹长得茂盛,乡间小径纵横交错;村中鸡鸣犬吠,耕种的男女有说有笑,漫山遍野的桃花开得娇艳。这是何等悠闲恬适的田园生活,这是何等祥和美好的人间美景。理想化的虚拟世界满足了先生的思考,陶然物外的感受寄托了先生的情怀,将这种他人皆醒吾独醉的生活状态宣泄于诗文中。从这一个角度看,我们得把先生称为"老顽童"。自得其乐的精神安慰贯穿了他的一生。不求高官厚禄,只求浊酒一杯。用酒去打破精神桎梏,用酒去消磨那些不愉快的官场骚扰,这是先生独特的生活本能。无欲则刚,成就心目中的大道,先生的高雅谁堪与比。

站在面阳山渊明先生的墓前,我向先生鞠躬,向太阳行礼。我似乎看到庐山山南的群峰峭壁间,满满地镌刻了先生留下的不朽文字,那些文字与日月同辉,与大山共存。先生的伟大就在于他的不妄,生命给了先生太多的感悟,也让我感同身受。山南星子人对先生敬重有加,严格的看护给墓地增添了神秘的气场,也为墓地的绿色增添了分量。采菊东篱下,悠然见南山,先生静卧大山之中,享受他那静谧与安闲的愿望,满足了他的生命所求。

希望在雨隙之中能够有一束霞帔,照在先生身上,也照在我身上。

生活太需要阳光,庐山山南的风正在我的身旁悄悄掠过。我想:属于面阳山的一缕正从不远处缓缓移来。

栗 里 心 汤

　　我也记不清这是第几次来星子,第几次驻足栗里。每次走进庐山之阳这个星落石出的人文胜地,每每纵情栗里,都有新鲜的感觉。走过,看过,一种异样的情愫萦绕于胸,久久难以平复。我一直认定星子是我的第二故乡,陶姓的根基在这里,血脉在这里,先祖的家园在这里。特殊的人文气息犹如一颗金星摇落在我的心胸。

　　陶渊明的足迹曾在星子延展,顺着先生的行走,我在做逍遥游。我带着虔诚之心,怀着仰拜之意,似乎渊明先生醉酒菊丛的诗兴又在勃发。我在陶渊明先生醉酒后浅唱低吟的巨石边徜徉,太阳直射的光芒让人微醉微醺。瀑泉涌诗,石上飞歌,这可是个生产诗歌的绝妙佳境。田园将芜,把酒临风,岁月的困苦只在笔下化为一丝丝哀怨和一丝丝婉约。先生老来无泪,只有一行行的诗文如泣如诉,将荒旷的斜川,还有荆棘丛生的栗里写进时光隧道的故事中,让后辈看到一位瘦骨嶙峋、经苦寒而百折不挠的田园诗祖。

　　北村的风景似乎给了人异乎寻常的想象。这个屋舍交错、鸡犬相闻的小村是个温暖心室的地方。置身宽窄不一的巷道,我的灵魂出窍,欣赏苔墙青瓦间的菊黄桂香。先生的影子,萦绕于眼前,他携着妇孺,再度前往田园栽种岁月的凄凉。谋生的步履浸渍了岁月的汗滴,散发出诱人的田园气息:"种豆南山下,草盛豆苗稀。晨兴理荒秽,带月荷锄归。"日出而作,日落而归,闲情雅致成就一篇篇诗酒文章。耕读世家的传承,把地老天荒吟咏成一曲沧桑浩歌。

　　辗转桃花源,已记不清是第几个轮回了。记得还是20世纪90年代初,第一次去桃花源的金凤岭陶村,小弟开着吉普车上山,临下来时,我连望都不敢望下面,闭着眼睛由着他开,诚惶诚恐成了这次拜访的最好心态写照。正是这一次,我在栗里陶谱中读到了渊明先生那凄美厚实的诗句,与星子陶姓结缘。后来,我成了星子的常客,每每像走亲戚一样不请自来。参加当地文化旅游节、研讨会之类。我也像主人翁一样,敞开心扉,讲自己的想法,谈自己的感受,提出自己合理的建议。因为我觉得对故土的开发应有责任感和担当,应该将自己的想法说透彻,供故里人参考。授人玫瑰,手有余香,我也在其中得到快慰和舒惬。

星子留下我的情,栗里留下我的缘。我闻过花的香味,喝过醇香的菊花酒,也饱食过故里的香瓜甜果,故里人对我的热情让我难以忘怀。

行至桃花源深处极目远望,天下第一泉的美景掸动着秋风,一条玉带自半天扯下,水的晶莹在阳光照射下,折射出金色的光斑。飘下的水点,沁人心脾,感觉清凉。重新回到苏轼所题"桃源洞"边时,我仿佛感觉到文字的气味扑面而来,那长长的瀑布不就是一首长长的叙事诗吗?桃花潭不就是这首长诗的诗眼吗?我不是诗人,有诗心,却难得诗文之妙,只用拙笔,抒发内心感受。

秋天的白日西沉得真快,来到东林大佛瞻仰,已是红日西沉时分,车子径至大佛莲座,雄伟、巍峨、肃穆、庄严、宁静、慈祥、无欲。星子栗里历来就是个儒、佛、道三位一体的熔炉,陶渊明先生的诗篇写进了大山的人文中。这就是人们心存的崇拜、心存的朝觐、心存的愿望、心存的希冀。

这尊雄伟的大佛乃新建桐青工艺厂铸造。要说,这也是我们新建人的骄傲。在佛身之外的世界留下了一桩千秋盛举、万代宏业。功果真可谓做到了极致。

倚身佛祖莲座,西下的夕阳,用那斑斓无比、万紫千红的线条暗示着人的出路,从喧嚣与哄闹的世间走出,将自己的岁月留存于这青山,也许是一件勾起万千想象的事情。在物欲横流的市口里留下一份清静,只图生活的安稳与适宜,虽然得不到生命的厚报,也总能在这青山中留下属于自己的一抔黄土。

夜晚下榻上汤温泉宾馆。星子的软风,吹开了我的心扉,倦鸟归林的缱绻翻开了文字更新的页码。回忆着每一次来栗里的场景,我今夜无眠。人是有情感的动物,所追求的现实完美并不需要某种奢华,有这栗里桃花源的平实,一杯羹、一瓢食足矣。今夜,睡在栗里,我与渊明先生共枕,不知先生九泉之下能否有知?你的后学、你的追随者回到故乡,酣然入梦,他没有辱没你的质朴,没有辱没你的情怀。无论是闲情别致,还是田园疏篱,我认定所效仿的人生常态,在栗里得到印证。

一觉醒开,拉开窗帘,窗外已是阳光明媚,一股清新的空气迎面扑来,我很喜欢这温馨的田园气息,也似乎闻到了这特殊的栗里世家气味,它在我的周身游走,在我的血脉中偾张。

可惜的是,栗里的泉水有了热度,吸引了那么多并不属意田园赏菊,而是为了洗去身上污垢的闲人。先生诗的功用时至今日,也沾上铜臭,成了商业运营的口号和标语。这里再也找不到先生所居的草舍,再也看不到先生往昔生活的场景。栗里仅仅成为一个地名符号。

几株古香樟,一座青石板搭建的古柴桑桥,我似乎隐隐觉得渊明先生又在这古驿道上徘徊。他扬起酒葫芦,一饮而尽,诗兴勃发:

佩鸣玉以比洁,齐幽兰以争芬;淡柔情于俗内,负雅志于高云。

渊明先生醉倒在菊乡栗里。

今夜我也举杯,一醉方休,去诗文中盘桓。

我也醉了。

崝庐无语后　生死两由之
——陈宝箴与崝庐

一

出南昌城,向西南,沿 320 国道行驶至联福大道,复向西奔五公里,便是青山街。说是街,仅几十户人家栖居而已。田园屋舍,犬牙交错,很是静谧安宁。

1898 年 8 月这里却出了一件惊天动地的事,打破了千百年来的沉寂。这事不仅给中华民族带来危机,也给义宁陈氏家族带来了深重的灾难。清封疆大吏、湖南巡抚陈宝箴因支持维新变法,得到光绪帝的赞许和肯定,却遭到慈禧太后的嫉恨。戊戌政变后,陈宝箴被革职查办,永不叙用。他返回江西南昌隐居避祸,在新建望城镇青山街南购得山地百余亩,筑屋三楹、杂屋若干楹,以青山二字相并,命名为"崝庐","崝"为峻峭意,《淮南子》称:城峭者必崩,岸崝者必陀。实为才气、品格等超乎寻常而不平凡。可见陈宝箴将其避祸居所称为"崝庐",并不仅仅是两字相拼,而是用心良苦,暗喻其处境及志向。

岁月风云变幻,历史前行的车轮转过百年,再去拜谒崝庐,只见西山依旧,草木葱茏,泉水淙淙,往日的崝庐已不见踪影。历史把陈宝箴写进了峥嵘岁月,也写进了个人的墓志铭中。宝箴自幼英毅好学,十岁寄宿外村读私塾,咸丰十年(1860)入京会试未中,一度留京,与湖南易佩绅、武宁罗亨奎尤厚,常以道义、经济相切磋,时人誉为"三君子"。同治三年(1864),陈宝箴投曾国藩幕下,次岁被荐入朝觐见皇帝,以知府衔发湖南候补,后以功擢道员。光绪十二年(1886),陈宝箴得两广总督张之洞奏请,光绪十九年(1893)调直隶布政使。时甲午战争爆发,日军犯境,京师告急。光绪帝召见陈宝箴,询以战备方略。所奏深受赞许,乃命督东征湘军,功勋卓著。同年初,陈宝箴任湖南巡抚。他深忧国势日下,于是借湖南一省试行新政,在其子三立的辅佐下,与按察使黄遵宪,学政江标、徐仁铸,江苏候补知府谭嗣同等,以变法维新为己任,实施肃吏治、辟利源、变士习、开民智等措施。他们创时务学堂、湘报馆,设保卫局、矿务局、蚕桑局、官钱局、工商局、电报局、水利公司和轮船公司等,还建造枪弹厂,开办武备学堂。一时间,湖南风气大开,海内外人士纷纷前往观光。光绪二十四年(1898)秋,慈禧发动戊戌政变,囚光绪,废新政,诛六君子。因陈宝箴曾举荐杨锐、刘光第等维新变法的主要人物,被加以"滥保匪人"之罪名,"即行革职,永不叙用"。其子三立以"招引奸邪"罪一并被革职。

原本,陈宝箴打算回到故乡,在星子陶渊明故居边,购块好地,建草庐几间,效陶渊明先生安居田舍,安度晚年。只可惜所托非人,购地款被挥霍一空。无奈之下,陈宝箴站在船上长叹一口气,只好驱船南下,来到离省城较近的青山筑"崝庐"以容身。

我国近代诗词"同光体"重要代表人物之一、陈宝箴之子陈三立在他的《崝庐记》中描述崝庐美景,其情跃然纸上:"吾父既大乐其山水云物,岁时常留崝庐不忍去,益环屋为女墙,杂植梅、竹、桃、杏、菊、牡丹、芍药、鸡冠红、踯躅之属,又辟小坎,种荷蓄儵鱼。有鹤二、犬猫各二、驴一。楼轩窗三面,当西山,若列屏,若张图画。温穆杳蔼,空翠蓊然,扑几榻须眉、帷帐衣履皆掩映黛色。庐右为田家老树十余亏蔽之,入秋叶尽赤,与霄霞落日混茫为一。吾父淡荡哦对其中,忘饥渴焉。"

崝庐不见了,陈宝箴夫妇的墓地已成陈迹,西山山麓的雄风幻化为满山青翠欲滴的茶林,义宁陈氏文武兼备的家风幻化成一缕缕清香,涵盖了南昌地区的人文气息。陈三立对南昌西山寄予的情感太深了。南昌西山又名散原、厌原、献原,陈三立自号散原,人称散原老人,为陈宝箴长子,与谭嗣同、徐仁铸、陶菊存并称"维新四公子",是近代同光体诗派重要代表人物。

他年少博学,才思敏捷,洒脱而不受世俗礼法约束。光绪八年(1882),陈三立参加三年一届的乡试,因对"八股文"深恶痛绝,他应试时不按考场规定文体(八股文),而以自己平素擅长的散文体答卷。其卷在初选时便遭摒弃,幸得主考官陈宝琛发现,对其大加赞赏,从落第卷中抽出选拔为举人。光绪十二年(1886),陈三立赴京会试中进士,授吏部主事。他常与有进步思想之士大夫交游,谈学论世,慷慨激昂,希望维新变法,还参加了文廷式等组织的"强学会"。光绪二十一年(1895),其父宝箴任湖南巡抚,推行新政。当时,三立年富力强,往侍父侧,襄与擘画。陈氏父子希望"营一隅为天下倡,立富强之根基",但是,事与愿违,戊戌政变,陈三立被加上"招引奸邪"的罪名,与父亲一起被清廷革职,后随父返江西,居西山"崝庐"。光绪二十六年(1900),三立移居南京。未几,宝箴忽以微疾卒,使三立更无心于仕途,乃于金陵青溪桥畔构屋十楹,号"散原精舍",与友人以诗文相遣,自谓"凭栏一片风云气,来作神州袖手人"。

1923年至1925年,陈三立住在杭州。1924年4月,印度诗人泰戈尔来中国,在西湖之畔的净慈寺特地拜晤了陈三立。两位不同国籍的老诗人,通过徐志摩的翻译,各道仰慕之情,互赠诗作。泰戈尔以印度诗坛代表的身份,赠给陈三立一部自己的诗集,并希望陈三立也同样以中国诗坛的身份,回赠他一部诗集。三立接受书赠后,表示谢意,谦逊地说:"您是世界闻名的大诗人,足以代表贵国诗坛。而我呢,不敢以中国诗人代表自居。"后两人比肩合影,传为中印文化交流史上的佳话。

陈三立一生中写过非常多怀念父亲、怀念散原、祭扫墓地的诗文,他多么希望父亲能无意官场,无忧无虑,无牵无挂,终老西山。可是,这一切仅仅是一厢情愿而已。

陈宝箴在西山崝庐的日子,是他人生大起大落的低潮处。在这里,他为政局担忧,更为清廷的前景惋惜。百无聊赖,他只好与儿子陈三立以诗文互勉互励。他不论时政、不问国事,并告诫儿孙千万不要涉足官场,以免招祸。陈宝箴在崝庐曾对家人说过:"但愿躲进深山后,再无官府朝廷问津。如果在通往省城的路上出现兵丁,而且是冲崝庐而来,我必死无疑。"陈三立和家人都宽慰父亲,说这仅是臆测,朝廷绝不会落井下石,对一个手无寸铁、远离政治中心的人下手。

陈宝箴听了只是苦笑而已。果然,事情竟如陈宝箴所预言的那样,义和团兴起后,慈禧太后担心陈宝箴与义和团南北呼应,危及清王朝的统治,于是下密旨杀陈宝箴,并让江西巡抚亲自执行。

关于陈宝箴去世的原委,至今仍是个谜。一直有几种说法:一说慈禧太后密旨,赐陈宝箴自尽;一说寿终正寝,于1890年在崝庐去世;一说忽以微疾卒,终年七十岁;一说是陈宝箴对当朝政局不满,愤而吞金自杀。这些说法多已见诸文字。而这次谒寻中,我还从陈宝箴夫妇墓地看墓人口中得到另一种说法,据看墓人朱海生的儿子朱炳已讲述,陈宝箴是在江西巡抚与兵丁的监视下,接了懿旨后,服鹤顶红而死。这一说法似乎也能在陈三立后来的诗文中得到印证。他在《崝庐记》一文中说道:二鹤死其一,吾父埋之庐前寻丈许,亲题碣曰:"鹤冢"。这说明崝庐饲养的两只鹤仅死去一只,还有一只存活。在《崝庐述哀诗五首》其三中,他又写道:二鹤琶毱舞,鸣雉漫惊猜。其一羽化去,瘗之黄土堆。父为书冢碣,为诗吊蒿莱,天乎兆不祥,微鸟生祸胎。怆恨昨日事,万恨谁能裁。这中间的天乎兆不祥,微鸟生祸胎,说的就是第二只鹤帮倒忙,"成全"了陈宝箴的冤死,诗中似乎暗指此噩耗。其实不然,鹤顶红为丹顶鹤的"丹顶"的说法如今早就被证实是以讹传讹,实为砒霜的另称,陈三立认定鹤顶红与鹤有关,与当时科学还不发达有关。

朱炳已还说,陈宝箴去世后,葬在崝庐东北侧陈宝箴夫人黄氏墓左侧。随后,义宁陈氏陈三立家族在崝庐守孝一段时间后,相继离去,委托朱氏守墓,以田产、房产(即崝庐)等为守墓者之资。

后来,1958年,由于当地兴修幸福水库,水库下游的一条小圳要从墓旁边经过,墓地因之被毁。当时,崝庐已经分给当地一位肖姓农民,这位肖姓农民迁回幸福水库上游他的老基时,想将崝庐一并拆走。拆崝庐时,崝庐附近的程姓与肖姓农民发生纠纷,一方要拆,一方不让拆。最后,肖姓农民还是强行拆走房屋所有木料,在幸福水库上游重建私房。

陈宝箴墓地被毁后,守墓人朱海生感念主人生前恩德,便收拾陈氏夫妇遗骨,将其草葬于崝庐西南七里余的狗盆地小山上。

当守墓人的后代告诉我们,墓地的华表和一对石狮等可以找到时,我们终于吁了一口气,有了一丝丝的慰藉。崝庐终于还是有些遗存留于人间。物质的东西逝去是岁月的过错,但精神的力量光耀千秋。崝庐埋葬了陈宝箴对清王朝复兴的希冀,却让自己的后代走上了一条教化世故、达观济世的兴盛之路,这或许也是陈宝箴在生前无法预测的。从这个意义上讲,崝庐又是一块风水宝地。陈三立后来将自己在南京的居所辟为"散原精舍",也充分印证了崝庐对义宁陈氏三代人的影响之深。崝庐的历史作用不可小觑。崝庐倚西山(散原山)之雄姿,实在是一个煮酒听泉、论诗谈文、避世隐居的上佳去处。陈宝箴与陈三立父子俩,常对酌长吟,为这大自然的秀美而喟叹人生,长叹其短,痛悔其逝。陈宝箴父子选择青山,青山也选择了他们;崝庐把历史写进了青山,青山也把崝庐写进了历史。随后的岁月印证了崝庐山水的灵气,从这里走出的第三代,几乎每一个人都是佼佼者。有当今之世人人敬仰的国学大师,尤其长于魏晋南北朝史、隋唐史、蒙古史、唐代和清代文学、佛学典籍的研究,并为我国培养和造就一大批文史方面杰出人才的陈寅恪,有国画大师陈衡恪、植物学家陈封怀等。从武至文,陈氏的衍化进程,崝庐应该是最值得大书一笔的家族生存境遇转折点。从某种意义讲,崝庐功不可没。

崝庐见证了修水义宁陈氏的一段家族史,也为后人认识陈氏家族,勾勒了充满浓郁文化底蕴的一笔。这里的灵山秀水和独特的乡风民俗养育了独特的陈氏文化,也为中华民族的文化史写下了厚重的一页。崝庐虽然成为陈迹,它所喻指的忠贞不贰和文人风骨何尝又不是我们民族精神的体现。这里的花香,这里的草绿。崝庐依稀可见的残垣中,微风的摇曳中,香樟发出沙沙的响声,挺拔的翠竹与日俱长,幽远高深的崝庐,隐身于大自然,诉说着历史的无奈也尽叙了历史的风光旖旎,冥冥中,似乎有一种力量在驱使人们。义宁陈氏的影响何尝不似这崝庐一般,不事张扬而峥嵘不凡。

离开崝庐,已是黄昏,血色的阳光将西山之巅镶上一道金边,吮吸着崝庐散发的馨香气息,我们似乎感受到了历史的厚重。如果陈宝箴的墓地还在,我们一定会采上一束西山漫山遍野怒放的杜鹃花,献上我们对义宁陈氏的崇敬和景仰。

二

江西南昌西郊有一条长长的山脉,名曰西山山脉,又叫散原山,这山脉的主峰梅岭虽然不是那样的高耸入云、伟岸雄绝,却也拔翠长绿,神秘莫测。历史上,有过不少的墨客士子在这里隐身埋迹,留下了不少让人叫绝的美文佳篇,也留下了惊世骇俗的不朽际遇。高士徐孺子下陈蕃之榻,明代新建伯王阳明自破山贼成心学,唐华阳真人施肩吾遁迹西山,自谓:若数西山得道者,连余便是十三人。唐代陈陶看破红尘,自称三教布衣。汉时梅福挂冠退隐飞鸿山。这些文人士子都因种种原因,把自己置身于这大山之中。西山便与众多怀才不遇的饱学之士结下了不解之缘。

到了晚清时期,这西山又接纳了一位忧国忧民的另类隐士——湖南巡抚陈宝箴。

在西山山脉东南角，南昌市新建西南十几公里的望城镇青山街东南角，陈宝箴就在这里度过了他一生的最后岁月。

在晚清历史中，慈禧太后主政期间官场腐败、政治守旧、国困民穷、内忧外患，太平天国的风起云涌虽然得到平息，但民生凋敝、民不聊生；八国联军的侵略行径虽然受到广大人民群众的强烈声讨，但清廷的示弱让民众的反抗终究化为泡影。面对如此风雨飘摇的局面，面对列强的咄咄相逼，陈宝箴开始了他"营一隅为天下倡，立富强根基，足备非常之变，亦使国家他日有所凭持"的维新变法之举。

陈宝箴以实力行实政，开矿兴学、办电信、轮船、矿务、铸币、铁路、枪弹厂及制造公司，主持时务学堂。一时间，湖南开风气之先。可是他在推行新法时，却受到了保守势力的诋毁和攻击。光绪皇帝被慈禧太后囚禁后，陈宝箴和陈三立也难全身而退，被慈禧太后作为帝党的重要成员对待，受到了严厉的惩处。慈禧太后谕：湖南巡抚陈宝箴以封疆大吏，滥保匪人，实属有负委任。陈宝箴著即行革职，永不叙用。伊子吏部主事陈三立，招引奸邪，著一并革职……

光绪二十四年（1898）九月十七日，陈宝箴把巡抚印信移交给新任巡抚俞廉三，黯然乘船离开湖南，踏上了回归江西老家之途。

一路上，陈宝箴忧心忡忡，他自知得罪当权者，生死难料，深叹壮志未酬，屈志难伸，而吁苍天厚看。经过深思熟虑后，他决定不再以官场为念，欲效法赣人先辈、晋时的隐逸诗人陶渊明，耕稼度日，了此余生。他把自己的栖身之地选择在鄱阳湖边的星子县（今庐山市），这里是陶渊明的故里。陈宝箴欲在这苍山暮云中苦度岁月，与诗、与菊、与酒为伴。

只可惜，他委托置办房产的侄子，是个不争气的纨绔之弟。陈宝箴交给他用于购地建房的500元大洋都被他挥霍一空，使得陈宝箴在星子隐居的想法落空。船过星子，陈宝箴稍事歇息，闻报侄子的胡作非为后打定主意前往省城从长计议。他让自己在省城的好友，去南昌近郊物色一个风光宜人的栖身之处。

说到青山街，历史上有古驿道穿行而过，小街人虽不多，但往来客商、文人士子都在此驻足。这里不仅田园风光好，人也不错，很讲信义。再加上这里泉水淙淙、地肥水沃、山水相间，是个既静僻又消息灵通的好去处。陈宝箴在听了亲朋的介绍，又亲自去青山街踏勘了一番，方才划定地块，开始构筑由他亲自命名的"崝庐"。"崝庐"二字只有细细咀嚼、深悟细究，方知陈宝箴的用意。崝，是青山街青山两字合构而成，这是其表层之意，而骨子里所表现的是陈宝箴的人格和品行。崝者，峥也，铮铮铁骨，忠心事君而无他志。他认为自己的言行上可对日月，下可以对山川，不求一己之私，不求个人得失，只将寸心报春晖。

据青山村老村支书、村主任程宗宿介绍，虽然陈宝箴把他建的小洋楼称为崝庐，但是附近的老百姓还是把这个地方称为陈公馆。这座公馆占地约十余亩，外建山门，以围墙圈地，坐北朝南，面向黄家垄。进入山门，便是一块空旷草地，走过草地，便建有头门，在头门两侧，建有凉亭各一。

头门后是天井，走过天井就是一排三间的人字屋，分东、西厢房，中间是堂屋。堂屋后面是长廊，随后便是一栋两层的小楼。后院取中西合璧建筑形制，四周建有回廊。人们只要进入头门，在崝庐中行走，晴可蔽阳光直晒，雨可不湿衣衫。

崝庐在后院建有厕所及上楼阶梯。整个崝庐掩映在绿竹翠树间，冬暖夏凉，居之宜人。房子的建筑形制不是以当地特有的土库大屋为蓝本，而是一栋中西结合的、别具风格的、在当地人眼中认定有几分洋味的小洋楼。在这栋楼中，最多的陈设不是家具，而是书，当然还有字画。陈寅恪在回忆他小时候度过的艰辛岁月时叙述道："寅恪追忆旧朝光绪己亥之岁（1899）旅居南昌，随先君（陈三立）夜访书肆，购得尚存牧斋序文之《梅村集》（钱谦益的文集）。"

1898年冬，陈宝箴从湖南来到江西，对这个居所十分满意，认为此处充满了他对生命的渴望。

陈宝箴选择青山街南建崝庐，其原意并不是打算在此隐居。事情的起因还得从陈宝箴的妻子黄夫人说起，黄夫人于光绪二十四年戊戌（1898）在长沙的湖南巡抚衙门逝世，享年六十六岁，一直停柩于长沙。为了让夫人入土为安，也为了让夫人魂归故里，他与子陈三立便拜托皮锡瑞在南昌近郊请人勘寻一块风水宝地，以安灵柩。

光绪二十五年（1899）五月，黄夫人在青山下葬。陈宝箴见此地风水极佳，既偏僻，又避是非，还可为黄夫人守灵，亦能够有条古驿道知晓些外界听闻，于是便有了设崝庐于此的初衷。

当地多位老者一致认为,陈宝箴来到崦庐后,壮心未已,仍心怀报国之志。他择此地安居,是为了快速收到信息,以了生平意愿,重新为国家谋划未来。当然,这种想法也仅仅是陈宝箴的一厢情愿而已,慈禧太后怎么想,他是无从得知的。他甚至怀着矛盾的心理每天站在楼台上眺望崦庐东边,进行各种揣测和权衡。通往省城方向的那条驿道,既是一条生道也是一条死路。随着不少好友前来崦庐诉说湖南发生的一切,以及京城发生的变故,陈宝箴对自己的未来越发悲观。他交代儿子陈三立,一旦通往省城的路上,有官府的兵丁出现,那就是他的死期将至。陈三立总是劝父亲不要胡思乱想,但除了安慰,他还能做什么呢?于是,父子俩总是在崦庐中对酒唱和,或诗或文,彼此用文字温暖心境,用诗文排解忧烦,度过了一段美好的时光,也留下了让后人赞叹的千古绝唱。

　　后来所发生的一切,也印证了陈宝箴的预言。慈禧太后在北方出现义和团起义后,对陈宝箴的戒备之心陡然升级。她十分害怕陈宝箴在南方与义和团遥相呼应,摧毁清王朝的统治体系,以致出现殃及全国的动乱局面,遂下旨命江西巡抚令陈宝箴自决。江西巡抚秉承旨意来到崦庐以死相逼后,便退守山门,等待陈宝箴自我了断。至于具体陈宝箴到底是怎样自我了断的,民间有吞金说、白绫说和服毒说等多种说法,并没有更多的文字作为依据。

　　陈三立将父亲安葬于黄夫人墓地,让父母合葬。在崦庐待上一段日子后,陈三立将守墓人安顿好,将田产交付给守墓人使用,将管理崦庐的责任托付给南昌知府衙门,便离开崦庐,前往南京居住。不过,他几乎每年清明节或冬至都要来崦庐扫墓。漫长的旅程,成了他追思父亲的最好时分,他常在船头吟哦,以抒胸臆,乘船的快慰和烦恼也全寄情于诗文之中。阻风让他尝够了不能准时到达崦庐祭扫的痛苦,这些记忆深深地刺激了他,也为他后来参与南昌至九江(南浔)铁路的建设埋下了伏笔。在这之前,很多专家学者在研究陈三立时,提出过相同的疑问:陈三立作为一个文弱书生,一个很有才华和建树的文人才子,竟会附庸世俗屈身乡里,跻身实业,着实让人称奇。

　　陈三立爱乡爱国,是一位充满生活激情的人。他为救国救民所做的善举也是我们重新看待陈三立当时处事方式和行为所不可或缺的另一个方面。陈三立在爱乡、爱国的同时,也非常热爱自己的家,他对崦庐有着深厚的感情,在这里留下了许多歌颂西山、梅岭、情系崦庐的诗文。只要我们重温这些诗文,就不难看出陈三立在艰危时刻,虽寄情大自然、寄情山水风光,但忧心忡忡的心情。陈三立将自己的名号定为"散原",其内心世界可见一斑。

为了让孙辈受到较好的教育,早在陈家搬进崝庐不久,陈宝箴便坚持让儿子陈三立携家眷迁往南京,宁愿自己甘受寂寞。这种寄望于未来的心态,也是陈宝箴人格的可贵之处。而他的后代,无论是儿子陈三立,还是孙子陈寅恪、陈衡恪、陈方恪,曾孙陈封怀,都继承了陈宝箴的人格,让陈宝箴的人格得到升华。

陈家生生不息的一个很重要的原因,就是其家族对生命充满激情,在得意时不骄扈,失意时不沮丧。陈三立在崝庐所作诗《雨晴墓道登望作》中写道:"墓门径蜿蜒,细步泪下土。照天千万花,红白愈娇吐。众山媚新沐,屿树不可俯。"他在这里表面看是写景,却有着很深的寓意。

陈宝箴作一代重臣,受制于清廷官场的倾轧,在守旧与革新的犬牙争夺中付出了生命的代价。他躺在黄家垄东侧的山谷中,与西山永久地扭结在一起。他的墓地坐北朝南,用麻石圈成半圆。墓前有水塘一口,塘两侧立有华表两根,碑前有祭祀石鼎。整个墓地阳山虽没有王公贵族墓地之奢侈豪华,却也不失一位朝廷重臣的尊严。1959年当地兴修水利时,墓地被毁,至今墓地石块散落附近几个小村中,有的成了石桥,有的被砌成水闸,有的成了水井的奠基石,有的散落于路边。

落拓的崝庐已是明日黄花,人去楼无,墓地寂然。我们只能在荆棘丛中与先人进行无声的对话。历史薄待了陈宝箴,却留下了一世英名,留下了一个声名显赫、文声远播的家族,留下了让人们赞叹的学养、才智、德行、品行。陈氏家族与崝庐给江西留下了浓墨重彩的一笔,也为新建的后学者提供了一个最好的效仿范本。

寻找那片云彩中飘落的瓦片

西山大岭向来就是神仙游走的地方,山林中郁郁葱葱的香樟树密密匝匝、云缠雾绕,便多了几分仙气。

从天上能掉下瓦片,这或许是神仙们努力的结果。古人的想象力总缘于这山林的神秘。相传,道教全真派祖师许逊,一人得道,鸡犬升天,将房舍也搬进了天庭。一家百十口,云端穿行,一片瓦当不慎掉落,于是这地方便有了个沾了道家仙气的名字——落瓦。

我的想象中,这瓦片应该是碎了,碎成了大小不等的瓦砾。可是,碎与不碎似乎不是关键,关键是它飘落下来的痕迹。

许逊在西山一带的传奇众说纷纭,很多逸闻趣事都传得有眉有眼。当地淳朴的民风成就了众多饱学之士。抚摸着落瓦林间那一棵棵硕大粗重、斑驳陆离的香樟树,想象穿越时光隧道,一张张熟悉而又陌生的面孔在林间闪现,他们都在时代的那一头用那短暂的生命历程承载着西山大岭的厚重。

我忽然茅塞顿开,似有所悟。我想,这众多的面孔不正就是那些从云彩中飘落下来的瓦片吗?在落瓦的梁家村中,那一根根插在泥土中的旗杆石虽然无言,却在岁月的风雨里诉说着瓦片的经历,旗杆石无疑就是天空飘落的瓦片。

我抬眼眺望天空,西山间飘忽的云彩一朵接一朵,似乎都隐含着许逊的情意,或许这些云朵间,便有一块块瓦片留存,等待着释放,等待着降临人间。

灰色的瓦片勾勒了西山黛色秀景,撒落在西山大岭的瓦片,或许又是那一个个星星点点、错落稀疏的小村落,在云雾飞过的时分,我总觉得这天地间蕴含着一种智慧和希望。人是需要某种点拨的,虽然是一种意向的东西、一种捕捉不到的影像,但这种影像有时候便在乡间俚语中得到传承,得到发扬。生活尽管像瓦片一样不屑一顾,也没有更多的大起大落,但是生活实实在在的变化却在引发人们对瓦片的思索。从某种意义上讲,这瓦片似乎又涵盖了西山人的质朴与宽广,在遥远的岁月里,西山接待了多少朝觐的香客与隐者,他们在这里修炼,在这里祷告,总把这西山作为寄托,萌生自己心底生存的意念。

我分明看到,在历史的烟云背后,万寿宫这种地标性的建筑也如飘落的碎瓦片,在祖国大地、在世界华人聚集地,如雨后春笋般拔地而起,每个地方矗立的万寿宫都成为天上飘落的那块瓦片的一部分。祖庭的瓦片向四面八方播撒,在异国他乡成为同乡会,成为老表的记忆。这就是瓦片的力量,是一种理念的播撒,这种理念在漫长的日子里,成为商贾们的心灵之火,成为莘莘学子的希望之星,成为人们成功的憧憬与秘诀。

瓦片啊!你的寓意融入了西山大岭的血脉,成为永久,成为象征,成为人们向往追求的动力。

瓦片啊!我希望你永远做一位隐者,成长于天空的云彩中,时不时撒下一些小块,去为岁月成长为一棵棵参天的西山香樟,去为生命成就一派欣欣向荣的光彩景象。

我在落瓦山间,长久地仰望。

古驿仙风

　　一条并不起眼的田间小径,牵引着我的视线,走进时光隧道,在历史的陈迹中,领略古驿道的风采。古木参天,香樟暗香,苔痕绿翠,荆棘丛生,老牛哞哞,小鸟依依,林木深处的森然,渗透进几分幽寂、几分幽婉。古驿道,空穴来风,散发出如古纸般的陈香味。

　　岁月把古驿道写进了典籍,融进了乡风。我不知道何处是它的尽头,东西向的走势,从云贵、湖南方向而来,循南昌而入江浙。古驿道拖着长长的影子,背负历史的沉疴,定格在西山大岭中,弯弯曲曲地延伸,刻下了厚重的年轮。

　　可以想见这古驿道的风光。磨破人们脚板的青石板,自己也成就了化石般的圆润。人们在古驿道上穿梭来往,火把照亮着林间的绿色,驿道便多了几分古意。因了打尖歇息,这里就有了一个好听的名字——店前。江南的车马小店,让我想到的是古道西风瘦马和夕阳跌落西山怀抱的情景。脚夫背负着沉重的包裹、挑着沉重的樟木箱,推着堆着高高的货物的独轮车,汗流浃背,风餐露宿,成了古驿道上的另类风景。西山大岭的日落早,古驿道旁的小店中,当地人的蜡烛,摇曳出一片片萤火般的光亮。这时,便有如花似玉的女子飘飘欲仙,开始在小店外的乡场上踏歌起舞。疲惫的人们打足精神,眼带笑意,排遣无聊的时光。一筒筒的旱烟、水烟让那些老叟享受着快乐。他们知足了,倒在台阶边,酣然入梦,起伏不断的鼾声与舞女的歌声伴和,成了小夜曲吟唱的最好节奏。一杯酒、一碗面,有这醉倒在乡间的夜晚,那些才子似乎也暂时忘却了诗文的陶醉,搂上美人儿入梦。小店成了最好的憩息所。

　　不过,我总是觉得,在这些古驿道的背后,似乎还有一种更为深邃、更为厚重的情感。更多的小店烛光下,映照的脸是那样凝重。他们诵读诗文的节奏,盖过了场院外的喧哗,而让自己进入一种升华的意境。穷尽心力辛苦耕耘,飞上枝头出人头地,念想的驱使让他们无时无刻不敢懈怠。古驿道边,梁家小村前的旗杆石,似乎印证了我的想法。每根旗杆石背后总会有一个激动人心的故事。

每个故事都是传家宝,都是家族的传世家谱。

车马道上,从京城疾驰而来的报马,在青石板、麻石块上"嘚嘚"飞奔,蹄掌迸发的火星划过夜空,升腾起希望之星,填充了老母的牵肠挂肚又激励了乡间新一拨琅琅读书声。披红挂彩游街让一个家族成为乡间贺筵上的上宾。古驿道的出神入化如启明星,预示了乡间的造化。人们在碰杯声中,醉倒在驿站,醉倒在古驿道旁那株千百年的香樟树下,口里还在念念有词:光宗耀祖,痛快!众香客、游客、朝觐客,当然还有贩夫走卒也欢欣地加入庆贺的行列,江南的酒香沉迷于山旮旯,让人勾起乡愁乡恋,撬动了游子的思乡情怀。乡泪客中尽,今宵酒醒何处,情是今夜浓,谁不希望自己家族蓬勃?眼红、嫉妒是发奋的一种新动力。

无论是小扣柴扉,还是苔痕上阶绿,岁月总是在给古驿道遮掩着那份思古幽情。林间的寂寞与市口的繁荣成了计算人们脚步的尺子。袅袅炊烟中飘忽着女人的笑靥,杜鹃啼血是女人们的千年等候,柳絮桃花是男人们的深情向往。古驿道所宣泄的质朴,把乡俗的新鲜气息带进了商场、官场,换来了生生世世的名声和光宗耀祖。

古驿道旁的泉眼千年不干、清澈见底、洁净无瑕,水让大山常青常绿。

又是江头欲别时,人们拱手以别,互为勉励。踏上古驿道的人们,美酒添筹,春风得意,脚劲更足了,步履更快了,追赶朝霞抹红蓝天,企望那片朝霞背后升起一轮金太阳。于是,众学子、众文士在把酒临风时,面对古驿道上葱绿的风景和咚咚作响的清泉,便有了激情,便有了诗兴,传世佳篇绝唱如雨后春笋层出不穷。谁也说不清,古驿道上镌刻了多少优美的文字,留下过多少文人墨客的影子,木版雕刻的印刷术速度太慢,跟不上文人出口成章的速度,以至让那么多朗朗上口的文句丢失在大山丛中,丢进了江河湖泊里,成为千古之谜,至今让人们去穷根究底寻觅。古驿道在这汹涌而至的人流中,不动声色地展示着一本本无法读透的孤本、善本。

古驿道是一本无字天书,读懂它,实在是一件不容易的事。江南的风花雪月涂抹了岁月的笑脸,让生命做逍遥游,车马小店的驿站注定是生命的栖息地。当夜深人静,大山上的风声呼啸而过;当鸡鸣五更,大山上的那一声声咳嗽、叹息催醒了天亮。过客打点行装,开始计算新的旅程。人们马不停蹄,肩不歇担,举着火把迤逦而行。火光与星光交织,令乡间之夜扑朔迷离。

农耕时期的古驿道,曾经赋予了天南地北的流通,曾经赋予了代辈延续的传承。用心灵去感应古驿道的逝去,这也许是倾听远古岁月沧桑的最好途径。地老天荒,古驿道充满激情,承载着历史的重负,书写了自己的一首首乐章。古驿道的辙印永远也不会消失,它嵌进岁月的油画中,嵌进了每个在古驿道上行走过的人的灵魂里。

又是夕阳无语下西山的美好时分,西山古道浸渍于苍茫暮色,阵阵微风吹花送远香。跋涉在石阶间,人脸上的风霜又多了一层,下巴边的胡茬又长了几分。岁月催人老,也催老了古驿道。

金 城 之 恋

说是城,其实在我的眼中,它仅是一座曾经盛极一时的富庶小村。城字前面加上一个金字,可见小村的不一般。尽管它远离现代城市的喧嚣,尽管它藏在青山绿水中不起眼,尽管它脱去了显赫的外衣而多了些平民的气息,可它被绘进了黛色的村景,画进了小巷的春秋。

它就像一位隐居的诗人,在群山的怀抱中,独自抒写着那永远也吟不够的诗篇。这些诗篇古朴、素雅、恬淡,让人常常能够闻一闻字里行间的杜鹃花香,闻一闻诗页间透出的稻谷馨香。

小城的古戏台上演着一出"薛平贵回窑"的戏,千百年来的绣球抛给了忠厚的男子,换来了情悠悠的岁月,还原那凤求凰的新时代美梦,还原那山谷中一栋栋试比高的山字头土库;小城的古花楼上在吟唱,唱过孟姜女哭倒长城,唱过贵妃醉酒,乡间的山花盛开,醉倒了多少有抱负的山里后生,成全了多少对恋人;小城的大夫第中成就了锦绣文章,镌满了祖堂的牌匾,成了小城对外招摇的金字招牌,祖宗的伟大写进家谱的扉页,常常让人刮目相看;小城边的金水码头,诗人把酒临风,诗兴因水而发,载着乡愁的乌篷船起锚离岸,缓缓驶向江中。船上水手划着桨,将水花溅到了码头边绣女的脸上。女人们受了撩拨,水花伴着泪滴,如无法干涸的泉眼,流出的是断江击水的离情别绪。

尽管这座小城离我居住的地方有百余里远,但我仍乐此不疲地做着逍遥游。我往来于这座偏僻的小城已经不下十余次。它给我的记忆成了一片抹不去的乡村梦境。无论是陪上级领导来调研、陪文友们来采风,还是陪开发商来此评估考察,我都将这位隐居的诗人如数家珍般向众人述说,讲述这里三教九流、百舸争流的岁月,讲述文人士子风华依旧的情形,讲述商贾巨头经营论道的经典。这个小村太有势了、太有戏了、太有才了。它头枕锦江,仰卧于笔架山中,优越的地理环境注定了它的前世今生。

村子里忠实憨厚的金书记守着这座祖宗留下的城池,就像一位坚守不出的将军,在金城中谋划着小村的春秋。开始,我来到这里,他还把我当个上级领导对待,鞍前马后地忙活个不停,极尽地主之谊,总想从我的嘴中得到一个金城美好的未来。只是,他这种愿望在我来过几次后,渐渐地消失了。一个耍笔杆子的,自己一副穷酸相,还能有多大能耐到别处裹了米谷来养育这座小城中的老小。后来几次去,他总用一种失望的眼神望着我,而且这种失望一次比一次明显。有时,他会将那串锈迹斑斑的钥匙扔给我,让我自己开启那一扇扇破旧不堪而又雕花嵌字的木门,让我独自与古人对话。我无言以对,也无法解释,我总是在这座小城中寻找我对历史的评判,寻找我对历史的定位,而我却无法将历史这堵陈旧而又灰暗的墙壁抹白。文人对金钱是那样的不屑一顾,金钱却又是那样让文人无可奈何。

不过,我还是孜孜不倦地用那双踩风踏月的双脚迈进这座带有向心力的金城。我甚至自带干粮,独自徘徊于这原色的土瓦砾堆里,拨弄着泥土,让那些疏于祭奠的人们前来朝觐,前来寻根问祖。在土库的门前,我虔诚地燃上一炷高香,唤醒那些熟睡的魂灵,用后来者的德行去告慰先行者的在天之灵。小城是隐居诗人的乡愁情结,你曾经沧海桑田地变迁,有过令人惊叹的往昔,更可以用现代诗来重新写就新的篇章,但愿那些灵动的句子又在这山谷中久久回荡,永不歇息……

一座城的过去好写,一座城的未来难写。我也常在这些废旧梁柱间徘徊。那可是一根根粗重的大木啊,两个人才能抱定。古祠堂也就因了这梁柱而熠熠生辉。岁月的风雨褪尽了它往日的铅华,却无法撼动这大木擎天的气势。一座金城,是无数大木的共同支撑。让我为之震撼的何止是这些大木,还有那些长满青苔的灰瓦黛墙,一根根、一片片何尝不是叠加在金城内的另一道风景线啊!

我眷恋它的生生不息,眷恋它的厚实底蕴,它的丰富宝藏填充了我心底的苍白,让我心生仰望。一座小城记录下了一个山区小村的历史,它在我心目中永远也难以褪尽那神秘的外衣。金城世世代代的风云人物,无论是文人书生,还是商贾巨人,都早已成为大屋中堂的祖宗牌位。在这座山村小城中,他们用一生的辛勤和汗水写就了壮丽的篇章,一个牌位承嗣着一份香火,岁月无痕,心间有痕,激起多少后来者升腾起追赶的念头。陈旧的大屋没有留下更多的物质财富,却给我们留下了永久的精神财富。

我不赞美破旧,但我希望留下破旧,因为它还能够让我们回忆起祖宗先辈们留下的基业,它还能够让我们嗅到祖宗留下的汗味,它还能够让我们回味起农耕时期乡间的热闹。这是皇宫也难媲美的华丽,千金不换,但愿这些大屋的后代,不要因为破旧而嫌弃自己的家谱。

跨越时空的土库庄园

　　统治中国三百余年的清王朝,用文治武功写就了属于历史的一页,成就了历史,成就了文化,成就了人,也成就了众多的历史遗存。

　　汪山土库就是清王朝成就人、成就历史遗存在的一面镜子、一个缩影。占地108亩的汪山土库不可谓不大,恐怕在全国,这座官宦豪宅也是一座数一数二的庄园吧。

　　时空浓缩到一个点上,我们回归历史,就可以发挥想象,去重新浏览这样一个大兴土木的场景。清末,大塘程氏踌躇满志,开始在故乡的汪山上,做起了另类"锦绣文章"。他们从鄱阳湖的小岛南矶山上拉来红石,从赣州伐购大批木材,在家乡的土窑中烧制江南特有的灰瓦、灰砖。当然,他们也没有忘记,请来修造北京颐和园的设计人员和能工巧匠,款以好茶好饭,奉为上宾,为汪山土库奠定了一个良好的基础。由于设计人员和能工巧匠的努力,汪山土库从一开始就注定了拥有高档次和高品位。汪山土库的建筑规模堪称恢宏,利用江南土库的原有特色,在创新和拓展上着力,仿照宫廷园林建筑模式,扬长避短,不求建筑的奢华,从质朴入手,寻求一种内在美,像诸如无字门楣、小石雕塑等,让人透过墙体架构,洞察主人公的精神世界。

　　汪山土库的建筑实在是一项浩大的工程,独特的建筑风格和建筑特性,非常准确地反映了当地的民俗文化和赣鄱文化,是江南民居的经典,也是宫廷豪宅的经典。在经过百余年历史的检阅后,时空的穿越并没有使这幢熠熠生辉的古建筑失去光泽,它的功用已经远远超出了建筑本身。

　　历史是多元的,也给汪山土库带来过不确定性。在一度被冷落之后,汪山土库又以它特有的风貌声名鹊起。在南昌市委、市政府的高度重视下,在时任市长李豆罗先生的亲自过问下,汪山土库又再度风光。

　　修复汪山土库,不是一件轻而易举之事,对更好地利用旅游资源、促进区域经济发展都大有好处。修复汪山土库,既是抢救和保护民族民间文化遗产,又是挖掘地域民俗文化、弘扬赣鄱文化的善举。

在市、区领导高度重视下，在区修复指挥部的精心组织下，汪山土库在历史的沉淀中又焕发了青春的魅力。目前，一期、二期修复工程已经竣工，三期修复工程也已进入高潮。从目前进展及修复的力度和进度看，这项工作是十分令人满意的，得到了各方面、各学科专家及社会各界人士的赞许，效果明显。汪山土库的品牌效应正日趋显现，在省内外的品牌效应正在日益扩大。中国文联和中国民协的领导和专家经过实地勘察论证，将汪山土库命名为"中国府第文化博物馆"。在我区举办的第二届旅游文化节期间，市、区于汪山土库举行了"中国府第文化博物馆"揭牌仪式。

　　为了让更多的仁人志士、学者文人了解汪山土库，新建区多次举办作家、学者采风活动。看到整个汪山土库的修复工作井然有序，看到指挥部的同志有条不紊地布置修复工作，看到众多的殿堂修旧如旧，重新展现在世人的面前，看到那众多的收集起来的古物琳琅满目，我们都被深深地感染了。指挥部的同志，尤其是负责这项修复工作的李书记功德无量。我们在采风过程中，有很多当地的百姓和干部告诉我们："难得我们乡里来了一位懂文化的李书记。"大家都为他对汪山土库的痴情和对大塘文化建设的工作热情所折服。

　　在采风过程中，我们看到了汪山土库的新生，也深深地体会到大塘乡的文化复兴带动经济崛起的劲头。我们也衷心地希望，大塘能以汪山土库的复兴为契机，大力发展旅游业和第三产业，促进大塘经济的迅猛腾飞，实现更大的时空跨越。

吉安会馆的守望

　　一位两鬓斑白老人,孤独地守护着自己褪尽铅华的小院落,只有一对老态龙钟的狮子与他相伴,回忆着过往的幸与不幸。

　　这位岁月老人的名字就叫吉安会馆。

　　生命的页码,曾经风光地展现过其伟岸的身姿,也记录过其说不完的陈年往事。他就是古镇上一位讲古的故事篓子,每天自我解嘲般守在这古镇的小街边,向人们讲述那些陈芝麻烂谷子的事,讲述他的荣华富贵,讲述他的豪气雄风。讲述带着颤音,喉管里始终像卡了鱼刺一般,吐出的字很不完全,甚至讲到故事的高潮时,他的情绪高昂,常常老泪纵横,欲言又止,收住话头。他恨自己不争气;恨自己年迈无力还这般多情,絮絮叨叨,没完没了;恨自己没有半点沧桑感,守不住激情奔涌,情绪失控时,如孩童般难以自已,无法向人们传递自己内心独特的真实感受。他长长地叹息,有时甚至向人们内疚地侧过那张老脸,避开窘境。可是,这样的生活对于他来说,似乎又是家常便饭,日复一日,年复一年,风刀霜剑严相逼,岁月催人老。他成了鄱阳湖边一位熬更守夜的老人,只用他的名字镌刻在吴城镇的功德碑上,溅起人们心海的浪花,自己也收获一份自得与傲然。

　　这位岁月老人的名字就叫吉安会馆。

　　走过了春秋冬夏,走过了战争与和平,他是一位幸存者。他常常向人们讲述其家族的荣耀和辉煌,历数自己家族每个成员的成长史:全楚会馆、山西会馆、广东会馆、浙宁会馆、福建会馆、徽州会馆、麻城会馆、吉安会馆、抚州会馆、武宁会馆、奉新会馆、都昌会馆、龙南会馆、建昌会馆、江西会馆等,老大、老二、老三,祖父、父亲、儿子、孙子,他们都是让人眼热、魁伟绝伦、风流一时的美男子、壮汉子。在他的盛年时期,曾经招来多少羡慕与赞叹。

　　豪华的世家大族,聚居鄱阳湖西汊一隅,装不完的货物,卸不完的汉口。能与汉口相媲美,可见其实力非同一般。接待南北商客,吞吐赣鄱货物,大丈夫的胸襟与气魄写就了吴城镇历史上耀眼的一页。

　　这位岁月老人的名字就叫吉安会馆。

人的青春期,总是伴随着内心的骚动在人海中寻找自己的伴侣。吉安会馆也不例外,他用那双慧眼寻找,他用自己伟岸的身姿吸引了天下柔情,也吸引了才子风流。他成功了,娄妃来了。这是一位秀美无比的女子,风姿绰约而不妖艳做作。娄妃何尝不留恋这独具韵味的吉安会馆,她迈进了吉安会馆的心间,没有卿卿我我,却也似萍水相逢。生死相依的故事曾经让多少吴城镇公子哥儿惋惜。恋于水而死于水,娄妃的爱恨情仇改写了小镇的历史,让吉安会馆对其刮目相看。人间的伦常,世情的无助,没有给予娄妃更多的选择,她将自己的皎洁留给了吉安会馆,也留给了这个湖边落寞小镇。娄妃成了吉安会馆内心永久的痛。情感的缠绵,也把她纯洁的魂灵遗留给了吉安会馆这样一位长生不老的长者。

　　这位岁月老人的名字就叫吉安会馆。

　　守着恬淡、守着清心寡欲,吉安会馆从来没有用自己的巧舌如簧去炫耀自己的过去,也从不去向人们讲述曾经有过的灯红酒绿。他就是他,苍老纠结着他难以挺直的腰板,风雨的侵蚀也在他的脸上留下了层层的皱纹。他成了小镇唯一的看门人,为小镇的荣辱留下属于他的一份底气和定力。众多的会馆兄弟先他而走了。战争摧毁了小镇上这样一个风光神气的大家族,让吉安会馆孤零零地立于水边。有时候,他会像个怯生生的孩子,不一而足地消受人们的指责:老而不死谓之妖。可吉安会馆面对这样的责难却无动于衷,恪守着君子动口不动手的信条,以平常心求取生命的诺言,在遥远的情感路途写着平平淡淡才是真的相依相守,大有君子之风。

　　这位岁月老人的名字就叫吉安会馆。

　　该走的都走了。日本鬼子的暴虐毁了这个曾经为江右四大名镇之一的辉煌小镇,吉安会馆成了小镇最后一笔精神遗产和物质遗产,他见证和审视着爱国情怀。为了一份不能忘却的纪念,他用自己的经历告诉未来,忘记过去就意味着背叛。

　　岁月曾经让不少人、不少建筑成为经典,成为永恒。吉安会馆伫立在小镇的街头,给世人留下一份关于吴城镇的特殊记忆。这位岁月老人讲述了一个个凄美感人的故事,他所传承的精气神正是后世的长远需求。

　　但愿吉安会馆这位岁月老人生生不息,永葆古色古香,在历史的页码中写下新的一页。

水　韵

　　一座土城,竟然容纳下了一位九五之尊。从鄱阳湖上漂来的几十艘官船,装载着汉废帝刘贺的全部家当,在昌邑城这个鄱阳湖中的土墩上,安身立命。凄凄惨惨,这种生活的落差即便把鄱阳湖的水全部凑成泪滴,也难解刘贺的郁闷。做皇帝才二十七日,干下荒唐事千余件,史书体现的昏庸,将刘贺推上了风口浪尖。辅政大臣霍光成了他命运的主宰者。不听话、不从辅政大臣的教鞭,儿皇帝的执拗,注定了他做皇帝的"短命"。一个坐在龙椅上的皇帝,竟被辅政大臣贬了,而且没有将他贬回原封地山东昌邑县,而是一贬再贬,将他流放到豫章以北一百二十里的鄱阳湖中的一座孤岛上。

　　刘贺在岛上泣血,跪于船头,面北悲鸣,但这一切都无济于事。鄱阳湖的浪声淹没了他并不嘹亮的嗓音,吞噬了他的欲望和辉煌。

　　汉代灭亡之后,昌邑王的后代也不见了踪迹,只有那座孤寂的土城仍然与鄱阳湖日复一日,年复一年,上演着占据与反占据的精彩独幕剧。

　　好在最近,昌邑王在经历千百年的无声无息后再度现身。他的墓地就修筑在他后来重建的紫金城边。国家文物局的专家经过初步试挖发掘和勘察后做出初步断定,具体用八个字概括:见所未见、闻所未闻。可以想见,在不远的将来,这里将建起一座规模庞大的遗址公园。

　　昌邑是我的老家,地处鄱阳湖西汉,这里波诡云谲。昌邑王的传说曾调动过多少人的胃口。真所谓:真人不露脸,露脸不真人。我也由衷地希望,因了昌邑王的再现,能给昌邑王城带来点什么改变。

　　这是我的愿望。

落星墩上看星辰

　　一个不为五斗米折腰的故事,写在《归去来兮辞》中,讲述了一千多年,让众多的后追者读懂了陶渊明的隐士情怀。人们都说:鄱阳湖能够洗刷灵魂。陶渊明的酒窖添加鄱阳湖水酿制出的糯米酒,醉倒了多少文人。

我在栗里村边,想象着渊明先生出湖路过落星墩时的心境,或许他也没有更多的欲望和任何的思索,穿梭于荷丛,采摘些莲子聊以充饥。他太饿了,饿得如疯狗一般,只撑着一条船在湖中寻找吃食,寻找延续生命的填充物。他恨这穷乡僻壤的星子县,没有救星来普度众生;慨叹自己一生只寄身穷途,无力自拔。于是,他憧憬一个美妙绝伦的天地,梦想在天地间有块净土,有一世外桃源,能够过丰衣足食的日子。

落星墩成就了一位田园诗祖。在漫长的诗句里,酒和水成了先生的笔调和笔锋,也成了家族的传承。

当然,在落星墩旁,还有另一位文人也对水产生了浓厚的兴趣。他也在湖边徬徨,在湖边沉吟。他爱湖边的风光,更爱接天莲叶无穷碧。于是,星子县衙旁出现了一片荷塘。宋代文人周敦颐因之附和着陶渊明的骨性和德行,于莲中道出生命的真谛,一篇《爱莲说》,成了千古名篇。

落星墩真的是群星闪耀,理学名家朱熹知建康军时,为陶渊明留下了众多不朽的文字,为醉石题款,为栗里抒怀。星子曰星,群星荟萃,陶渊明、周敦颐、朱熹在落星墩上深深地镌刻上了自己的名字。

落星石真可谓奇石也!

番王与鄱阳湖

是先有番王,还是先有鄱阳湖,这是人们一直探讨的话题。

我遍访民间,曾打听到不下十个与鄱阳湖名字由来相关的故事。这些故事,有神怪、有灵异、有传奇,最真实的莫过于番王的故事了。

鄱阳县是个千年古县,地处饶州,物产丰饶,人口聚集,成为江西最为古老的县城之一。

为了撰写《蒋士铨传》,我多次来到鄱阳,试图找到有关蒋士铨的蛛丝马迹。或许是他的故居,或许是他留下的文字。我首先看到的就是他写的一首诗《番王庙》,让我对古县的神秘产生了浓厚的兴趣:

汉定天下封功臣,异姓而王者八国。称忠只一长沙王,生都临湘死庙食。

汉灭秦时,吴芮率先响应陈胜、吴广起义,由于其在民众中的影响力,使其成为闽赣一带的领军人物。项羽兵败之后,吴芮上表称臣,拥戴刘邦为帝,成为西汉的开国元勋。公元前202年,刘邦称帝后即封吴芮为长沙王,领豫章、象郡、桂林、南海郡。

吴芮任番阳令时,番阳县地广人稀,人员复杂。吴芮鼓励各民族部众友好相处,将番阳管理得井井有条,得到番阳民众的拥戴。吴芮因此被称为江西第一人、鄱阳县第一任县令。番阳县也因之成为鄱阳县,成为江西第一县,番阳湖也因之成为鄱阳湖。

在番王庙,我为吴芮烧了一炷高香,祈祷湖区的民众能够似他为政时一样,物阜民安、丰衣足食。

地处鄱阳湖东的鄱阳县,占尽岁月风华,繁衍生息,享受着湖的优待,在水一方,舞动着曼妙的身姿。

一山耸峙大江边

历史上,有多少文人骚客给庐山留下过多少脍炙人口的诗句,谁也没有做过统计。我们称庐山为诗文之山亦不为过。庐山因诗文生色,因诗文扬名。孟浩然来到庐山后慨叹:"挂席几千里,名山都未逢。泊舟浔阳郡,始见香炉峰。"李白说自己"好为庐山谣,兴因庐山发"。王安石游庐山有滋有味:"邂逅五湖乘兴往,相邀锦绣谷中春。"晚清诗人陈三立的诗则充满禅意:"谁移赤水三株树,只伴残僧百衲衣。"够了,庐山能给人带来滚烫的诗句,何尝不会给普通民众带来深深的感受啊!景观壮丽,人文深厚,我不知将笔触伸向庐山的哪个旮旯,方能够不负庐山之誉。

不识庐山真面目,只缘身在此山中。我的心境与诗同。庐山与鄱阳湖的落差加大了我的心理落差,我不喜登山,湖的仰慕抬爱了庐山。行走于含鄱口,极目东方日出,只见东天红霞如霓裳,湖中波光潋滟。一轮红日冉冉升起,鄱阳湖与庐山在晨光的雾化中,蜕变成一幅美妙绝伦的山水画。雄壮的气势、开阔的胸襟、腾越的梦幻,山水将文字填满了我的脑海。庐山的英姿在美不胜收中成就了岁月,成就了仙境,成就了王者归来。

为了庐山,我愿意再活五百年。

鄱阳湖的文字每一行都很优美,每一页都很动人。这个天人合一的水土,滋养着生活,也滋养着富庶。风光旖旎、烟波浩渺的鄱阳湖,是我心中的母亲湖,是我生命的骄傲,也是江西人为之自豪的一方沃土。

让我感到忧心的是,现今的鄱阳湖,于水的文字已经不多了,要想循水道斩获文字的痕迹,似乎成为遥远的传说。水越来越少,水路也荡然无存,文字的书写变得别扭无聊。但是,我还是想记录一些遥远的文字和鲜活的文字,用先人的传说,弥补水的不足。我所表达的是什么,连我也不得而知。或许这水有些混浊了吧,人的野心就在于不停地毁灭自己,这话绝对不能算作关于鄱阳湖的文字,我不想污辱母亲河。我眼前的水还是有几分灵魂的。水总是灵动的,一时少了,不等于永远少,历史是会改变的。只有走进这片水域,我才有开阔的思路,才感觉出心跳的怦然响动。虚言妄语是敷衍不成篇目的。

做这样一次真正意义上地围着母亲湖的行走,我好像是跨出了母亲的襁褓,不再用童稚的文字欺骗路人了。

但愿鄱阳湖水碧山青,成为人们永久的记忆。

乐睹山水亦陶然
——香港著名作家陶然印象

原以为,我们是本家,还想当面和他探讨家族渊源和宗族派系,寻根问祖。但我在网上发现陶然原本姓涂,涂乃贤是也。陶然的父辈是华侨,寓居印度尼西亚,少年的他,来到北京师范大学读书。大学毕业后,他原本打算回到印度尼西亚去干一番事业。可事与愿违,由于当时的印尼国情,不容华侨重新回印尼,陶然不得已只好逗留在香港发展。为了糊口,他选择了摇笔杆子的职业,每天给报纸副刊撰稿,靠稿费生活。"陶然"之名得自意外,竟然为一位服务小姐所取。那是他刚到香港不久的一次酒宴上,接待小姐彬彬有礼地询问他的名字,以便登记。他用生硬的粤语自报家门"涂乃贤"。不想这三个字在满嘴标准粤语的小姐耳中,落笔竟写成了"陶乃然"。友人在一旁提醒他:"你不是需要一个笔名吗?陶然这名字不错,'陶然'比'涂乃贤'写起来好看,读起来好听,再说你来自北京,北京有个著名的公园叫'陶然亭'。用'陶然'当笔名,也算是对青春年华的一份怀念。而陶然这个词的意思也是一种乐观的情绪,何乐而不为?"从此他的笔名便改为陶然。

生活中的陶然,是一位谦恭的正人君子,书生气十足,深藏不露的才气成就了他的高尚人格魅力。行万里路,读万卷书,他接受了各种文化的熏陶和融合,从而奠定了他的文学成就。他是一个不知疲倦的跋涉者,无止境地在山水之间寻找地域文化。他享受了文化的实惠,也经受了风雨的洗礼。虽然这种跋涉是多角度、多层面、全方位的,但他用自己的素养、知识与能量将这种跋涉描绘得淋漓尽致。直抒胸臆的痛快占据了他生命的窗棂楼阁,也填充了梦想与实际生活的距离。我们可以说,陶然是幸运的,他在生活经历的大起大落中把握潮汐的起伏变化,找到了属于他的人生支点。生活的诗意化迸发了他的创作激情,一发而不可收。一篇篇小说出炉、一篇篇美文问世,我们看到了陶然身上所透出的才情。

快乐游走于山水,快乐写作是陶然的性情使然。他曾经对一位法国记者说:"'陶然'二字本身含有快乐的意思,我并不是一个快乐的人,但我希望自己是。"含蓄与沉稳铸就了他的性格特征,但从他的作品中,我们完全又看到了另外一个陶然,一个陶然物外的陶然。他在作品中所讲述的对象,总是对生活充满热情、充满追求、充满向往、充满憧憬。优美的文笔所勾勒的场景是那样活生生而又春风拂面。他在面对社会时所表现出的冷峻与作品中所体现的奔放豪气形成了鲜明的对照,尤其是他对作品形式的探求更值得人们称道。一位省作协副主席在评价他的作品时,用了一组非常贴切的词句进行概括,他认为陶然的作品具有新颖别致的想象、复杂多元的艺术手法,是历史与现实的衔接、现代艺术与古典情怀的融合。这样的写作方法和写作理念,使他的作品好看耐读,别具一格,且充满魅力。

　　仁者乐山,智者乐水,陶然先生游走于山水,体验的是对生活、对生命的赏识,体验的是他对社会的认知度和参与度。把生命置于大自然的怀抱,心受大自然的恩赐,这是陶然先生的初衷。过去的日子里,随着宗族迁徙,陶然出生于印尼,迷恋中国文学又来到北京,回不了印尼只有在香港定居。几经辗转,在文学赋予使命的日子里,他又游走于世界各地,在更大的人生舞台上体现自己的价值。2000年7月,陶然成为《香港文学》的总编辑,他几乎马不停蹄地穿行于文学的万里画廊之中。2001年12月,作为香港特区特邀嘉宾之一,陶然来到北京参加中国作家协会第六次代表大会,这次北京之行,他好像感觉出了生命的升华,在中国文学的神圣殿堂里,他在接受洗礼。也正是这次会议,让他产生了新的创作欲望和冲动。2001年9月,他在阔别北师大多年后,以北师大校友会香港分会副会长的身份,应北师大之邀,参加北京师范大学百年校庆。在人民大会堂举行的隆重庆典仪式上,他获得了北师大颁发的校友荣誉证书。这之后,他经常往来于北京与香港之间,"常回家看看",参加了北师大一次又一次的学术研讨活动。

　　在国内跋山涉水,在国外马不停蹄,视野的拓展让他感觉到各种文化的多元性。2003年11月,陶然应邀参加在法国里昂举办的文学研讨活动。2004年3月,他再度与铁凝、格非、韩少功、陈建功、李昂、朱正华等作家一道前往法国巴黎,参加法国举办的中国文化年活动。正是这样的不断行走,让他的创作视野更广阔,创作的角度更加多元化。

2006年11月,陶然应中国作协之邀,再度来到北京,参加中国作家协会第七次全国代表大会。一次次的游走,一次次的激情迸发,陶然找到了灵感的力量,也激励他向更高的创作峰峦攀缘。

2010年金秋,南昌举办第二届国际华文作家笔会,陶然先生也来了。他以一位长者的睿智感受着南昌金色的秋阳,感受着南昌的华灯初上,感受着流光溢彩之夜的风凉。南昌在他的心目中,栽下了一棵香樟树,香气袭人,耐人寻味。他戏说南昌是中部地区京九线上唯一的省会城市,它的文味和况味也很符合儒家的中庸之道,不偏不倚,循规蹈矩,却很有章法。在陪伴他的几天里,我感受着陶先生特殊的人格和德行,觉出了他心目中所认定的无棱无角的伟大。他用灵魂深处的肺腑之言道出了南昌的内涵,我不得不从内心赞叹先生参禅悟道的超强本领。短暂的接触让我从一个侧面翻开了先生内心世界的另一页,他的冷峻与平实,求取的是一种超常的创作实力啊!

几十年间,他出版了《陶然的魔幻世界》《电脑情缘》《记忆消亡》《数目字》《狂想》《时差》等数十部著作。陶然是中国作家协会会员、香港作家联合会副会长、苏州大学客座教授、广东社会科学院哲学与文化教育研究所客座研究员,他不仅是香港影响力很大的实力派作家,也是华文文学领域的优秀作家之一。他既立足于香港,又放眼世界华文文学。他担任《香港文学》总编辑后,在办刊指导思想上也更新观念:立足本土,兼顾海内外;不问流派,但求高品质。在他的带领下,《香港文学》的办刊方向和办刊理念达到了一个新的更高层次。陶然先生阅历丰富,创作经验老到,创作思路开阔。这种创作的收获就在于他犀利的文笔。在香港这样一个金钱至上、物欲横流的地方,他就像一位孜孜不倦的文学之火采集者,引来雪域高原的圣火,引来金字塔边的篝火,引来北极冰川的地火,在香港的文学祭坛中存积、点燃、传递。他的触角辐射世界上每个有梦的文学天地。他的脚步总是不肯歇下,他就像一位农夫,吆喝着水牛,一圈又一圈地在华文文学领域辛勤耕耘,不辞劳苦,不计付出……

七、春谣夏弦

一座漂在水上的城市

　　现在我才觉得，汉代的灌婴虽然是个武将，却很有智慧，是一位对事物判定有独到见解的才子。同时，他又像是位风水先生，在择地建城的眸子里，化腐朽为神奇，从一片荒芜的岛洲中看到了后世的繁华。灌婴闪亮的宝剑插进泥土中，似有缕缕青烟袅袅升腾。他圈定的城市中心点，至今仍是南昌的坐标点、繁华地。灌婴的名字刻在南昌人的心中。或许他在天有灵，看到南昌的现代生活模式，也会为自己精明的抉择而自豪。

　　自建城的一刹那开始，灌婴就用自己名字中水的属性贯穿于城市的构架蓝图中。做水文章的立意使南昌从一开始就有了得天独厚的气场。水奠定了南昌发展的基调。水能载舟也能载城，这虽然是我的一家之言，可它在南昌的运作过程得到了最好的印证。灌婴当然没有想到他所划下的界线仅仅局限在东、西、南、北、中五湖的范围，怎也没有料到南昌的后代会有这样大的能量，让南昌翻天覆地，在赣都的大水面上建起一座崭新的都市。他怎么也没想到，水给南昌所带来的机遇。一条天然的大江淌过城根，一座偌大的湖充溢了城市的梦幻。建城与拆城总是在新与旧的犬牙交错中成就城市的愿景。我们不可以责怪灌婴给南昌留下的圈圈太小，也不可以将生存的寄托耸立于千百年前所建的古城墙内，面对墙外周遭白水茫茫一片，而长长叹息和无所作为。水的无语正是在告诉人们一个实在的愿想：水也在变。

　　城市的律动淌成了一条岁月的河。光怪陆离的高楼大厦在水中幻化成琼台玉阁；万紫千红的花草在水中幻化成另一个世界。南昌的湖在人们的心底扩容，在人们的眼皮底下长大，南昌的华丽转身不是在现代工业的喧嚣中淹没自我，而是在风云涌动的成长中找回鲜活灵动的形象。无论是新城区，还是老城区，纠结的是水，顾全的是水。把城市的生命写成水的乐章，这不啻为一场灵与肉的搏击。赣江的宣泄成了南昌的头脸和门户，有眉有眼的城中十八湖也把如诗如画的倩影留给了时代，留给了空蒙的江南，留给了赣都烟雨。

　　南昌把水纳入城市生活，水让城市改变颜色。东、西、南、北湖的水多了几分人文情怀;象湖多了几分豪情霸气;碟子湖多了几分乡愁乡恋;梅湖多了几分幽雅古朴;瑶湖多了几分天赐恩宠;白水湖多了几分湿地风景;艾溪湖多了几分生态绿意;黄家湖多了几分诗情画意;金溪湖多了几分富丽堂皇;青岚湖多了几分紫气东来;礼步湖多了几分金阶玉户;溪霞湖多了几分蜂飞蝶舞。这里不妨抄袭南昌城市规划中关于城市之水的理念如下:环湖一片绿,依湖一片景,连湖活水系,靠水聚财富。南昌的天地因水而壮阔了,南昌的图画因水的描摹而流光溢彩。

南昌人妙笔生花,把水文章写活了,写成了"天上瑶池,地上瑶湖""溪中泛金,霞光溢彩""白水如鹭,市井鸟路""梅竹青幽,水天同酬"。够了,这新颖的字眼凸显了城市的别致,也讲述了南昌的繁华。在高楼林立的城市中,镶嵌这么一块块玉石,南昌人的面子上便多贴了几道真金。生活给予人的享受和舒适,让人心猿意马。宁静与喧嚣的落差使这座城市有了一场完美的关于水的交响音乐会。作为一个南昌人,我常常驻足于水边,庆幸自己享有这得天独厚的一杯羹。春风又绿江南岸的时日,便是我情怀荡漾、抒写胸臆的绝妙佳期。水给了我最好的养分,也给了我最好的精神填充。水的无字天书为我颂扬生存福地、褒扬南昌的人文情怀提供了难得的教材。我不看重南昌的现代追风,倒看重南昌的野性无羁、"水性杨花"。在这座没有被雾霾埋没的城市内,我心安理得地享受着水的悠闲宁静,享受着美丽家园的酣畅无限,享受着水边伊人的季节恋情,享受着似水年华的婀娜多姿。

活水城中过,福水绕城流。希望南昌永远是一座水城,灌婴造城的传承、拥水入梦的写意能够经过更加长远的岁月。这或许也是我作为一个文人的愿望和祝福。

感谢老天眷顾,成全了水上南昌。

夜幕中的守护神

　　最近一段时间,当夜幕降临在新建区的大街小巷,总能看见一支着装整齐、威严雄壮的巡逻队伍出没。他们穿梭于心怡广场,行走于礼步湖公园,一个个神情肃穆、目光如炬,寻找那些见不得光的鸡鸣狗盗之徒,给新建城区带来一分宁静,送来一分安谧。

　　每当这支队伍从我身边走过,每当看到这些干警为百姓排忧解难,一股暖流随即涌上心间,我觉得这就是人民的臂膀,这就是百姓的依靠,这才叫"人民警察为人民",这才无愧于"人民警察"四个大字。人民警察就是要在人民最需要的时刻出现在人民面前。在礼步湖,他们对那些嗜赌者进行执法;在心怡广场,他们对那些发生纠纷的人进行劝解。这点点滴滴,虽然没有什么壮举,虽然没有动用警械,却和风化雨,滋润了每个市民的心田。

　　人民需要这样的执法,人民需要这种夜巡。

　　在更多人的眼中,夜总给人带来一种扑朔迷离,总给人带来一种恐惧和无常。黑暗所带给人的折磨,烤炙过多少人的心田。这一切,恰如在一夜之间烟消云散;这一切,都在正义的奔走中归于平静。梦魇没有了,恐惧没有了。夜色幽幽,树影婆娑,这夜开始回归给情侣的湖畔悄悄话,这夜色馈赠给"夕阳红"的轻歌曼舞。太平盛世的影像在 LED 灯光的映衬下透出金光银辉。

　　我为政法部门的决策者拍手叫好。

　　每当我行走于栈道,踱步于花径,听着身前身后众多市民啧啧称道、交口称赞这支小小的巡逻队伍时,我也禁不住对他们肃然起敬。我想,得民心者得天下,顺民意者夺先声。这个举措合民心、得民意。这个举措是时代的需要,人民的需要。新建区的决策者们做到了,做到位了,做到了人民的心坎上。

　　"挽将天上银河水,散作甘霖润九州",人民不会忘记,公元二〇一七年的初春,在桃红柳绿的飘絮里,在樟叶馨香的发散中,全区公安干警用他们的辛勤劳动守护着这片土地的幸福安宁。当人们的幸福指数节节攀升时,人们的心间如漾开了丝路花雨,人们感觉新建的水更绿了,天更蓝了。最近,新建区在公共安全领域频频出招,街道上,女子城管队员飒爽英姿一字而过,110公安电动巡逻车共鸣,天眼地网无处不在,成为街市中一道道亮丽的风景线。一切都在变,管理城市的素养、水平赋予了权力新的含义。社会在发展,时代在前进,人民对幸福生活的要求也在不断提高,这种理念给城市的决策者提供了更多的想象空间。人性化服务、温情化服务贴近老百姓的生活,贴近现实需求,这就是民意的基础、人民拍手叫好的基础。新建的变化彰显了这一点,也丰富了这一点。

一次夜巡,一路春风,清爽惬意,暖意融融,街巷中的温馨传达给每个人的都是美好的寓意。

但愿人长久,夜色共婵娟。

揽　水

和一群文学青年一道采水,我也不觉老了。人家采风,我们采水,这也应该是种创意,也是一趟诗意的旅行。

行走在这样一群青年男女中间,谈论文学,咀嚼文字,实在是一件人间美事。我已经很长的时日没有这种赏心乐事的感觉了。一个人,只有在特殊的环境才会有特殊的感受。

唐代著名诗人王勃,在南昌也曾有过这样一次风云际会,也是一次关于水的吟诵,也是一次文人的比兴唱和。就着"落霞与孤鹜齐飞,秋水共长天一色"的美景,宏伟的滕王阁上,高朋满座,大家推杯换盏,觥筹交错,面对赣水,眺望西山,共饮文学盛宴,因此有了不朽的《滕王阁序》。

也是在秋天的日子,在南昌,因了南昌市政集团的创意,我们上路了,开始了一次与水的对话、一次水的主题采风活动。朦朦胧胧的秋雨不知何时也悄悄地跟随着我们出发了。清凉的气息扑面而来,与队伍中年轻男女的欢笑声融为一体,成为好一曲吟秋的交响乐。

秋天的山花也和年轻人一样,露出灿烂的笑容。一个关于水的话题,牵扯出别样的歌唱。这是一个走水的群体,对水有着不一样的奇思妙想;这是个以文会友、吟诗诵景的季节,嵌入了秋的细节和向往。当一个人的理想与现实非常接近时,这水便成了最好的媒介。

行走在一片处于城市中心的湖——青山湖畔,波光潋滟,树影婆娑,绿与水的无缝对接,英雄城因之多了活泛和生机。一座水上漂来的城市,樱桃小口般的青山湖绘制出一幅美不胜收的山水城郭油画,俏美人的形象飘逸在秋风中,漾开了南昌人的情怀。九曲桥的初恋写下了爱情的九大篇章。行走在湖边,一片丹桂林,留给人温馨而浪漫的秋恋季节。也是啊,在湖边行走的人群中,除了老年人和孩子,就是那三三两两、相依相偎、处于热恋中的情侣。青山湖是恋湖,是相思湖,秋水伊人的欢声笑语如清波荡漾,洗涤灵魂的尘埃。

把一座污水湖治理得如诗如画,南昌市政集团功不可没。

七、春谣夏弦

当我们将目光从青山湖畔转向珠帘暮卷的西山时,映入眼帘的又是另一番光景。湾里的污水处理厂给了我一个全新的印象。

下水道的浊水污泥,顺从地经过第一道闸门,将那些混杂其间的夹带物粗选捞出,再过污水处理的第二道关口,进池净化。只见污浊的泥水经过分化排泄后,神奇地成为净水,这个过程,离奇而超出人的想象。然后,这些净水又进入第三道关口,进行杀菌处理,一切是那样顺其自然又有条不紊。污水处理厂将来自西山大岭的甘泉送进人们的日常生活,成为污水,又将净水还原,送回大自然,在如此循环往复的过程中,我不禁为如此先进的装置和设备拍手叫好,为现代科技的进步和发展叫绝。这种不亏欠大自然的做法也应该算是人性的复归吧。纵观人类生存的历史,获取多,给予少,人类对大自然的内疚算是有了一个正面的回答,这就是南昌市政集团对大自然的新奉献。采风团的青年男女都纷纷拿起手机,记录下了这个片段,也记录下了属于他们的骄傲。

水在湾里的沟渠中流,悠悠地、轻轻地,清冽纯净,如猫儿眼,晶莹透明,朝着乌沙河的下游欢快流淌,细细地讲述着这一渠水的前世今生,这好像是我们这次采水的初衷,也好像是我们这次采水的目的。下午,我们一行又去追赶乌沙河的源头了。在秀美的月亮湾,我的心也好像返璞归真。月亮湾用它的绿、它的碧讲述着一个原始的故事。我们和满野秋色撞了个满怀,秋天的特殊气息扑面而来。南昌市政集团众多的年轻男女似乎走进了桃源洞,人们的野性在雾雨迷茫中放纵。缱绻的情调,依恋的情怀,诗情画意在这朦胧中张扬。女人们摆开各种俏丽的姿势,尽情地与大自然亲吻,也尽情地展示自己优美的线条和笑靥。

集团宣传部部长杨宝珍风姿绰约,热情奔放,走进大自然,就走进了她的最佳状态。她那优美的身姿与这山、这水完美地融合在一起,对接引领了这月亮泉边的风潮,成就了属于南昌市政集团的一方特殊水土。她的醉态、她的舒展,溅起的是我为卿狂的浪花。掬一泓清泉,播撒成山间烟雨,漾开了这些年轻辈的依恋和小资情调。杨部长的一招一式,云卷云舒,勾勒了水边梦幻般的诗行。领头雁的轻声呼唤,在山溪涓流中显得十分婉转动听,丢下一串银铃,泛起秋意盎然。你听,山间绿竹的涛声是最好的回响,也是最好的交响乐。是的,四十余人的身心在月亮湾巧夺天工的环境中融化了,融成了大山的一部分,融成了绿水的一部分。迷失自我与自我迷失成了最好的注解。

多么想久久地静坐在溪边的草地上,静静地听一曲"人间伦常",看一回轻歌曼舞的表演,与这奔流的溪水合一个节拍,去源头寻找生命的原生态,去寻找生命的真谛,去寻找那已经遥远又经久不衰的故事。"吹箫引凤"中的弄玉和萧史不就在我们身旁?历史的时光隧道做了最好的回答。

有副对联写得好:采水诗中画,泼云笔下情。水给了我们一个梦、一个秋梦,拾花梦里香,听花梦中人。在这大山深处,听泉水的歌唱,这样的梦境是何等的幽雅。

揽水为怀,有水当歌,人或许就活出了最高境界。

店前村口那棵古樟树在等你

　　我老了,不到百年,

　　树老了,已过千年。

　　树下安谧、宁静,微风带来春的气息。树前的荷塘中,一簇簇荷叶露出尖尖,做着出头的梦想。几只塘鸭不甘寂寞,"嘎嘎"地叫着互相嬉戏追逐,为这棵古樟添加一丝丝活泛。村野的色彩在古樟的眼前延展,黛色的村子与山岭间的薄雾融为一体,静待又一个新的季节来临。古树似乎很乐意接受这种千百年来的变与不变,恬淡、安然地享受阳光与风雨。它似乎已经老态龙钟,但又是那样刚劲坚毅,千百年来,默默无语,守望着那条通衢,默默注视着古驿道上南来北往的客人。

　　古樟谦卑地弓着身,等待黎明,送走黄昏,牵引溪霞这块土地上平淡的日子,懒散地行走。云朵儿在它的头顶聚了散,散了聚,阳光将它的金色年华装扮,它很知足地朝天穹行着注目礼,将时空的改变和大自然的恩赐忠实地记录在年轮中。

　　这就是店前村前那棵惊世骇俗的古樟树。

　　每次去溪霞,行走于古驿道,我都会来到店前村,在古树边坐坐。

　　我很想听听古樟树的心语,与它对话。偎着它的躯干,傍着它的枝丫,我感觉出一种温暖,这种温暖是一种千年的情怀、百年的期待。

　　在它的身后,千百年来,溪霞在变,在活泛。它的等待,融进了新的生活气息而生成了新的绿叶、新的樟芽。

　　一棵香樟树,守护着一个家族、一个村庄。店前村熊氏这个千百年的家族,如樟树的根脉,盘根错节,繁衍传承,生生不息。树庇护了村子的平安也让日子过得鲜活透亮。不老的古樟树成了店前村的村神、保护神。传说,清乾隆皇帝下江南,经古驿道来到店前村。这日,风狂雨急,雷电交加,乾隆皇帝遂退至大樟树下暂避。让人称奇的是,树荫之外,大雨滂沱;樟树之下,滴雨不进,地干不湿。乾隆帝在树下风刮不进,雨淋不入。这等好征兆连乾隆帝也觉稀奇。风停雨歇,乾隆帝走到树外,连连拍手叫好,便赐号:樟树神。

让村民拍手叫绝的事情还在后头。日本鬼子侵略我国,闯进溪霞,烧杀掳掠,无恶不作,驻扎在古驿道的鬼子部队,岗哨就设在香樟树上。鬼子每两人一班,依次上树,观察四方,以防西山游击队的袭击。这日,也是一场暴雨来袭,狂风席卷溪霞,正在树上放哨的两位日本兵被炸雷击中,当即毙命。溪霞人都说,此树神了,它也知好歹,对侵略者的惩罚是天意。

店前村人越发看重这棵古樟树。

岁月留给它的是沧海桑田,风雨留给它的是斑驳陆离,时光留给它的是无尽的守望。

江南地方,几乎每个村头都有这么一棵让村里人看重的香樟树,享受着村民的香火。

店前村的古樟树,是村民聚集的地方。老人们在这里给孩子们讲古,讲述溪霞溪中从天宫飞来的红衣仙子、绿衣仙子、紫衣仙子出浴的故事,讲述店前古驿道上发生的《蔡鸣凤辞店》的凄美爱情故事,讲述熊姓的迁徙历程;青壮年在这里聚集,谋划村子的兴旺发展,筹划村子的光明前景;孩子们在树下躲猫猫、数星星;妇女们在这纺纱织布、绣花绣朵,做着永远做不完的针线活。

这个春天,在这棵古樟树下,又是一次聚会。人们开始翻开店前村新的一页。村子里墅屋连横,祖堂恢宏;莲荷园池,塘宽水清;街巷空阔,道路铿亮。

店前村变了,变成了穿着盛装上场主持一场山乡绿谷巨筵的使者,不变的还是那棵古樟树。

它仍然佝偻着身躯,不辞辛苦,迎宾待客,在那片村头的风景里,等待岁月的又一个轮回。

抹不掉的记忆

　　20世纪70年代初,那时我念高中,由于父亲患胃病在医院做手术,家中缺人在生产队挣工分,我家的经济状况跌入了低谷,生活十分困难。

　　亲友们都劝父亲让我辍学,可是,父亲怎么也不肯。查江浩老师就是在这一时期担任我的班主任的。他是个从抗美援朝战场上下来的战地记者,被下放到我们公社。幸好当时公社负责教育的人,也就是我们的老校长是个开明人士,将查老师从生产队调进了公社中学,我才有幸接受了比较正规的学校教育。他得知我的情况,非常关心,夫妇俩只差没把我当成他的亲儿子了。他把我调进校办工厂,又让我在校广播站当站长。从此,每个星期天,我几乎都在学校度过。平时,我从家里带来的一罐腌菜,只能维持到星期三左右,到了星期四,就得吃白饭,而只有到了星期天,才是我补充营养的机会。查老师每每要校办食堂关照我,拣食堂最好的菜打一份给我。当我看着食堂大师傅将一小碗红烧肉倒进我的饭碗时,那一刻,我体验到的何止是红烧肉的香味。我心中总是充溢着一腔情感,眼中差点儿掉下泪珠。

　　记得是一个冬天的晚上,我住在校广播站,查老师的大儿子伟晨来敲我的门。我把门打开,一个激动万分的场景把我惊呆了,伟晨端着一碗热腾腾的鸡汤站在我的面前。冬天的温暖,翻腾激涌,席卷着我的躯体的每一个角落。这一个晚上,我辗转反侧,久久难以入眠。

　　查老师夫妇对我生活上关心,对我的学习更是毫不放松。记得有一次上数学课,我躲在抽屉里看《说唐》,被数学老师用教鞭在头上抽了两棍子,我才如梦初醒。数学老师一口咬定这本书是黄书,是反书。当时,看这种书是要受到严惩的。很自然,书被收缴。

　　后来,这本书交给了班主任查老师,他没有责备我,也没有骂我,只是在一个傍晚,把我叫到他家里,将那本书交给我,命令我将那本书一页一页地撕了,丢进他家的煤球炉中。

　　我多么想请查老师开恩,因为那本书,是向一个同学借的。可是,他本着对一个学生负责的态度,并没有手下留情。最后,我只得咬咬牙,将我祖母搓麻绳换来的一元钱,赔给了那位同学。要知道,那可是我一个月的菜金啊!

书虽然烧了,但第二天的语文课,他又将我写的作文贴到墙上,作为范文向同学们讲解。

老师对我严,对自己同样严,每年到校办农场收割稻谷,他都要与我们一道下田。他在战争年代得了腰肌劳损,每割完一行,就要躺在田埂上,将腰部用一块土疙瘩顶住止痛,随后,又没事人一样接着干活。其实,我知道他在强忍着。

在我高中毕业回乡的1973年,查老师也回城了。2000年春节,已是七十多岁高龄的查老师夫妇和他的儿女们一道来到我的家中。我们久别重逢,那种情谊真的难以用语言表达。他的儿子用相机为我们这次重逢留下了珍贵的瞬间。

后来,我也去了查老师家中,给恩师夫妇送上一只花篮,祝两位老人长寿,愿恩师洪福齐天!

药

  人的身体也似炒股一样,不能横盘太久,久盘必跌,股市的咒语往往一语成谶,好像成了一条规律。股市炒的是金钱,响应这条规律,也就意味着身体的跌势在所难免。

  今年夏季的雨水实在太多,江南被疯狂洗刷了好多遍。雨点滴答,落在心里,咚咚作响。这样的日子,让我开始疑神疑鬼,感觉自己百病缠身,好像灾祸就要降临。无名指出现的无名疼痛,似雨点也似剑击,溅起了心里的痛苦。

  当然,我绝不是患上了抑郁症,因为我不曾手握重大权力,也不曾任过很起眼的官职,不必担心自己有见不得天日的金银财宝,也不必担心纪监委的人光顾自家庙堂,更不会像那些贪官污吏一样每天提心吊胆,生不如死,甚至自寻短见。这诚然是我的一己之见,患抑郁症者并不一定就是官员,我只是觉得,我这等摇笔杆子的身份,要说得了抑郁症,谁信呢?

  再说说这无名指吧。十指连心,不疼不要紧,疼起来真要命。病急乱投医,为止痛慌不择药,人的心态就是这样,口口声声说不惧死,可一旦死亡出现在你面前时,又会吓得手足无措。这就是文人的懦弱所在,有点儿风吹草动,便风声鹤唳。我早年也确实有过不畏死的经历,曾对药嗤之以鼻。可如今,心态的变化却让我如惊弓之鸟,不得不对药肃然起敬。一个无名指的肿胀竟让我失魂丧魄,去医院做检查,找来朋友送的青草药膏涂抹,找来亲戚从香港购来的风湿膏涂搽,一天打理无数遍。只是各种药物全无疗效,手指的肿胀不见任何的好转。

  良药苦口利于病,这是前人留下的古训。有病用药"包好",医生从牙缝中挤出的两个字,又让我想起了鲁迅先生笔下的《药》。华老栓用家里压箱底的银子去换来一个人血馒头,也没能治好小栓的病。当今之世,陷入病态的人也数不清。去年,我去浙江度假,有幸去了绍兴轩亭口的十字街市口,一股杀气犹在,我分明感觉那里还有一摊血,这些血,一直没有凝固,在绍兴轩亭口的街市中流淌,空气中弥漫着一股浓浓的血腥味。但是我总觉得,在这摊血液中,少了那么几滴,让躺在泥土中的秋瑾哀怨饮泣。生命与生命的交换,没有换来病的好转，只觉得病得越发沉重，这好像就有些残忍了。

要说我不是药的信徒，是假话。我是药泡大的，从小我就是根"豆芽苗"，父母在我身上尽力"施肥"，党参和黄芪炖鸡使我有了强健的体魄，我能有今日，多亏了长辈们的良苦用心。早年，即便家中无米下锅，父母也得买几根党参回来。这个用药理论源自我的一位亲戚，他早年是位远近知名的老中医，他的医疗理论就是党参理论，年轻人身子弱，按照他的医疗理论就是党参加黄芪。这两味中药成了他的秘方，当然还要让家中的种鸡婆陪着"掉脑袋"。这种党参理论在乡村相沿成习，救了不少病秧子的性命。

中国的中医药文化博大精深，也产生过以药成名的医者，远有扁鹊、华佗，近有李时珍。药能解救生灵，却救不了医者自己的命，有些医者甚至死于非命。

扁鹊的药施舍给了不少国君，却没有换来生命路途的阳光。他遍行赵、齐、魏、周，不辞艰苦，迤逦四千余里，最后来到秦国。秦武王是个争强好胜之人，他与武士举鼎，不料竟伤了腰，疼痛难耐。太医李醯一筹莫展，拼尽全力用药也无济于事。可扁鹊以一剂汤药却令秦武王症状消失。药救了秦武王的命，却要了扁鹊的命。当得知秦武王要将扁鹊留下做皇宫中的太医令后，李醯当即派遣刺客将扁鹊杀死，看来神医也命薄。

古时候，人们把医术看成是"贱业"。华佗一生行医，精通内、外、妇、儿、针灸各科，尤其擅长外科。一日，两位官员，一位名倪寻、一位名李延，皆因头痛发烧，前来就医。华佗开的药却不相同。不少人有疑问，他解释说倪寻得的是外湿症，李延得的是内湿症，倪寻应用泻药，李延则用发汗药。让人目瞪口呆的是，第二天，两人相同的病用不同的药皆好了。华佗也没有得到善终，后来被多疑的曹操杀死了。药没有给两位神医带来好前景，却把他们送上了黄泉路，死于非命。

相对扁鹊和华佗，李时珍的命运虽然不是那样惨不忍睹，却也受尽磨难。李时珍把心中的药写成了一本厚厚的书，这本书就叫《本草纲目》。他尝百草以身试药，化腐朽为神奇。天下虫草皆为宝，草、木、茶、果、谷都可令生命活泛起来。他所著《本草纲目》收录药物1892种，辑录古代药学家和民间单方11096则。看来，药师们用的药不假，襄助中华民族子孙后辈传承，立下了不世之功。

江西自古有句自我炫耀、自我标榜的话：药不过樟树不灵。樟树市处在赣地的同心圆中心地带,樟脑的香味浸渍出樟树特殊的人文气息。江西山清水秀、草木繁盛,漫山遍野皆是药。采药人背个竹篓上山,一块熟红薯填饱肚皮换来山上采下的"金元宝"。樟树人因采药、制药、卖药发家致富,也为赣地中药走向外面的世界搭建了一个极为广阔的平台。

樟树市的由来似乎和豫章郡漫山遍野的香樟树多有渊源。豫章郡是江南人的骄傲,村前村后长满了高大的香樟树,为村里人遮风挡雨,老人孩子则在树下乘凉讲古。到了年终岁末的年三十和正月十五日晚,家家户户烧樟叶驱瘴气赶瘟疫,樟树神成了药神。豫章人喜好樟树,并对药神怀着共同的敬仰。人们用樟木雕刻各路药神,摆进祠堂供奉祭祀。民间多有祭十三代的乡俗。这十三代有歌诀云:"一代开教伏羲氏,二代神农替药名,三代先师轩辕氏,四代医师岐伯神,五代卢医是扁鹊,六代徐文理得精,七代秦王通医道,八代名医是汉神,九代华佗医术妙,十代叔和王先生,十一代长沙张仲景,二十代名医即巢君,十三代真人孙思邈,举凡动静念师尊。"每年农历四月二十七开始,江右挨家挨户拜香樟树为药神,焚香祈愿,祈祷各路药王护佑百姓安康。

豫章的香樟树下,在明代末期曾走出一位药师,名喻嘉言。他精通中医术,为写三部医书,遍尝百草,行遍江南。他中年后游医至浙江,当时著名文学家钱谦益身染重疾,半身不遂,卧病在床,四处求医不见效果。听说江西神医喻嘉言巡游至此,他便让人火速将喻嘉言请来一试。喻嘉言切脉观色,仔细辨察一番后,随即挥笔写下药方。钱谦益服下一剂后,喻嘉言当即让人找来四个大汉,将钱谦益倒背着奔跑,四人轮流接力。虽然医治方法十分怪异,但药到病除,经此一番折腾,钱谦益身体康复如初,从此两人结为至交。喻嘉言呕心沥血,积一生从医经验,著成三部医书,至今为中医界经典,被译成七国文字。

现今,药的话题多了不少悖论。中药成了"假"药。几千年来不少医术高明的医生留下的关于中药的理论和实践被一些人漠然视之甚至不以为然。其实,这应该是浮躁的现实生活惹的病,不学无术的虚无主义盛行,对中医药的探究肤浅,研究不深入,前人的成果没有得到有效的传承,造成了当今对这种于人类无害有益的"绿色"药物源流的轻视。

药,似乎又陷入了相悖的理论纷争。

"药能医假病,茶可解真愁。"至此,药的功用似乎又有几分玄乎了。生命的无常给人带来了多少悲欢离合,也给人带来了生命路途的变数。当奄奄一息、命悬一线时,人们将求生的渴望寄托于药,可就顾不得真假了。世界的美好和世间的活力,勾起了人们多少渴望与欲望。人的伸腿与缩腿间决定了命运,死而后生,生而后死,这药好像成了定海神针,成了孰轻孰重的砝码。

记得有一次,我突然晕倒,被家人紧急送往医院。途中,我歇斯底里地狂号:我不想死! 这可是生命的呐喊。只有这时,人才会对药产生敬畏。送进医院后,医生并没有对我施加任何的药物治疗,只是口中念念有词:"看,我给你用了多好的药! 你安静下来,待神志恢复,一切都会好起来的。"医生的"骗术"最为高明。他们的引导,转移了你对死亡的恐惧,用药的憧憬来制服你,真可谓用"药"独到。心病还得心药治,这并不高明的俗语,却说明了一个很深的道理:天塌下来,有药顶着。

在现实生活中,总有那么一些人,把自己寄身于空灵虚幻,在那些缥缈的幽境中穷心苦度,自我纠结羁绊,成为超度的俘虏。殊不知,人生一世,依赖药物的支撑是必由之路。看似有效亦无效,看似无效却有奇迹出现,起死回生的例子屡见不鲜。科学与伪科学的界限不清,以致混淆了人的耳目。不过,生活在我们这个自由度相对较高的社会,"科学"的骗局也层出不穷。魏则西成了这个骗局的试验者,他用生命换来了人们的警醒,引起了人们对药物的警惕。人们恍然大悟:药操控在人的手中,一旦被既得利益者操弄,这世界就变得琐碎而无聊。有时候,人在替别人挖坑时,也在为自己挖坑。其生命的足迹,几乎充斥了诳语与奸诈。这时的"药"便成为世风日下的鼓吹手。

我们遑论药的功用,在现实生活的层面上,它毋庸置疑成全了不少生命的延续。可想而知,只要地球上有生命,药就必不可少,但是,药不是万能的,对那些身陷污淖、贪婪的心病患者,再好的药也无法愈合心灵的创伤。

写至此,我的无名指肿胀所产生的痛苦,好像缓解了不少。

药能通鬼神,这是呓语吗?

剑气从容冲牛斗

也许是传主与南昌有关，也许是《滕王阁序》分量厚重，让我对《秋水长天：王勃传》产生了浓厚的兴趣。

我结识山西省文联副主席聂还贵先生，是2014年中国作协、作家出版社在北京举办的第四次《中国文化名人传丛书》创作会上。他写王勃，我写蒋士铨，算是惺惺相惜。其时，我真为聂先生的勇气所折服：他所写的王勃，距今1300余年，生命是何等的短暂，27年便赍志而殁。传主王勃虽然才华横溢，可留下的飞鸿印雪，却是寥若晨星。为王勃立传，就算其于南昌的经历惊世骇俗，过人之才惊艳四座，我作为土生土长的南昌人，也不敢涉足。

可聂先生揽下此活后，竟洋洋洒洒，将王勃27年生涯全景式展现。他用二十余万字的笔墨，将一位出类拔萃的初唐才子展现在世人面前。

一、将视野远光切换为近光

行走在岁月的时空隧道，文学总是以其独特的人文视野成就生活的雅致与高尚。《秋水长天：王勃传》正是基于史料的裁剪修饰，通过岁月的轮替，从人文的高度，展现了王勃的倜傥不羁与放浪形骸的性格特征，以及"壮而不虚，刚而能润，雕而不碎，按而弥坚"的诗文特征，催生了一位活脱脱的才子。这也是作家笔力和泛情造就的硕果。

聂先生利用传主和旁白的角色转换，以夹叙夹议的写作手法、洒脱飘逸的文字组合、独特新颖的写作尝试，让读者耳目一新。写作的难度和写作的纠结交织，成为该书从容叙述的一大看点。作家的写作节奏受到王勃才情的牵引，或叙事，或抒情，或议论，或点评。作家笔下的王勃为人为文、王勃的动人故事、后人对王勃的赞誉，就像一股流淌的清泉，一泻而下，一发而不可收。文首自山西独特的黄河文化源头上溯切入，与华夏文明的起源、形成、发展融为多元一体。尧舜文德，如日月之光，照耀汾水两岸。文化的传承周而复始，一代代英才璀璨：

思想家荀况，纵横家张仪，盐商巨富猗顿，"史圣"司马迁，"武圣"关羽，"战神"薛仁贵,"王摩诘"王维,"柳河东"柳宗元,诗论家司空图,史家司马光,戏剧家关汉卿……

将汾河岸边众多精彩人物叙述一遍后,作家笔锋一转:

千古龙门开合之间,汾河谷地南畔峨嵋岭上,秦砖汉瓦间,坐落着一个古村落,便是王勃故里通化村。一条鲤鱼跳龙门,王勃横空出世。

这种牵龙引凤的写作手法,不禁让人拍案叫绝。

"文采华绚兮若锦缎,开合自如兮似云海。"扬雄以辞赋进殿面圣,以卓越之赋敲开了西汉王朝的宫门。王勃以短暂的流星划过长空,留下了脍炙人口的千古绝唱《滕王阁序》。

聂还贵的梯度转移完成得天衣无缝,何等匀称熨帖。

生命的切换,文学的切换,才情的切换,在作家的笔下,形成了独特的叙述语言。王勃的才华被披上了历史的华丽外衣,所汲取的前人营养,如海绵一样,浸渍了传主的周身。作家似乎用神来之笔、得意之笔,纵横于汾河文化史中,成就传主角色的切换,空阔浩瀚地讲述一位才子的前世今生。

山西历史上被人称为"表里山河",仁、义、礼、智、信,外加一个"文"字,历史的光影幻化为一串长长的特殊地域符号,王勃就是属于"文"字符号中的一员。作家有意识地将王勃放到历史的丹炉中提炼,在恰到好处的火候,将其倾泻而出,其纯度可见一斑。其实,说白了,这就是一个人的写作观,一个人的写作视野,一个人的为文动机。在提纯王勃的文学观这个层面,作家聂还贵没少费功夫,也没少费笔墨。文学总是这样拆除旧的篱墙,构建新的文学宫殿,王勃正是这样一位文学工匠,用自己的技巧和才识去为大厦添砖加瓦。聂还贵认为:历史上每一个重要的文学浪潮,一定既粘连前波余韵,又震响引吭后浪新音。而正是这样的新音,以乐魂的生命力,揭示甚至主导着未来时代之旋律。

二、将君子风范观照临川之笔

在王勃短暂的人生中,尤其耀眼的一束光,正是他的交趾之行。

江南大地山长水阔、广袤无垠,临川之笔的启示,给王勃打开了灵动之门。沉醉于佳妙的化境,才思与文情找到了契合点。作家倾心于这一细节的刻意描写,给传主吟诵《滕王阁序》进行了前期铺垫。在王勃的吟唱中,南昌物华天宝,人杰地灵。美好的江南净土,秀色可餐,珠帘暮卷西山雨,画栋朝飞南浦云。在王勃的笔下,落霞与孤鹜齐飞,秋水共长天一色。这里的人,这里的物,这里的文化,与山西故地既有相似之处,又有貌合神离之别,但文章的佳妙却是那样的相向而行。王勃的才情在这里找到了出口,他的思绪纵横千里,而又泗渡于彭蠡之滨。如椽大笔让阎都督目瞪口呆,闻一序而另眼相看,惊呼旷古奇才将给滕王阁带来千古绝唱,历史在这里翻开了新的页码。高朋满座的盛宴,展现出初唐文化盛景。在书中,作家尤其不惜用笔勾勒,利用旁白之功,赞美王勃架构演绎《滕王阁序》的过程,利用阎都督的衬托为这一细节添彩。

聂还贵认为,王勃以一篇横空出世的《滕王阁序》令洪都风月从此无价。高度的赞美一下子吊起了读者的胃口,也给《滕王阁序》下了定论。作家在写滕王阁聚会的前奏时,也恰到好处地渲染了人们对不起眼的王勃的不认同、不在意、不赏识。"王勃久负盛名,突然降临,人群轰的一声炸开了锅。"随后,他写到王勃从容镇定,淡定以对。"王勃双手作揖,对阎都督与众人客气道:童子何知,躬逢胜饯。勃,三尺微命,一介书生,承蒙抬举,各位见笑了。"随后阎都督这个主持盛会的头领的态度便惟妙惟肖,跃然纸上:搅局!砸场!阎都督"唰"地收起笑脸,面色一沉,退居幕后,令书童随时留意场上动向,洞悉王勃文章的好歹。当王勃叙述完南昌的地理形胜时,阎都督的态度是不屑一顾:老生常谈,未见新意!当王勃吟诵物华天宝句后,阎都督的态度开始发生变化,有所触动,若有所思。当王勃吟至高朋满座之句时,阎都督的口气又有所不同,先是蓦地一惊:别出心裁,引人入胜。这种人物心态的变化、递进,深深地刻画出王勃显露才华而让阎都督的态度出现截然不同的变化,以及恰到好处地铺排演绎过程和时间节点。当阎都督侧听王勃咏出"落霞与孤鹜齐飞,秋水共长天一色"之句时,阎都督不由得击节惊叹:神来之笔!神来之笔!无愧我大唐英杰。整篇序文吟罢,聂先生描述其时场景更显功力。王勃这厢尚未收笔,那头阎都督便"腾"地站起,拍案叫绝:笔力非凡,旷世之才啊!王子安!满座宾客"呼啦"跃起,夸赞之声如潮澎湃,纷纷表达对王勃的认同和看重,大家都将其比作潘岳、陆机。按说,故事至此,应该完整收官。可是为了更进一步衬托传主王勃诗文的完美和不羁的狂放之才,聂还贵又安插了一个反派人物登场,质疑王勃的序文为旧文。这种另生枝节、释疑解惑的铺垫,无疑给王勃增色。随着吴子章的质疑,众人闻之,皆愕然相向,面面相觑,仿佛满园夏花突临飞雪,现场气氛骤然一片冷凝。

王勃淡然一笑,随即挥笔草就滕王阁诗一首。吴子章见状,羞红了脸。

滕王阁诗结尾,王勃写下:"阁中帝子今何在?槛外长江□自流。"句中空一字,让在场众人猜测,以求填字入句。一时间,填字组句者不亦乐乎,可不是觉得词不达意,就是离题千里,用什么字都觉不合适。阎都督逢此尴尬场面,也面露难色,随即命人以快马追赶王勃回来填字。王勃卖弄一番后,收下银两,也不道破,故作惊讶,道:"何苦大人下问,晚生岂敢空字?"阎都督顿时开窍,笑道:"一字千金,不愧为当今英才俊杰。"王勃一笑了之,作揖而别。

聂还贵如此一招,可谓画龙点睛,将王勃吟唱《滕王阁序》的过程交代得别致新颖,也为王勃的才华横溢写下了最好的注脚。

三、将生存理念超然物外

聂还贵在书中有意识地讲述了《马当神风送滕王阁》的故事。这个故事似乎是一种宿命,说是王勃入鄱阳湖,经过马当山口,船遇风浪将倾。王勃在众人惊慌失措之际,吟诗一首,抛于水中:

唐圣非狂楚,江渊异汨罗。

平生仗忠节,今日任风波。

也真怪,此诗一入水,片刻间,鄱阳湖风平浪静,避免了一场船倾人亡的悲剧。

这个故事所叙述的悲剧色彩就在于暗示了王勃的命运遭际。漂泊水上,灾祸降临,借以神风相送,让其七百里而一日到达洪都,这样的运气不能说不佳。可当他再度将命运之舟寄予风浪时,神力却突然消失,呜呼哀哉!冥冥中好像注定王勃的命运起于水,兴于水而亡于水。

在这里,聂还贵利用旁白长吟短叹而咏:

弯弯兮月牙,魂梦兮南海。南海迢迢,云兮雾兮飞白……远春兮蓬蓬,流水兮采采。柳荫路曲,云兮雾兮飞白……

交趾之行,原本是王勃极尽孝道之行,对父亲的挚爱让他不辞劳苦,远跋南国,恰似一支蓝色的箭,飞向雍州。王勃看望父亲后,又思念远在北地的亲人,倏忽见一对鸿雁从北方飞来,不禁睹物相思,诗情涌上心头:我想念北地却归不得,而你们为何还要往南行?诗人的伤感无以寄托,只以诗来冲淡涌泉般的乡愁。

随后,聂还贵用了"初唐四杰"中另外三人知悉王勃不幸亡故的消息后,以对王勃的认可和高度评价来消减内心的怅然。骆宾王仰天悲叹:"知音何所托,木落雁南飞。"寓居洛阳的卢照邻,捶胸顿足,长歌当哭:"昔时金阶白玉堂,即今唯见青松在。"杨炯痛彻心扉:"命不与我,有涯先谢,……呜呼!天道何哉!……君平生属文,岁时不倦,缀其存者,才数百篇。嗟乎促龄,材气未尽,殁而不朽,君子贵焉!"

四、将长歌短调为王勃安魂

聂还贵与历史对话,与初唐文坛对话,在其笔下,完美地还原了初唐才子的光彩,展现了唐初文学的勃兴景象。适度的浪漫渲染与质朴的事件叙述互为交融。

王勃命运的坎坷,以及他人不及的才华在聂还贵的笔下和盘托出,令其短暂的人生分外亮丽,让人看到了一颗星的炽热和光亮。

王勃以华美的文字留给后人那么多脍炙人口、代代传唱的绝妙佳句,启发了多少后人的诗性和文学。

千百年来,有多少文人才子登临滕王阁,写下了不计其数的文字,至今能够粗略统计,历史上文人描写滕王阁的诗文多达两万余首(篇)。群星璀璨,却难见奇才再现,千古一序,已成绝唱。聂还贵用他的文学讲述,给王勃的命运以特殊含义,也给后人留下了一份珍贵的研究资料。

王勃的才华在其短暂的一生中如井喷般迸发,聂还贵似乎也被王勃的诗文所启示,全书语句精练凝结,洒脱空灵,抑扬顿挫,醒目入心,大手笔的布局使全书充满异常的灵动。

聂还贵给王勃戴上了一顶顶桂冠:"初唐四杰"之魂,大唐诗歌的启明星,杰出的诗人、文学家,独特的思想家,不坠青云之志的王勃精神……并说王勃开创了一个诗歌时代。

从聂还贵的传记中我们看到王勃身上流淌着中国历史文人共有的血脉:一脉为官本位思想,"报国莫若进贤"。一脉为信仰的摇摆性,仕途顺达之时,儒家思想遂居统领之位,修身齐家治国平天下,鄙视裙带关系,挥一支凌云健笔打天下;仕途厄逆之时,道家思想便占上风,"上策怀神仙"。桀骜不驯的个性,"才夺造化"的天赋,"诗书具草"的家传,雕塑了王勃雄昵高视的人生姿态。而宫廷生活的切身感知,被逐出皇宫的痛苦挫折,巴山蜀水的浸润滋养,虢州深陷困厄又起死回生……大起大落的特殊人生经历与情感体验,不啻为天赐给王勃的一份思想与写作财富。

聂还贵先生写王勃尽力了,写得到位,写得有滋有味,写得流光溢彩。他笔下的王勃不落窠臼,不落俗套,云淡风轻,令人耳目一新。相信人们读过《秋水长天:王勃传》能够从中得到启迪和更新思维,也相信王勃的精妙之笔和文学天赋会传承得更久远。

文以载道,诗在远方。

海昏侯在豫章

淋漓冬雨一直包裹着南昌,却仍然阻挡不住来自全国各地关注的目光:一座神秘的西汉大墓正在南昌新建区铁河乡被发掘。随着一座座墓椁的逐渐打开,马蹄金、金饼的大量出土,古墓的历史地位得到了众多专家的认同,墓主正一步步指向汉昌邑王、海昏侯刘贺。

这位在龙椅上仅坐了27天的废帝,这位桀骜不驯的昌邑王,经历了怎样跌宕起伏的人生?他和南昌又有怎样的缘分?让我们穿越时空的隧道,揭开历史厚重的面纱,还原一下未见正史记载、只在地方志与野史中回旋的刘贺的南昌生活——

贬 往 豫 章

公元前74年腊月,天阴地湿,寒气袭人,一队人马垂头丧气地离开山东昌邑王地,前往豫章以北60公里处鄱阳湖上一个不知名小岛。这一行人就是刚被贬往南方的汉废帝刘贺及其家眷、仆从。

这一年,在位13年、年仅21岁的汉昭帝刘弗陵驾崩。据《汉书》载:因为汉昭帝没有子嗣,大将军霍光派人前往山东昌邑封地征召刘贺主持丧礼。

刘贺(前92—前59),汉武帝刘彻之孙,昌邑哀王刘髆之子,5岁时袭父刘髆爵,封为昌邑王。

刘贺是个典型的不学无术的纨绔子弟,行事十分荒唐怪异。朝廷派往山东迎接的三人风尘仆仆于半夜赶到昌邑,急见刘贺。可刘贺一直拖到第二天中午才启程,一路"急行军",三个多时辰狂奔了135里地,不少侍从的马都被累死在路上。从镇定到发飙,从磨蹭到狂奔,刘贺没有行程安排,没有时间观念,自己想怎么样就怎么样。单从这一点上看,刘贺行事的荒唐可见一斑。

在车驾到达长安未央宫时,"下车,向阙西面伏哭,尽哀止"。刘贺"尽哭如仪"的即兴表演,通过了宫廷内众人的"面试",也打动了霍光的心。刘贺以皇太子的身份接受了皇帝玺绶,即皇帝位,尊昭帝的遗孀上官皇后为皇太后。

做了大汉皇帝的刘贺,却没有一点做皇帝的样子。他不仅不理朝政,而且变得更加荒淫。他把以前在昌邑的亲信安插进朝廷各个部门,也把一些小流氓弟兄全部召到长安,继续陪他吃喝玩乐;让家人都穿上刺史的官服,任其横行霸道、胡作非为;强令高昌国(今吐鲁番市高昌区东南)为他宠幸的大臣们进献黄金和美女;派人将乐府的乐器和舞女调到宫中,供自己享乐……

一时间,整个皇宫被刘贺搅得乌烟瘴气。根据《汉书·霍光金日磾传》载:刘贺"受玺以来二十七日,使者旁午,持节诏诸官署征发,凡千一百二十七事"。

刘贺的荒唐行径,让霍光十分气愤和后悔。在得到皇太后的允许后,霍光趁着刘贺玩乐的机会,控制住了他从昌邑带来的亲信,接着又在未央宫承明殿召开"公审大会",列举了刘贺的种种"劣迹",将其废黜。除了王吉和龚遂等几个时常规劝他的人保住了性命外,刘贺从昌邑带去的两百多名亲信,全被拉到大街上斩首。

荒唐的性格、荒唐的行为、荒唐的遭遇、荒唐的一生……因为荒唐,刘贺仅过了 27 天的皇帝瘾,就被废黜。

但从历史的角度来看,刘贺尽管不学无术、不务正业,甚至荒唐透顶,但也绝不可能在 27 天内做出一千多件荒唐的事情来,真是"欲加之罪,何患无辞"!通过废立,西汉权臣霍光达到了削减皇权,继而进一步专权的目的。在这场废立风波中,刘贺不过是霍光玩弄权术的一个政治道具而已,因为"及昌邑王废,光权益重"。

被废的刘贺,回到故地巨野,继续做昌邑王。

按照汉代的分封制,昌邑王的封地一直在山东昌邑县。刘贺被废后,他的一言一行都受到朝廷的严密监视。可惜的是,刘贺终于还是按捺不住内心的寂寞,失意和妒火在他的胸中燃烧,悔恨、懊恼已无济于事,他梦想着恢复他失去的天堂,梦想着有一天再黄袍加身,重为人主。他开始蠢蠢欲动,增加自己卫队的兵力,磨刀霍霍向皇权。

这一切,怎么能瞒过朝廷的眼睛?

铤而走险的结果是,他再度接到朝廷的旨令,被贬往江南的一个小土围子中。

刘贺就这样无可奈何来到了豫章,来到了鄱阳湖边。

筑　城　昌　邑

元康三年(前63),29岁的刘贺被贬为海昏侯,移居豫章(今江西南昌)以北60公里的海昏侯国。江南的绿意没有给刘贺带来欣喜,鄱阳湖的浩瀚没有舒展刘贺忧郁的胸怀。

汉代的豫章地区,曾经是那样的荒芜。将一个小市口的集镇转化为一座城池,相传是汉初颖阴侯灌婴的功劳。他在豫章江(即后来的赣江)边划地筑城,豫章郡因之而兴。

灌婴所筑城池,大约在东至顺化门外7.5公里的隍城桥(黄城桥),西至顺化门外的兴福庄,即南昌火车站东南约4公里的黄城寺一带。

其时,灌婴已筑豫章城,而刘贺流放江南,却没有让他栖身于该城,而将其安置于鄱阳湖西汊一个小岛上,颇让人费解。也许是按照古代的例制,被贬的王侯,必须"屏远方,不及以政"。让刘贺离朝廷远远的,将其流放到天高地远、人烟稀少的湖中小岛,这样朝廷才不会忌惮。

这个小岛就是后来的昌邑。

可以想见,其时的昌邑,仅仅是赣江与鄱阳湖交汇处的几座小山包。地势相对湖而言,略微有些高度,勉强可供人居住。海昏则是昌邑旁边的一个县城名。鄱阳湖在地壳运动进程中,湖水至汉初还没有大规模南侵,到后来,一场大地震将海昏沉入湖底后,昌邑成为鄱阳湖的中心地带。这是后话。在海昏没有沉入湖底之前,汉昭帝和辅政大臣霍光大笔一挥,便将海昏侯这顶荒凉凄寂的帽子赐予了废帝刘贺,让其在这水乡泽国享有食邑两千户。

其时的昌邑并没有像现今这样有高堤护卫,一座土城孤零零地矗立在鄱阳湖西汊。每年的汛期,鄱阳湖水陡然提升,水漫金山也有可能。百十条船,载着刘贺及家眷、奴仆、心腹家将,停靠在土城的东墙下。官家气派和众多的仆人,让当地人大开眼界。

对昌邑百姓而言,他们并不知道他们世代居住的这块土地改名"昌邑"之后,男人便成了刘贺加固城池、修筑土城的夫役,女人们则成了供刘贺支使的用人。

《新建县文物志》载:昌邑城位于新建县东北部,鄱阳湖西岸,距县城70公里,地处低洼水乡。现为昌邑乡游塘村。

古城范围较大,东西长约600米,南北宽约400米。南墙已改作防护鄱阳湖与赣江洪水的圩堤;西墙较低,因农耕放水之故,破坏较为严重;东墙及北墙,保存较完整。北墙正中,有两个相距约4米、略高于城墙的土堆,疑即城门所在。土城的城墙高约10米,宽约12米。城的四角,皆高于城墙,而且堆土特多,呈厚基圆锥状的土墩,可能为该城修建时的定制,有如角楼或碉堡之类的建筑物。

刘贺在昌邑安家后,由于四周无圩堤护卫,每年洪水泛滥时节,这座土城便成了孤岛,四周白水茫茫。原本孤寂难耐的刘贺,面对如此处境,心情更是糟糕,他恨不得马上离开这个困顿之地。于是,他常常驱船经窑头河至河口(后人称此地为慨口),跪于船头,面北而拜,请求朝廷宽恕他的罪过,让他回北方去。据野史记载,刘贺在鄱阳湖上曾往返棹舟浮江,至赣水口慨叹愤懑而还。

据此,清代诗人黄正澄曾有《慨口》诗:"城漫移昌邑,侯空据海昏。繁华都已矣,博陆可今存。"在地壳运动中,海昏沉入了湖底,我想,是不是属于刘贺的历史遗存也随着这地理的变化而杳无踪迹了?清朝还有一位名叫伍斯洵的诗人写道:"泣辞楼殿到南天,何处山光不可怜。移此山名作昌邑,水流慨口似哀弦。"这两首诗都讲述了刘贺遭贬昌邑的愤慨之状,昌邑乡也因了这位前昌邑王而得名。

很快,刘贺得到了来自朝廷的消息:新皇刘询登基。刘询原名刘病已,是汉武帝刘彻曾孙。这个消息不啻为五雷轰顶,令刘贺痛不欲生,甚至产生自决的念头。不过他的儿子刘代宗一直在旁劝父亲放开胸襟,以韬晦之计度日,等待时机,重回北方,执掌朝政。

为了安抚父亲刘贺,刘代宗按照父亲的喜好,命人在昌邑王城西边的水塘中栽满荷花。夏日,莲香四溢,满城芬芳。刘贺时常带家眷前往巡游赏玩,久而久之,当地人就把这个地方叫作游塘了。

儿子的良苦用心和劝慰或多或少抚慰了刘贺,他开始在内心深深地反省,想要有所作为,东山再起。他开始觉得自己应该成为一位英明的王,应该给后世留下带着他印记的东西。

此前,为抵御洪水的侵扰,刘贺做了极大的努力,他征用民工挑土上堤,加高土城。可是,这样的努力,在每年洪水泛滥时,显得那样苍白无力,浸漫城池的现象时有发生。加之鄱阳湖东边一带,早年一直是蛮荒之地,土匪强盗时常出没,尤其是得知昌邑住进了一位废帝后,这些匪徒无时无刻不在觊觎这座土城的财富,或劫或盗,令刘贺家人不堪其扰。前往海昏各处征收钱粮的船只经常被劫,前往豫章郡刺探朝廷动态的船只也经常遭受拦截。

水患、匪患、天灾、人祸,刘贺决意去寻找一个更为安全的地方隐居。

寄 梦 赤 城

赣江西岸赤城,林木茂盛,土壤肥沃,是个隐居的好去处,以前也有人在此筑过土围子。

一个晴好的日子,刘贺在家眷和随从的陪同下,乘船经鄱阳湖,转赣江,落脚于赤城山下。

在业师的引导下,刘贺进入赤城的土围子细细踏勘。只见西山山峦连绵,东方的鄱阳湖烟波浩渺,刘贺的脸上露出了从未有过的笑容。终于,他下定决心,再建一座城,这座城的样式得按照京都皇城依样画葫芦,他要把他不舍的皇帝梦全部寄托在这座城中。

随后,便是广征民夫,大兴土木,不惜血本,再造城池。这就是至今依稀可辨的铁河紫金城。

《新建县文物志》载:陶家村紫金城古城址位于铁河乡陶家村,距乡政府南一公里。因陶家村背后素有紫金城之称得名。

该古城址是大塘乡赤城古城遗址东面的一个内城,四周是黄土堆积的城墙,城墙高3米,底宽5米,呈梯形。古城南边和大塘乡赤城土城墙相连,西边和赤城土城墙另一端相接,北为陶家村。

赤城古遗址位于大塘乡以东、铁河乡以西的交界地带,地处赤城村(又名赤岸山)。整个古城遗址呈椭圆形,南北向直径3公里,东西向直径2公里。古城外围被一带状黄土堆积的土墙环绕,土墙高3至5米不等,底宽为8至10米,均呈梯形。城外有干涸的壕沟(即护城河),东与铁河相通,西与大塘旧河床相连。

率性豪气,这就是刘贺。张扬的性格特征和毫不掩饰的帝王情怀支撑着他,他要用自己的个性去填充紫金城的每个角落,他要用自己的智慧在生命的最后岁月里再搏一回。

可恨的是,老天总是这样捉弄他,美梦未成,他便撒手西去。

清道光版《新建县志》载:汉海昏侯刘贺墓在昌邑城内有大坟一所、小坟二百许。《汉书》载:故昌邑王贺即帝位二十七日,废为列侯,卒葬昌邑。《一统志》载:豫章有百姥冢,葬昌邑王妾处。

在紫金城的西南角,刘贺永远躺进了这座名叫墎墩的人造小山包中。

昌邑王刘贺在江右的土地上留下了难以磨灭的影子。两千多年过去了,他给人们带来的历史文化遗产将会是什么?我们等待着古墓的进一步发掘。

唱　鸟

　　每年冬季来临,一阵寒风刮过,惟余莽莽的鄱阳湖便开始热闹起来。一群群的鸟儿就像赶圩一样,来到湖边聚集。鸿雁、天鹅、白鹤、野鸭、鸳鸯在这里嬉戏、觅食,享受生活的欢乐和逍遥自在。

　　这时的村子里也开始热闹起来了。秋谷上场脱粒进仓后,人们便开始浓妆艳抹、描眉画眼,扮演各种戏剧角色,在乡村的土戏台上唱起来了。紧依鄱阳湖的昌邑乡,是历史上有名的"戏窝"。南昌采茶戏的"下河调"就是在这里诞生的。全乡17000人不到,高峰时,竟有11个剧团,现如今也有5个剧团。唱戏是村里人的天分,1991年,全县业余剧团文艺会演,昌邑乡五个剧团几乎囊括了所有奖项,只有一个二等奖被金桥乡夺得。乡里乡间有"无戏不成冬,从秋唱到春"的说法,一个湖边水乡,日夜笙歌,和着年俗将采茶戏唱到清明湿尽种谷时方才收起闹台锣鼓。这种人与鸟共和鸣的局面一直延续着湖边的光阴。

　　历史上,人们与鸟共生共存共唱也曾经历过十分纠结的岁月。农耕文化时期,这里的人们崇尚渔猎文化,不少村民以打鱼狩猎为生。每天出湖,几只船拢在一起,谁家船中鱼多,谁家船中大雁、天鹅、野鸭等水禽多,他们就引以为荣,引吭高歌。戏文中的艳词成了他们抒发内心激情的最好方式,他们自豪地歌唱水上的丰收喜悦。

　　戏剧和鸟联系得如此紧密,这对很多人来说恐怕是一件稀罕事。昌邑山人的鸟的情结或许始自乡音"下河调"。人人唱戏,人人爱鸟,一人唱罢众人和。戏剧舞台上的一颦一笑,各种角色的佳妙乡音,与鸟的嗓音如出一辙。

　　在鄱阳湖西汊昌邑乡,紧邻鄱阳湖国家级自然保护区昌邑观察站,有一个村子叫西门村。村民好戏胜过鹤雁的和唱。不少村民是村中业余剧团的表演高手。村子里住着一个高挑个子的汉子,他的名字叫陶学宠,50多岁的人,至今还栖身湖边,与鸟为友,视鸟如邻,倾心护鸟,常年巡逻在鄱阳湖堤内堤外,不分日夜,不管白昼。无论酷暑严寒,他都坚守在湖区第一线,成为盗猎者的克星,被人们誉为"鸟的守护神",人们交口称赞他为"唱鸟人"。

他曾经也是一位捕鸟者,早年的鄱阳湖,在没有设立自然保护区之前,湖区不少人把狩猎当作自己的职业。鄱阳湖自然保护区设立后,这种随意捕狩之风得到有效遏制。但是,一只天鹅在黑市上能卖到数千元,面对买卖鸟类的暴利,在利益的驱使下,一些不法分子、贪婪之徒,不惜铤而走险花血本,趁着夜色在湖区寻找猎物,想尽办法捕鸟。每年冬季来临之前,他们先用草船或渔船把大网和竹竿运到鄱阳湖腹地,在湿地的空中架起"天网"。待枯水期来临,再去网上摘取猎物。盗猎者捕猎的手段五花八门,不断翻新,无奇不有。

眼看不少鸟类惨遭荼毒,眼看那些尤物遭到劫杀,眼看众多的珍稀动物行将灭绝,眼看那些盗猎行为愈演愈烈,陶学宠看不下去也坐立不安。他的心在滴血。这样的状况再也不能延续,违法犯罪行为必须得到制止。陶学宠要出手了。

他开始了在鄱阳湖核心区,属于他的特殊的行走。

一次,他在湖区巡逻时,发现一只大雁被"天网"缠住。他当即不顾严寒,跳入冰冷刺骨的鄱阳湖水中,撕裂"天网",将大雁救出。与此同时,他将此情况报告给野生动物保护站。很快,湖中的"天网"被彻底拆除了,大雁得救了,陶学宠站在湖岸,看着东方冉冉升起的朝阳,感到无比欣慰和自豪。

又有一次,他独自一人来到远在四十余里远的鄱阳湖腹地大庄下巡视,有只鸿雁患病,匍匐在湖塘中。他见状,毫不犹豫地穿上裤靴,迈进淤泥中。鄱阳湖中的小湖塘,淤泥深不见底,谁也不知深浅。一旦陷身其中,后果不堪设想。可是,他想都未曾想,在齐腰深的泥水中,将大雁捞上岸。他解开身上带来的干粮,先将大雁喂饱,然后又冒着寒风,将病雁送进鄱阳湖国家级自然保护区昌邑观察站。经过观察站工作人员和陶学宠的悉心伺候和照料,这只大雁脱离了危险。一个月后,陶学宠与工作人员一道将大雁放归。看到这只病雁重新回归雁群,重新回归鄱阳湖,陶学宠站在岸边感慨万千。

记得有一年冬天,天气寒冷,外面下着大雪,病榻上的妻子再三劝他不要下湖。可他怎么也按捺不住,穿上雨具,想也没多想,就一头钻进了雪中。这样的极端天气,往往是盗猎者做小动作的最佳时机。陶学宠生长在鄱阳湖边,深知其中的道理,在这样天寒地冻的现场,不能没有他的身影。

他似一位苦行僧,在湖滩上跋涉。这是一次危险的行程。在鄱阳湖边生活过的人都知道,进入湖中大雪迷眼,风险特别大。早年,不少人就曾经因大雪迷眼,迷失路途,迷失方向,深陷雪中难以自拔而毙命。何况,鄱阳湖中常常出现海市蜃楼的景象,远山近水皆变形,让你进入视觉盲区。人一旦贸然进入其间,生死难料。好在陶学宠轻车熟路,他全然不惧危险,艰难地朝前跋涉。这一次,他在一个下风岸边发现了两名盗猎者。他奋起直追,一直跟着这两个窃湖之贼,硬是将他们逼进了"死胡同",最后迫使他们乖乖就范。

陶学宠还是南昌市新建区昌邑乡昌北村西门采茶剧团的主角。作为一个演员,他常常在湖区走村串户演唱,不少爱鸟护鸟的剧本,经他演唱,感染了无数的湖区百姓。2012年,西门采茶剧团与省鄱阳湖国家级自然保护区管理局共同编排了小品《保护候鸟人人有责》,在新建举办的第二届农民业余剧团会演中获得了二等奖,得到许多领导的高度评价。与此同时,他们还创作了与湿地和候鸟保护有关的快板《白鹤"三送"》、女声独唱《芦花》等节目,深受当地村民的喜爱。

通过演唱,陶学宠意识到靠自己一个人巡湖护鸟势单力薄,难以确保这片湖的宁静,他开始思考转换自己的角色。他被戏情打动,戏中主要人物爱鸟护鸟的真挚情感令他心中泛起波澜,于是他又利用自己四处演出的机会,向湖区广大民众宣传爱鸟护鸟的重要性,宣传湖区自然保护对湖区百姓生存环境改善的极大好处。这种利用戏剧宣传的做法,极大地唤醒了湖区民众爱鸟护鸟的意识,他的呼吁受到越来越多人的关注,不少志愿者自告奋勇地加入爱鸟护鸟的行列中来,他的业余剧团也成了爱鸟护鸟团。人多力量大,众人拾柴火焰高。集体的力量使湖区猖狂的盗猎行为有所收敛。

为了扩大宣传效果和宣传范围,省鄱阳湖国家级自然保护区管理局联合新建区文化部门,邀请西门采茶剧团利用农闲时间到鄱阳湖周边的永修、都昌等地巡演,陶学宠每到一地,台上是演员,台下是宣传员,现身说法,言传身教,进一步增强了湖区百姓保护候鸟的意识。陶学宠从一个捕猎者成为一个"守护者",从一个驱鸟者成为唱鸟人。角色的转换,为他赢得了声誉,得到了人们的好评。他把守护这片净土作为自己的应尽之责,剧团到哪,爱鸟护鸟歌声就唱到哪。在湖区岸边,他那爱鸟护鸟的脚步永不停歇。

在昌邑乡,像陶学宠这样的唱鸟者还有很多。每个业余剧团、每个村子都有一大帮与陶学宠一样的唱鸟人。爱鸟、护鸟、唱鸟在湖区已成为风尚,成为新常态。

鸟成了人们最好的伴侣,人们再也不捕鸟,再也不做鸟的天敌,鸟成了仙鸟,神圣不可侵犯。

你听,鄱阳湖上的鸟与村子里陶学宠他们的剧团又一道和谐共唱,响彻云天。

口 书 者

天上的星星在乌云散尽后,依然会闪烁光芒;高大的树木在折枝后,照样茁壮成长。

一

蔡沐江怎么也没有想到,自己生命中的春天逝去得如此之快。他落寞地坐在家门口,一只小狗蹲在他脚边,陪伴他度过这"不干不湿"的日子。旁边的柚子树上,几片枯叶从绿色的缝隙中随风飘下,落在他的身上,诉说着他的愁苦与忧闷。不远处田野的绿色成了他的青春守望,看着众多的人麻利地在田野中耕种、收割,他泪眼婆娑,留恋、羡慕,就像百脚虫一样在心间骚扰。23岁的他,正是火一般的青春,一场飞来的横祸,成了他终生难忘的记忆,酝酿成一杯人生的苦酒。当学徒工的他,在锅炉旁被强大的电流击中,人们急忙将他送进医院。在抢救室半个月后,他苏醒过来,正欲用手牵扯被角时,他突然觉得袖管空荡荡的,那赖以生存的双臂竟不知道何时遗失了。他不敢相信眼前的现实,他感到可怕,感到恐怖,眼前就像响过一个炸雷,把他击蒙了,击昏了。他伤心至极,万万没有料到这个世界竟是这般残酷,他永远失去了那双属于自己的灵巧的双手。

当明白了眼前的境遇时,他像个孩子一般,痛苦流泪,跺着脚狂号:"老天,怎么这样不人道,让我死不断气,活不新鲜,我还怎么过?"绝望的情绪,让众多的亲朋为之动容。他感觉羞辱、感觉无地自容,失去了作为一个人的尊严,他甚至想到了结自己。

二

情如手足的兄弟,村中的"掌墨人"村主任来看望他,一语惊醒梦中人:"天上的鸟没有手,照样飞;水中的鱼没有手,照样游。你怕什么?有口能吃饭,有脚能走路,还愁活不下去?"村主任的话照亮了他前行的路,村里的接济增强了他活下去的信心,蔡沐江的心眼活了,眼中没有了哀伤,没有了愁苦,只有放光的眼神以及坚毅的目光和朝前行的勇气。伤口痊愈,出院回到家中,他开始了近似残酷的自我磨炼,用常人不能理解的方式开展自救。他用脚去挑拣衣服,用嘴去收拾物品。村主任给他送来一套特殊的餐具,不用手,仅用嘴,他也能将自己喂饱。他感慨万千,用一个孩子初习独立生活的心志,竭力地活着。尽管有时候累得上气不接下气,他还是不畏艰难,勇敢地朝前挪动,哪怕只是一小步。能够自己喝一口水、一口汤,穿一件衣服,上一次卫生间,这在常人看来简单的小事,对于他,比登天还难。一切归零,一切从头开始,天无绝人之路,只要努力,就没有爬不过的坡、上不了的坎。

生活没有给他带来顺心顺意的生活,他没有屈服,用意志体现每一个自己能够生存下去的生活场景。功夫不负有心人,困难吓不倒独步独行、鹤立倒行者。阳光照亮了世界上的每一个角落、每一个人,也照亮了蔡沐江。他深知,命运属于自己,要想生存下去,就得自我救赎。蔡沐江初步练就应付日常生活的基本功后,开始考虑自食其力。尽管村子中的难兄难弟不时来帮衬一把,尽管有不少人帮他洗衣浆衫,可他记起了孟子说过的一段话:"故天将降大任于是人也,必先苦其心志,劳其筋骨,饿其体肤,空乏其身,行拂乱其所为,所以动心忍性,曾益其所不能。人恒过,然后能改。困于心,衡于虑,而后作;征于色,发于声,而后喻。入则无法家拂士,出则无敌国外患者,国恒亡。然后知生于忧患而死于安乐也。"他辗转反侧,然后暗下决心,一定要独立生活,学一门养活自己的手艺。

三

2010年,他来到南昌市的大医院复查,信步走在街头的灯红酒绿中。一个偶然的机会,蔡沐江在南昌市中山路看到一位手指残疾的老艺人用手臂倒写书法,老艺人坚强的意志和惊人的毅力深深地感染了他。趁老人休息时,他上前讨教,老人一句话,激起他心底的浪,老人说:"老天给我们的生路不多,看准了,累死也得上手。"蔡沐江欲拜老艺人为师,并请求老艺人教自己书法。老艺人见他双手全无,便叹了口气,婉拒了他的请求。可蔡沐江不依不饶,每天陪着老人摆摊,跟随老艺人在街头卖艺。老艺人见他有心志,又肯吃苦,便收留他为徒弟。从此两人亲密无间,形影不离。蔡沐江敬重老人,在街头摆摊十分卖力。对着人们吆喝,蔡沐江没少用嘴上功夫。老艺人见他是个忠厚之人,又颇有慧根,被他的诚意打动,便将自己对书法的理解和对技艺的把握娓娓道来,倾囊相授。然而,老艺人尚有手臂,蔡沐江如何练习?一番尝试后,他选择了书法作为自己新生的起点。他开始试着用脚夹着毛笔,可是这脚的笨拙无法让他取得满意的效果,失败,再试;再试,再失败。他不禁悲从心出,难道老天真要亡我?他张开口,仰天长叹。也正是这一叹,不禁让他灵机一动。对,脚不行,还有口啊!对,用口也能写毛笔字啊!他将毛笔咬在口中,试了试。尽管不端正,倒还有模有样,歪歪扭扭像个字。他看到了希望,看到了前途,开始锤炼这口上功夫。

起初练习时,蔡沐江因为咬笔杆,口腔溃烂流血,口水流得满地都是。长久咬笔让他头晕目眩,但他总是闭上眼睛一会儿又再咬笔重练。乡村的夜是这样漫长,人们都早已经过一天紧张疲劳的劳作而进入梦乡,只有蔡沐江的屋里还亮着灯,他还在为自己的"明天"拼搏。旧报纸、毛边纸写完了一摞又一摞,丢在地下像铺了地毯一样。竹制的笔管破咬碎了一支又一支,写得不好再写,嘴咬累了,喝一口水再战。为了未来,为了明天,在他心目中没有气馁两个字。长夜过后,明天是阴是晴?这样的苦和累只有自己知道。世界仅仅向他打开了这么一扇小窗,接收这么一星半点夜空,但他很满足。生命的路途是这样的孤寂,还好在这漫长的苦夜,有只可爱的小黄狗陪伴着他,在他脚下时不时冲他"汪汪"叫几声,摇头摆尾示爱,给这屋内添加了不少生气。他从不向命运低头,从不气馁,笔耕不辍,夏练三伏,冬练三九,多少个寒来暑往,他记不清自己受了多少苦,遭了多少罪,顽强始终是他不变的信条。他咬牙坚持着,功夫不负苦心人,渐渐地,蔡沐江初步掌握了口笔倒书的技巧和方法,字写得有模有样,有了那么一点儿书法的味道。再后来,他不仅书写自如,而且自成"蔡体"。从此,他每日上街卖艺,谋生自立。人们为他的坚强毅力赞叹,可真正冲着他的字来者寡,同情他的人多,对他的作品感兴趣的人少。他意识到自己的作品还没到火候,还有欠缺,功力不够。为了提高书法技艺,登上艺术的天梯,他开始频繁奔走于艺术界,向懂行的书法家们请教,去众多的书法展览会上浏览艺术家们的艺术作品,买来字帖,不停地临摹。渐渐地,他似乎悟出门道了。他深知书法是一种艺术,书法作品是让人们获得精神享受的艺术品。一个书法家的作品必须炉火纯青、力透纸背。他开始孜孜以求，不断地用口改变衔笔的力度和写字的笔锋。他告诫自己，世上的天才艺术家只有少数，后天勤奋才是艺术攀登者的追求。他懂得了写字不是单纯的谋利，不仅仅是为稻粱谋，而是要有境界、有创造、有追求、有享受。一个人可能天生会有某种缺失，用自己的努力去改变这种缺失、填补这种缺失，就升华了自我，就有了自己的艺术观。

从一个识字者，变成一个写字者；从一个学徒工，变成一个书法艺人；作为一个肢体残缺者，去战胜自我，完成肢体健全者的劳动成果，这本身就是一个传奇。

他深知艺术不是简单的模仿，不是简单的临摹，而是要独具特色，自成一家。人们与他交流，鼓励他朝前迈步，他感受到了力量，也感受到了温暖。

此后，他在艺术的道路上更加刻苦地追求、忘我地投入。他经常赴省内外参加各种书法交流、书法比赛以及残疾人才艺比赛等活动。有一次，他病得不轻，高烧不退，听好友打电话说省文联和省书法家协会正举办书法展，他二话没说，带病上路，撑着病体前往观摩，为自己的艺术之路添薪加柴。功夫不负有心人，2016年，他在湖南省浏阳市第一届残疾人才艺比赛中，荣获书法类一等奖。

为了更有尊严地活下去，2017年底，蔡沐江决定创业。他把自己的想法告诉了前来帮扶的干部们，这个主意立即得到地方各级领导的认可和支持。经过多方协调，在当地政府和残联的帮助下，蔡沐江在汪山土库景区办起了书法工作室，并开始售卖土特产。一边创作卖字，一边销售特产，有书法的日子，让蔡沐江开始有了盼头。

以笔为媒，因书法结缘，蔡沐江的朋友遍天下，人们关注他的成长，为他的艺术走出新建想尽办法。南昌市残联将蔡沐江吸纳进市残疾人艺术团，南昌市书法家协会也将他吸收为会员。2018年7月，南昌市残联举荐他参加南昌市残疾人创业模范先进事迹报告团，在全市做巡回演讲。蔡沐江和数名残疾人创业模范的足迹遍布南昌，他拼搏不息的事迹感动了洪城，赢得了台下经久不息的掌声和温情的问候、激情飞扬的赞美，也让他收获了更多的自信和温暖。

四

一位口书者，不仅收获了艺术的圆满，也收获了爱情的圆满。几年前，一位贤惠的女性走进了他的生活,成为他生活的一部分。一天,她走在街头,看着蔡沐江用口代手,用心书写,心中油然而生一种怜惜,当即与蔡沐江攀谈起来。两人惺惺相惜,很快就走到了一起。她为蔡沐江洗衣浆衫、淘米做饭,完成一些常令他陷于困顿的琐事。烦躁不安时,她不离左右,春风化雨般开导、安慰蔡沐江,轻声软语耳畔呢喃,成了蔡沐江消除心病的良药。在蔡沐江眼里,她是这个家庭的稳定剂、掌舵人。有了她,这个家不寂寞,日子就能顺风顺水地度过。在工作室,她像模像样地担当起贤内助的职责,令人赞叹不已。每每谈及此,蔡沐江唏嘘不已。他知足了,脸上漾开了久违的笑容。蔡沐江的工作室总有文人雅士纷至沓来,人们欣赏他的书法艺术,赞赏他的人格高洁,真可谓高朋满座,贵友如云。有一次,一位女游客起了恻隐之心,一口气买下他的书法作品五件。不少游客听了讲解员的解说词,都为之动容,将他的书法作品收入囊中。由于政府部门的大力帮助和村里"掌墨人"的扶持,汪山土库边的"沐江工作室"与土库的高墙灰瓦、土库的厚重历史人文相得益彰,蔡沐江家的日子如芝麻开花节节高,蔡沐江事业有成、名声在外,火起来了。

与常人比,他的肢体有缺陷;与常人比,他的才华没有缺陷。他用自己的坚守写就了完美的一页。蔡沐江所跋涉的人生之路,是一条充满阳光的幸福之路。

一位口书者的经历,诠释了另类的人生,也诠释了生命的张力。

艾溪湖之波

　　早年,南昌地区流传着一个民间故事,说是南州高士徐孺子,遍游南昌形胜,感南昌物华天宝,有些情绪酝酿。一日,晨起漫兴,路过艾溪湖,他摇着鹅毛扇,捋须慨然喟叹:此地云蒸霞蔚,水天空阔,鹤鸣四野,花红柳绿,有吐纳之气,呈凤生之态,地衡斗转,泽润清澈,发物长苗,居久必兴,世长必旺。

　　1991年3月,春水泛涨的时节,静静的艾溪湖开始孕育一次泛滥,古老的节拍似乎将上演那首属于南昌的水之调。春牛图丢失在博物馆的日历中,蒙上了一层厚厚的尘埃,牛车的辙印碾压着流逝的岁月,在青石板上展现痕迹的沧桑。陈旧的农耕生活场景就像一幅幅老照片悬挂在早年的荒野上。蓦然回首,江山依旧人依旧,那城却在灯火阑珊处。人的背影后面衬托的水景装扮了现实的剧情,演变成水幕电影。林立的广厦间流淌着诗化人生,艾溪湖逆袭了现代的新页码。鳌鱼翻身的传说以时髦的情节给了南州高士徐孺子一个遥远的回答。

　　城市创意赋予了这片土地春的魅力。拓荒者为艾溪湖的周边晒出了好一张蓝图,在这张空白的纸页上留下了最美、最好的文字。人间化境的场景,牵扯了艾溪湖春日的脉动。蓝图是美丽的,城市在蓝图中堆积木般长大,斑斑点点的花絮点缀着耸立的高楼,昌东大地因此而灵动多姿,高新开发区所赋予的含义远远超出了时代的预期,让人拍案叫绝。街道是那样宽阔写意,这片土地在喧闹中犁开了一条水波纹路,灯火辉煌,车水马龙。涌动的人气给这片土地带来无限的生机与活力。

　　湖总是牵着城市的故事往情节的高潮中引领。每一寸土地都在拓展人的智慧;每位建设者都在开启脑洞;设计者的每一个奇思妙想,都在完成城市构图的超凡脱俗。艾溪湖边飞鸟的羽毛开始长成,扶摇直上九天,寻找属于自己的另类天空。翱翔是淡定的,那种带有自由、饱含想象的生命之旅放纵了水的梦想,达到一个新的高度。

　　夏天的灼热把艾溪湖的一河两岸写成一首滚烫的诗。众多的诗人、写手用他们的天赋与创造字斟句酌、遣词造句、咬文嚼字,书写一行行诗句,撰写一篇篇优美文章。创业的浪潮汹涌澎湃,南昌高新开发区在沸腾:中兴软件在奔跑、思创数码在疾驰、博微新技术在冲浪、台湾英华达在驰骋、昊威天承在腾越,LED 产品扬帆起航,航空产业飞天翱翔,移动智能激情传扬。南昌高新开发区的创业之夏,波涛一浪赶一浪,势如破竹,好一湖太平盛世的沧浪之水。

在艾湖边长期徜徉,寻找这片土地的高与新,是一种惬意的游走。我被一股风所裹挟,暖暖的,醉醉的。目不暇接,当一群虫鸟飞过时,蜻蜓点水那微妙的一刻镶嵌了湖中的伟岸倒影,水中的倒影留下了一串串倩影。色彩斑斓的彩霞涂抹了水的颜色,美轮美奂的造型摇曳出这片水域的风骚与骄傲。我不得不赞叹建设者的巧夺天工,也不得不赞叹艾溪湖的玉琢天成。

智慧编织了一个个狂热的梦想,也撰写了一个个催人泪下的故事。歌者的角色定位打造的是一方虚拟的天地,却成就了一首首浪花里飞出的歌。翱翔的鹤鸟掠过楼房,在惊叹世纪的变局,飘落于湿地演绎梦的情怀。梦幻般的境地交织成新的城市照片,时代的进步就像暴风骤雨将艾溪湖畔洗涤一新。城市长高了,城市的油画色彩更浓密,更透出骨子里的傲然。化腐朽为神奇的创造,给了这片市井脱胎换骨的机缘,水城的外号显现了这片城市区域的动感天地。新的理念、新的变局、新的写意、新的拓展,艾溪湖成了城中湖、心中湖。

秋色将艾溪湖装扮得分外俏丽,湖光秀色、波光潋滟,在骄阳烈日的照耀下,线条分明,色彩明晰,宛如仙境的和谐之风漾开了人们的笑脸,也洞开了人们的心智。慧根的实际应用,打造了精致的现实生活:天际线直冲云天的先锋气概、城泰湖韵天成的伟岸身姿、力高滨湖国际的婀娜多姿、绿地未来城的宽大胸襟、凡尔赛宫的异域风情、奥体中心的庄严气派、怡兰苑的小资情调、恒大御澜府的"高大上"、华勤湖畔花园的宜居福地。艾溪湖的铺陈显得格外端庄别致。恬淡的秋风夹着果实的香味,在艾溪湖畔飘荡,时代的色彩重重地刻在年轮上,超凡脱俗且淋漓畅快,写上每个页码的厚重。艾溪湖把秋的色调写成粉红,写成优雅的丰收曲,现代生活的新节奏、新乐章、新成果,展现了艾溪湖博大的胸怀和宽广的胸襟。

穿越时光隧道走进新的开阔地带,我觉得这昌东大地的新生是艾溪湖的点化,缀满鲜花的街头小品景观随处可见,浓烈的醇香就像酝酿的窖藏,散发出异样的芬芳。艾溪湖走过昨天的苍凉,走过今天的繁华,在广袤的水面成就明天的辉煌。

秋色怡人,风采别致,艾溪湖就像一位岁月老人,品味着一座城的崛起。

冬意总是顺遂人的意愿如期而至。艾溪湖的冷色调绘出了南昌最美的冬日画卷,没有独钓寒江雪的寂然,而多了份野趣的热闹,这里永远是少男少女的天地,也是老人开心抒怀的好去处。南昌高新开发区是一方乐土,成就人间的祥和。

一碧如洗的天间,阳光从香樟树叶的缝隙中迸射而出,给大地斑驳陆离的光斑、壮观无比的容貌,给南昌高新区带来净练如洗的剔透。

美丽的艾溪湖,在晨光的照射下微波漾起,浪跳鸢飞,搅起一湖碎金,泛起城市的另类乡愁。千百年的艾溪湖,衬托着天地日月,走过春,行过夏,游过秋,度过冬,完成着一个又一个生命的轮回,如水中的涟漪放大成一个个浪圈,记录下属于冬的波纹。

艾溪湖的文静,高新区的况味,冬日的相思,人间的恋曲,在经天纬地的岁月里,柔情似水,婀娜多姿,平添了许多抒发心底情愫的机缘。在高楼的缝隙中,我分明看见了一张从远方天际飘来的笑靥。

晨光初露,花草含鲜,一岁一枯荣的江南,描摹了一个现实版的世外桃源,在南昌这座花园城市构架昌东广厦、生命之巅。

艾溪湖方圆不足百里,却有此番人间风景,也许徐孺子老先生,走过千年,看到今朝昌东艾溪湖畔的美景,也会喟叹:逝者如斯夫,当惊世界殊!

艾溪湖,缱绻之湖,遣兴之湖。

后　记

本邑张令效先生是位诗词达人,我的散文《湖面上的云笛》发表时,他曾有过行吟:

七律·秋夜赏读陶江先生《湖面上的云笛》后感赋
　　泽国湖乡雪浪侵,滩涂崖岸渺霜禽。
　　茫茫天际掠鸿影,漠漠江心飞棹音。
　　云笛一竿惊客梦,锦笺三叠赋诗吟。
　　悠扬渔曲酬图卷,极目苍穹抒朗襟。

此诗厚看于我,实觉有愧。几十年,穷尽心力,于文无功,于世无补。实觉诗者美意,于老树添上新芽。张先生的诗,将读者带入了一个深邃的幽境,文句优美,情趣盎然,不乏点睛之笔。此次翻箧而出,以美书色。

驻足老家"乐年圃",几树桂、几丛菊,院香庭馨;拾级而上,天高地远、湖旷水阔,犹可抒胸怀;抬眼瞩目,云水相间、雁飞鹤翱,亦能为远达。人生无盛时,枯笔著孤音,墨渍无颜色,牍页犹椒黄。落叶飘、朱颜谢,赣鄱北去不复南。沉醉其间,妙哉!

当代著名诗人苏俊先生曾有句馈我:

陶潜种柳门当五,江永传薪礼有三。

生来才疏学浅,只以挚友之谊来装点门面,也是囊中羞涩,不得已而为之。

温润的气候、湿润的大地、蔚蓝的天空、空灵的山水,置身其境,能不心动而写情、写意、写色彩?

无所谓成就,无所谓声誉,于是便将些懒散的文字拾掇,给过往留下一点痕迹。

感谢中国作家协会散文专委会委员、作家出版社原总编辑黄宾堂先生作序;感谢江西文艺创作基金扶持;感谢江西高校出版社的鼎力相助。

作者

2021 年 9 月